梦境来访

徐社东　著

长江出版传媒

长江文艺出版社

图书在版编目（CIP）数据

　　梦境来访 / 徐社东著 . -- 武汉：长江文艺出版社，
2023.1

　　ISBN 978-7-5702-2717-4

　　Ⅰ . ①梦… Ⅱ . ①徐… Ⅲ . ①幻想小说—中国—当代
Ⅳ . ① I247.5

　　中国版本图书馆 CIP 数据核字 (2022) 第 069885 号

梦境来访
MENGJING LAIFANG

责任编辑：杜东辉　　　　　　　　责任校对：毛季慧
封面设计：百悦兰棠　　　　　　　责任印制：邱　莉　王光兴
【 BAIYUE LANTANG 】

出版：长江出版传媒　长江文艺出版社

地址：武汉市雄楚大街 268 号　　　邮编：430070

发行：长江文艺出版社

http://www.cjlap.com

印刷：廊坊市海涛印刷有限公司

开本：787 毫米 ×1092 毫米　　1/16　　印张：18

版次：2023 年 1 月第 1 版　　　　2023 年 1 月第 1 次印刷

字数：290 千字

定价：68.00 元

曾 女　　重生者

三 七　　文科女

张继人　　未来学校校长；全球第一被试

苹 果　　纠结者

杨 开　　有钱人

曾 总　　梦网科技老板

何吖㐃　　学生校长；北大女

朱香榧　　聪明人

魏温州　　暴力男

夏天清　　机灵人，可恨人

大 汉　　大汉智能机器人创立者

1

这是一个美好的周末，早晨亮得耀眼、澄明，杭州湾钱塘江边的未来广场却空空如也，没有平时的喧嚣，唯独一个美妙、婀娜的少女踩在闪耀的彩色双轮上，孤独地滑行在多彩的大理石上，她几乎是在自己的故乡——地球，变成了外星人。她不相信自己的眼睛，广场上一个人也没有，没有观光客，没有一个像她一样的新新人类。这在平时是绝对不可能的，人集体消失了。漂移板闪光轮在闪耀，她做了一个 360 度大旋转，没有踢板，一点意思也没有，懒得做动作，要是在平时，广场上一定有许多移动的光彩，许多炫酷的踢板动作，或者大回转，许多追风少年。

她头上戴着隐形头盔，那是一个系统终端。当她发出语音指令时，一道宽幅光屏出现在空中，上面有文字显示。她在找同伴，她在大喊：喂，人都到哪去了？怎么没人来撩我？难道外星人入侵，地球毁灭了？……人呢？求求你，来一个活的，我要死了呀！寂寞死了，闷死了呀！你们都到哪里去了？……怎么还没人理我？你们都到哪里了？难道我人品这么差，一个早晨起来我人品就坏了？

好久，出现了一个搭理她的人。

一个实时头像。一个男声。

以文字和语音两种形式呈现，同步出现在她耳际和眼前。

那男子说：今天万人空巷啊妹，都去看直播去了啊笨瓜！全球直播啊！我也要看了，拜拜，小幺妹。

抱猪哥，不许走！求你拖走我！你把我当猪抱走吧，今天什么日子啊，全球直播什么呀，难道又是美女？

我去！小幺妹！你注册梦网了没？

注册了啊，但我从不上。

为什么？

我不愿裸露我精神深处的东西啊，我可以献身，但我不可以裸露我的思想啊。

好吧，你思想一定很肮脏，拜拜。

别别。

那你打开梦网，今天有劲爆的，全球第一例意识捐献者的意境直播，全球轰动啊，一个史无前例的日子！

捐献什么？

捐献他所有意识啊。

啊妈呀，他干什么要那样，怎的如此露骨？

直播啊！

好变态哦。

不，他已经成了全球名人，超过人类历史上任何一个明星，全世界都疯了，都在看他，都在转播，谈论，玩弹幕，所有的明星、名人都甘拜下风，在看他，大牌们都忘记自己是什么了，你进入梦网没？

刚打开。……他谁啊？一个隐身人？

全球偶像啊，张如果。突然轰动了！

哈哈，他出卖自己的意识成了全球偶像？

好吧，考虑到你人品如此低下，你可以这样说。

我得罪你了吗？得罪他了？我怎么看不清他长什么样？他叫什么？

你真的一点不知道背景知识啊？……你看到图像没，你看他飘浮的样子，行走的样子，诡异的样子，是不是像在太空？是不是像在虚无地？

啊，我刚看，还理不清头绪，没有人啊，有云，雾，脑电波……啊，人来了，出现了，他在干什么，他做的事，荒诞不经，不合逻辑。……哈哈，出现了，他在云中漫步，在独步，北斗以南，一人独步，哦，他飘走了。

他在梦里，什么也不遵守，什么也不服从，那里好陡峭，那里好自由……

他在干什么？他为什么裸身在飘？

那是他的意识活动，图像化了，是全息技术，又译介了，投射了，成光电影像，大脑活动显性化了，这是活体直播。

他身边的小女孩是谁？哎，怎么一眨眼也消失了？

我也不知道啊，必须连贯看很久才能看懂一点，我也懂得不多，要解读，要研究许多资料才知道的，全世界都在研究张如果，你看弹幕就知道了，我懒得解说了。比看美剧烧脑。

弹幕太多了，太烦，我都看不清图像了，他为什么闪烁不定？

梦境里的真实，就是如此，没有逻辑，没有我们认知里的逻辑关系，那里遵守的是……那里的逻辑。

他叫什么？

张继人。又名张如果。

……

（2）

　　一小女孩在一神秘无人境地无事地走，不知哪年哪月哪日，没有上午和下午，也没有什么啰唆的七点和八点。这里是永恒地。她一边走，一边唱，歌的名字叫《蝴蝶翅》：

　　全世界色彩都来到

　　歇在你翅上

　　阳光为它编舞

　　露水为它沐浴

　　风不知道密码

　　花不知道配方

　　草不知道它严谨

　　全世界色彩都来到

　　到蝴蝶身上

　　蝴蝶以翅为帆

　　以空蒙为路

　　它们玩倒悬游戏

　　不知道人的沉思

　　不知道人的绝望和无助……

　　她唱得很动听。一种东方古老而奇怪的韵律，在茫茫空蒙中流动。歌声把不押韵的词也变得很有韵律，奇崛而又天衣无缝。她的吐字更是与众不同，声音不是从喉咙里出来，是从胸腔里，灵魂里，情思里。

　　没有一个字一个字地咬，而是浑然一体。熟睡的声音。天籁，天籁。

没有听众。一个也没有。这里离地球 38.4 万千米，这个鬼地方叫飞翔谷。这里四面都是天空，八面都是天空。这里是梦与死、生的交叠地。一座很家常的山谷，不过在天空飘浮着。黑影重重。它在明亮神秘通透的太空中。

微弱的光从遥远的右下方出现，射来，又静静地滑走，地球引力的末端。这里是孤寂之地，七千年没有动静。偶尔，山上的石头会飞，树会咆哮，大雁穿过山岩，鱼在天上尖叫，这是一点点小小的快乐动荡。一点点的爆炸，间歇性的爆炸，爆炸出小小的孤独的异态花，一点也不热闹。

飞翔谷下着一种细小的雨线，雨雪霏霏，可底下，却有太阳朗照。

飞翔谷一侧，壁立千仞。深渊一样的悬崖下，有一个大太阳。女孩害怕了，叫道：啊，好可怕，我要掉下去了！

过一会，不，也许是好久好久，也许是几生几世，她又一个人恍然醒悟，她若有所思地说：……耶，我怎么来了这里？……这里怎么一个人也没有？……我怎么来了这鬼地方？……这里好荒凉，还是走吧，回去，我要回去……

但是，她似乎永远走不出这飞翔谷。她只能在这里走。

飘浮。做梦。自言自语。

清晨，草尖上带露，她一个人坐在无名的山冈上。她不懂得什么是孤独。她是一个物，一个石块，一片叶子，在这里坐着，一个人坐着。一个雪白的天使来到她的身边，轻轻敲了一下她的后背。

她的后背上立即就长出了一对翅膀。天使说：曾女，它将带你远行。

她登上山顶，向山谷眺望。身后忽然大雾弥漫，滚滚袭来。天使为了不让她害怕，瞬间召唤来了大雾。她一片迷茫，不知下面是什么。她闭上双眼，跳下了山谷。身后那对翅膀不由自主地拍动起来。

她很轻。她在奇丽无比的白云上拍击，一点也不感到害怕。棉絮一样的云汹涌澎湃，她感到那是她的家，她感到那是她的大地。上面是天空，是青青的天空，是让人感到害怕的没有边际没有尽头的天空。

底下是棉花，是扎实得像大地一样厚实的棉花。她穿过厚密的云层，觉得像是在棉花做的大海里游泳。她身体的上面下面左面右面全部是棉花，她感到无比安全。

一直到了云层底下，她才感到害怕。

她看到了青山和绿水。青晃晃的，太清楚了。她看到了人间，大地和城市。

看到了大地,她害怕,莫名其妙的一种害怕。

回到飞翔谷以后,她没有了翅膀。

她的翅膀被没收了。她想找到那个雪白的天使,想跟她要回来,但她找不到她。

她又孤独地坐在山冈上,希望在不知道的时候,又有人来敲一下她的后背,让她重新长出翅膀。但没有人来。她看山冈上草叶尖的露水。她看小精灵的到来、簇拥和飞舞。

这里有各种各样的小动物,它们都有翅膀。它们十分友好,在她身边飞舞。它们笑话她没有翅膀。她和小精灵一起快活地玩耍。它们一来,她就没有忧伤。

又一个神秘的清早,一群小精灵给了她一朵花,它们叫她吃了这朵花,并告诉她这是飞翔花,说只要吃了,就会长出一对翅膀。

她觉得很新奇,便吃了起来。这朵花的味道甜甜的,湿润润的,不错。5分钟后,她觉得全身发热,背后鼓鼓的。

突然,一双长满羽毛的翅膀从她背后伸了出来。她高兴得想哭,又高兴得想笑。她拍打着翅膀,急忙向蓝天飞去。

小精灵们哦哦哦地叫着,它们说:哦哦哦,曾女,告诉你哟,哦哦哦,你不能离开这里的,哦哦哦,我们要倒霉的,哦哦哦哦,你要离开这个山谷,你的翅膀就会消失的……

她说:为什么?是不是你们故意要这样的?

它们不再说话,只是嗡嗡嗡哦哦哦地唱歌和飞舞。

她晓得,在这里,所有的话都不会说第二遍。它们用飞舞表达什么,但她不能领会,她只能领会到快活和不孤独。她练习飞翔,一次次地起飞,一次次地做一个个漂亮的姿势,像它们一样。

这里一望无际,这里没有她渴望的同伴。这里空旷的谷地,让她伤心。亘古的空旷!

原本她不知道伤心,现在,有了伤心的感觉。她看到了空旷,就开始有伤心的感觉了。

她想去找一个人,不管他是谁。只要有一个人在这里,就好……可是,什么也没有。戴着后背那双洁白的翅膀行走,还有点不适应。她在低空飞巡。飞巡也很孤独。

她的白天无比空旷。小精灵在早晨消逝,天使在傍晚隐身。

3

……他来了。他从飞翔谷崖顶下来。

他是谁？他是一个人吗？

她老早就发现他了，好像是一个人。他，一个人影，坐在和天很近的地方，很高的高处。不知道他在干什么。他永远不下来，或者他下来过，她没有看见。她必须飞无数年，才能飞上那崖顶。她一直不知道那人在那里干什么，在那里修炼什么，她总是先看到天光，然后看到那人。那人坐在那里，和石头连成一体。他无比阴郁，一半脸被粉黄色的阳光照着，一半脸隐藏在阴暗的雨雾里。

她趴在一块岩石底下，朝他喊了一千声"喂"。喂。喂喂。喂喂喂……

他都没有答。

喂，你是谁啊？喂，你是谁啊，我认识你吗？喂，我飞了许多年才飞上来，才看到你的！

他仍然没有动。她看他也并不想伤害自己，就站出来，胆怯地，一步一步地，挨近他。啊，在这崖顶上站着，心里真有点慌兮兮的！哈，一个男人。他是一个男人。一个比我大的男人。他怎么到了这里？原来他不是在修炼。

他的面前有一口大锅。他在煮饭。她闻到了米饭香。锅里全是米和水，突突突突地沸腾。啊，太有趣了，居然有人在这里煮饭！她对他说：喂，我走过来了。大……伯，你不会把我也煮了吧？

那男人揭开锅，一股米饭香味跟着一道白气，腾腾的，飘上天。

她说：哇，好香。她看到那锅里除了白米外，还有无数个汉字在翻滚。那些汉字是：生，狂，猖，介，义，活，忠，爱，恨，愁，闷，欢，喜，死……它们比米还多。

他拿了一把大勺子在和。那些字炖不烂，煮不透，也消失不了，而米已经烂了。要是米不烂，怎么会香呢？

她胆怯地说：这些字能吃吗？

这个男人战胜她了，因为他到现在都没有理睬她。他对她不屑一顾。他还是不回答，只是用眼睛看着锅。她想巴结一下他，就说：高人，你在这里干什么？那人脸上有虬髯，那毛是黄色的。如果是黑色的，她会跑掉的。火光映照着他的脸，他阴暗的那一面也变亮了。飞翔谷侧面的太阳已经不见了，原来一锅粥也能把人照亮。

她想离开了，这个人好没劲。好不容易找到了一个人，却原来是一块人形石头。她说：既然你不理睬我，那我也只好去烹字疗饥去。她最后看了一眼那沸腾的大锅，准备下悬崖。

哎，走了这么多年的路，这么久的路，原来，在这里找到了一块石头。

那人站起来了，他一手扶着一株老梅。他站起来的时候有点蹒跚。一只仙鹤飞到他的脚边，扑闪着落下，带来气流，把火苗扇了一下。他又走得离火远了一点。奇怪，仙鹤是在水边生活的。他真是高人。可能。他站起来后，她看清楚了，他脖子上挂着散发着幽香的江蓠和白芷，还连缀着秋兰、木兰、洲畔的宿莽。太阳与月亮在他头顶上互相交叠，一下也不停歇地照映着，新春与金秋在他生命的屏幕里相互交替翻滚，永无止境。那些花居然在火光前面也不干瘪、枯萎，真是奇怪死了。难道他是屈原？一匹龙马从他的身体里飞快地猛奔出来，吓了她一跳。原来他身体里有一头畜生！他把两手举起来，样子很像一个古代的人。她被他身体里的畜生吓坏了，现在又被他的样子吓坏了，说：哦哦哦哦哦……大哥，求你不要抒情了，我就要走了，求你了，我就要走了。

他又转过身来，朝着她。这次是完全朝着她了。他的眼光看着她。

我的德行是这么完美、精纯，我不应该遭遇什么不测的。她站立的地方，一丛丛芳草、鲜花簇拥着她，花椒与桂树层层相间，她知道那里是下悬崖的路，也是她逃生的路。一个人在外，首先要想好的就是退路啊。不过，悬崖上就是美，凄美。还有许多无名的非人间的花开在那里。彼岸花。

他身上的蕙草与白芷散发着芳芬。她生怕他要抒情，说出许多她不懂的人名和事名来。好在他没有。他拿起他身后悬挂的一簇春兰，还有芍药、菊花、带着露珠的薜荔，还有叫不出名字的花蕊，双手捧着，要送给她。

啊？她受宠若惊。我有什么资格接受他的馈赠？

他看着她，对她说：我是……这是他对她说的第一句话。这是她到飞翔谷听到的第一句话。他几千年没有说话了，他的嘴唇被刚才的开启拉破了皮，出血了。他用舌头舔了舔。然后，他又像刚才那样沉默而苍凉地看着她。

她说：……你是？……我不认识你。

他说：没关系。你会记起我的。

不过，他们开始认识了。她说：高人，你在这么高的地方烧火不好。不过你是我在飞翔谷看到的第一个人，我原谅你了。高人，你不会从天空飘走吧？你为什么不下去？

他说：我在这里做梦。

她说：我也是在梦中来这里的。

他摇摇头。

她又说：你做梦还要找这么高的地方？

他又摇摇头。

她点点头，似乎有些懂了。这里可能是一个神秘的疆域，要么是他进入我的梦里，要么是我进入他的梦里，可能我们都在一场千年万年的大梦里，我们彼此之间的梦境，对另一个人是开放的。人与人之间，或许因为前世的因缘，可以自如地到另一个人的梦境里来。但她不知道该怎么称呼他。她对过去很恍惚。她似乎记得他，但还是遗忘了。她忘记他是做什么的了，只记得他曾经……在下雨天为她打过伞，和她走在一起。不过那些遥远的前尘往事，想起来就头疼。……自己不知道什么时候到了飞翔谷，不知道又过了多少时间，遇到了他。不知道他为什么在这里，不知道。不知道的还有很多很多，不知道，不知道。

一锅高粥还在那里冒热气。他说：吃饭吧，我的孩子。

她说：我可以吃饭吗？从没有人烧饭给我吃。

他说：是的，这是稀粥，可以吃了。

……唉，有个人说话多好。又可以说话了，他和我。……没有碗，没关系，有这把勺子。……来，你先吃一口。……不要急，不要急，要冷很久，等凉了才能入口。他递给她的勺子里，舀了一个汉字：生。

他刚才不说话，现在变得话多起来。他又说：一旦见了米粒，就有了人性。

她不再害怕他了。她和他说遇到小精灵的事，和他说飞翔的事。她还说：明天我们吃什么？

他说：明天吃花。明天我把脖子上的花放在锅里面熬，我们吃花英，这样，我们就能通灵植物。后天，我们喝露水，沐浴阳光和雨露，这样，我们就能通灵自然。

她说：这叫野餐吗？

他说：不，这不叫野餐。这是养生和发育，成长成人。

她迷惑地看着他，又说：我们可以吃石头吗？

飞翔谷的那头，是它的边缘，很遥远，那里有海。海面上整日雾霞流动，礁石壁立，浪石相击，飞沫四溅。海边有黑森林。森林无比厚密，里面日日有风啸狼吼，精灵出没。没有人知道那海真正的边缘在哪里，我们看到的只是视觉里的海岸。但森林是有边缘的。它就在飞翔谷的海边起，又在飞翔谷的海边止。森林里有小仙人，小精灵，它们像萤火虫一样发出荧光，但飘忽得很，像雨像风又像雾。没有人能捕捉得到它们。它们骨骼轻盈，身体透明，没有眼睛。森林里还有石头桌子。神奇的石桌子，鬼斧神工般地立在那里。夜晚，路过的精灵就围着它休息，唱歌。有一些顽皮鬼会站在石桌上，扮演神仙，大喊大叫。因为奇怪，曾女飞到了那里。被那里吸引。一个鹈鹕嘴男孩，力气很小，劲道也不足，他就是做鬼也掐不死人，可他，每天都来装出凶神恶煞的样子。在海边待久了，身上都是海浪飞沫的味道。她的脖子被他掐得疼死了，她流泪。她的泪水是海水的味道。她没有形态，可他怎么掐住了她的脖子？她说，喂，笨瓜，我还不是我，可你怎么掐了我？站在石桌子上又跳又叫的小人，还有许多唱歌跳舞的精灵，他们看不见她，虽然她就在他们身边。他们只顾自己玩，什么也不去思考，他们是一些疯狂的小男生，就是到了恐怖天涯也只顾自己开心。

喂，我和你说话呢，笨瓜，你到底是鹈鹕还是人？

滚。

好疼，你为什么掐我？

滚。有多远滚多远，永远不要滚回来！

切，凶巴巴的，谁稀罕你？

滚，滚，滚。你不是人，滚。

我有形吗？我是一个实体人吗？曾女为这个已经伤心过无数回了。要经过很久，我才会有精灵的身体，精灵的眼睛，鼻子，嘴巴，身体，翅膀。她知道。她一个人思索着、痛苦着。这个舀给我"生"的人能把我变成人吗？

4

这是梦网史上第一次花超大血本直播一个人的意识。张如果也是史上第一个捐献自己所有意识的人。所有。全部。你知道梦网转译他大脑沟回里的信号，要投多少钱吗？需要多少科学家吗？梦网为什么干这样的傻事？

这是一个不折不扣的新时代。梦网大家都上去玩过，许多人寄存梦境，浏览梦境，我们看到的，无非是一些片段的、好玩的梦中场景，莫名其妙，看不懂，不好玩。但现在这个捐献者的梦境是连续的，连贯的，而且会一直呈现下去，供许多人解读，全世界解读。这将是一个巨大的丰富的无穷无尽的文本，他将会被全世界解读和解剖。

他是谁？他有故事吗？他是一个老师。据说他每到一地，就有一个女生死。关于他，有两个版本，一个是真人版的张如果，一个是传说中的张如果。他的许多学生在还原它，全世界都在解读它……

科技大咖们关心的是梦网呈现的图像靠谱吗，梦网的信号转译可靠吗，一个人的大脑意识活动，能图像化吗，只对应一种图像？

梦网现在是世界上最牛的媒体，聚集了大脑技术方面最牛的科学家，脑洞科学家们致力于解读脑信号、呈现脑信号，有图有真相。重要的是，这些荒野版的脑图像如何解读，若解读会弄死我们人类的所有脑细胞，那他将完美地绝杀我们人类。

投资梦网的人，梦网最大的股东曾总，一个资深计算机玩家，大咖，女儿很早就去世了，但他保留了这个女孩的所有生命资料，包括意识活动，趣味爱好，情感，情绪等。

她叫曾女。

梦网在操作一项非常复杂的生物技术，他们在再现一个消失生命体的所有生命信息。一个女孩死了，但现在，我们可以看到她的意识活动。她活了。这是推理地呈现她的生命活动。

这个父亲借此来获得安慰。

这是逆天吗，这是造人吗？

梦网造的是意识。女孩的意识是大型计算机合成、处理、推理出来的人类意识。

曾女和张如果，被放置到同一个场景里了。把很多怪、兽，放到一起，让它们无休无止地打、杀，真是太逊了。

他们本来就认识？

他们本就认识，而且不是一般的认识。他是人类历史上第一个脑洞大开者，张继人。不同的是，他没有死，他是植物人。他提前意识到自己的这个状态，所以捐献了全副意识。他带有使命，是曾总的嘱托：需要一个人到那个蒙昧的地带，激活她的意念和情感，她太孤独了，在那个无人地带，曾女，我的女儿，无主的，漂泊的，流散的，像云烟一样，张继人，我想去……

张继人对曾总说：上天造我们，我们要各安其命，我的事，我来做。这归我。

他去了。

张继人一个人的梦象，抵得上一万部大片，一万部恐怖片、惊悚片、爱情片、伦理片、狗血片、犯罪片、纪录片、科幻片、魔幻片、奇幻片、悬疑片、朦胧片。

他有家人活在我们这个世界。但也许不是他的家人。

现在，围绕他的书籍，汗牛充栋；弹幕，无穷无尽；谈论，无休无止。

梦网在把我们人类的意识显性化，它致力于此，后续还会做很多匪夷所思的事，包括深层意识的显性化，图像化。它带来了认知领域的革命，发现人类的思考、我们的大脑活动，一直都不是逻辑的、抽象的，而是具象的、形象的、无序的、随机的。那么，以前我们抽象化的、概念化的、理论化的人类社会的一切，那些汗牛充栋的大部头、概念体系，我们好不容易建立的秩序，都是不真实的虚像？

世界到底是具象的，还是抽象的？我们的大脑，引导人类反叛了具象的世界，建立了晦涩费解的抽象世界？这是人类走的弯路？

我们往后，能通过一个人的梦，彻底解读他的生命？

应该是这样。不过，需要破解。

这是难点。现在全世界都在破解张继人的梦和曾女的意识，希望能开一个好头。

实体的世界已经打烊，大家都来看这个男人做梦。

在这个虚拟的世界里，更本质的现实世界，将被揭示。现实、第二现实、超现实，都将杂糅。

⑤

苹果飘来了。她是一个亭亭玉立的青春女生，踽踽独行。

她忽然遇到张如果，不过立马就假装不经意地说：哎，……老师，你还好吗？……躲我，你就躲吧你。你以为我找不到你啊？……我就晓得你在这里！……告诉你一件事啊，我失恋了。我最近情绪不大好。老师啊，没想到在这里遇到你。……告诉你，以往，我都是在爱情商店买忠贞，现在，我一看到爱情商店就来火。……今天……天气本来也不错，你看，半边天下雨，半边天阳光灿烂，可我心里不快活。刚才我看到爱情商店就在街边一角，我就走进去。我说，喂，有狼心狗肺卖吗？那个店主对我说，狼心卖完了，狗肺还有一个。我说，好，那就给我一个。……我手里拿着狗肺，一边走，一边就吃了。我没有觉得味道有什么不好。但我转过街角时，还是恶心了一下。然后，到了公园，在一个僻静的地方，我对一个男生，某一个哦，不告诉你，说：我们吹吧！……他听了我的话，就开始蹲下去，把手捧着头，三个小时不说话。我说，喂，你听到没有？你说一句话啊！你不说我就走了！他还不说。后来，我走了，走到这里来了，一不小心遇到了你。

张如果在梦中皱了一下眉头。千古一梦。

然后，他咂咂嘴，又去续接前梦。他试图续接前梦，但他又做了一个似是而非的梦，是另一个梦。

曾女全看见了。她就在他身边，就在他的梦边。

她不知道睡觉是否就是死亡，不知道梦是否就是过去。她没有死亡感受，她不知道什么是死亡。她不知道梦是否就是电影，她不知道梦和梦是不是都有联系。因为她没有梦。

……那个叫苹果的女生，又逛回来了，对他说：哎，我又回来了，我问你的问题还没问完。张如果，你不许走，不许消失，不许不告诉我……你和那个叫三七的女生，到底什么关系？……我想了一生都没想通。我死都想弄明白！……张如果，你知道不，调查这个，成了我一生的目标，我原本制订有别的人生计划，可都让位给这个目的了，你不能害我一生，还要害我永生！

他没有回答，飘走了。

在自己梦里，他会飘。可能他的飘就是不予理会……

场景转换。另一个时间，另一个地点。一个俊秀的高中女生上课睡觉，被他叫醒了。

他正在黑板边激情地讲什么，忽然发现了一头乌发，一只青春的头搁置在课桌上，没有眼睛，没有专注，没有跟随，只有乌发。她在做梦。一个清早上课睡觉的女生。

他点名了，威严地点了她的名：三七，你给我站起来！

那女生恍恍惚惚地站起来，她的一双中国式的杏眼很大，不过那时她的眼睛迷迷蒙蒙的。

她局促不安地站着。……后来，她可以坐下了，因为他允许她坐下。但他提出了一个非常荒谬的要求，他说：三七，你可以继续睡觉了，你可以继续把前面的梦接上了。

三七笑了。这下她彻底地醒了。

周围的高中生也都笑了。课堂上，大家一起笑时，是好热闹的场景！

……

他的过去丰富精彩，他的梦境绚丽热烈，那里面全部是孩子、少年和青年，全部是叫嚣声和笑声，那里面的内容吸引着曾女。

她贪婪地看起来，无休无止地看起来。那里面风云激荡，充满了喧嚣。

她傻掉了，成了他的小尾巴。即使他从梦里醒来，开始行走，她也跟着他。他走到哪，她跟到哪，追踪着看他。张如果顺手从树上摘下一片树叶，举在她和他中间，轻易地就把他的过去遮掩起来。他责怪地喝止道：曾女，不许偷看，你这个小精灵！……好了，现在你看不见了吧？告诉你，这……叫一叶障目。

他的过去立即在她的视网膜上关闭。

她顽皮地张大眼睛，还想看，但都是雪花点。曾女总站在一个空旷的地方，等他。而他，总举着那一片叶子，不让她继续看他，不让她看他生命里的电影。

她说：……我刚才看到一个凶狠的男生，呼啸着从你身边跑过，一下就跳到楼下去了……这个人太刚烈了，他跳楼是为了好玩吗？还是为了剧情需要？

好了好了，曾女，看见别人的过去并不好玩，看见别人的痛苦就更不好玩。

我让你不高兴了？

不。是我的过去让我高兴不起来。

张如果的疲惫的面部表情让曾女学会了乖巧。但她有无数的问题要问：……还有，那个大女生，始终尾随你，总在一个屋角出现，朝你吐唾沫，朝你扔瓦片，她是不是叫苹果啊？她干吗整天追击你？

是的，她是苹果。她死也不会放过我的。曾女，你……还要问什么？

还有……你身边，襁褓中间的一个小女孩是谁？……她也像我一样，是你的小尾巴？……她是谁？是你生的孩子？

是三七生的。

三七怎么会生下孩子？

不知道。

说完，他就走了。走到飞翔谷遥远的纵深地带。曾女扑闪着苍白的小翅膀，尾随着他。她的形态是透明的，骨骼都能看得清。

好久好久，她换一个话题，说：哎哎，你说你能看到别人的未来，那你看到我的未来是怎样的？

她翘着头，等着他的回答。

他把她手里正在玩的狗尾巴草抢去，然后说：曾女，你现在还是精灵，你没有未来，你也没有过去。

她的嘴巴鼓起来，她最不愿意听的就是这句话。她立即变得忧伤起来。过一会儿，又问他：是我跟人不一样的地方吗？

他怜悯地看着她，说：是的。

她看到他同情自己，就说：不过你不用安慰我，我很快活。

他说：我知道你很快活。

她说：你真的知道？

张如果有些怀疑自己的判断力了，字斟句酌地说：……我一直希望……你很快活。

他开始他的工作了——用目光丈量飞翔谷。他似乎在说，人是有痛苦的，唯一的快活就是工作。

她看到他那么投入地工作，就知道他其实很孤苦。他的不理睬，就是一种回答。曾女一直跟在他后面，继续跟着他。她知道，有自己这样让人烦的人陪着他，整天烦他，他一定会感到心里好过一点的，否则，这空旷荒凉的地方，真是太让人寂寞死了。

她说：张如果，你已经丈量 7 天了，你为什么要不停地丈量……你想改变飞翔谷吗？……让飞翔谷就这样保持下去，不是很好吗？

他不说话。

她又说：为什么一定要改变它？……改变就会很好吗？

他说：可我一生都想改变别人啊，我的职业是这个，要改变世界，不自量力。我忘了当年我也是一个孩子，一个学生。

……

当年的他，也是一个少年，把自己座位前一个 14 岁的女孩的辫子抓住……那女孩回头打了他一下。但她的头已经被自己的辫子固定了。辫梢被绑在后桌上。那女孩虽然非常机灵，却转不过来脖子。

他在后面牢牢抓住那女孩的辫子。乌黑的辫子。那是一个扎辫子的时代，许多女孩都扎着大辫子，像老牯牛的两只角。有些辫子拖在下面，有些辫子翘在头上。他座位前面女生的辫子很柔顺。

……转眼，他又爬上一棵很高的树，掏一只鸟窝。他也很顽皮。14 岁的顽皮。

周围有几只喜鹊在丧心病狂地攻击他，在叽叽喳喳叫，在飞旋，在向他进攻。可他什么也不顾，像知了一样趴在树上，忽而又腾出一只手来，继续去掏喜鹊窝。

他在高空中作业。他的手被凶悍的喜鹊啄得流血了，可他也不怕。你攻击一下，我就闪避一下。

……就在那时，有一个女孩气喘吁吁地跑来，叫他。叫天空中的他。就是那个辫子被他拴住的人。她要他赶快回到教室去。她喘着，说：快，老师要你回教室，你爸要你回教室，他要剥你的皮！

……少年的他爬下树，从二十米的高空一溜烟下来，跟着那女孩跑回去，可是，他明显迟到了。

他被一个长了胡子的老师罚站，那老师真的是"老"师，很老了。站在那里，比他小。弯弯曲曲的。是一个驼子。一个有尊严的驼子。一个别人看了还不准笑的驼子。

他罚他对着学校里的一棵大空心树的疙瘩站着。

他凶悍地要他什么也不能看，只能看那树的空心疙瘩。他当然认识那个老师，那个长了胡子的矮不拉几的人是他老爹。他俩完全不一样，一个嫩生，一个灰不拉几。一个挺拔，一个弯曲。

……他老爹经常在校园里教他拉二胡。他家就在校园拐角的平房里。他们父子俩坐在一棵茂密的大树下，用松香擦弓。他老爹不苟言笑，他只好认真地拉，眼睛也不敢看别处。

拉完《二泉映月》《良宵》后，再拉《病中吟》。树上的树叶落下来，在他们的腿边缤纷一地。一张旧课桌上，也落了树叶。他们用手轻轻地掸掉，他和他老爹的手指骨骼都非常粗大，却又异常灵巧……

当他成了大人，他也和他老爹一样，在一所学校里，当了孩子王。不过是另一所学校。

他站在一大帮少年中间，带领少年们到山上抓特务。那特务其实就是一张小纸条，被埋在一块石头底下。……在山上，许多孩子像蚂蚁一样，在找特务。谁抓到了，谁就兴奋地跑来向他报告。孩子们一个个欣喜若狂，来请功论赏。

……他英俊潇洒地站在那里，站在一块黑色的大石头上。旁边就是那个爱他的女教师，那个辫子被他拴过的女生。

女教师风华正茂，脖子上系着一条好长好长的风情万种的围巾，在风中抒情。……他站在石头上，头顶上是一朵漂亮洁白的白云。他的手里已经抓了一大把特务。

……他又在学校的地面上，用滚筒滚出许多道白线。很明显，学校要开运动会了。那所乡村学校没有标准运动场，于是，一所学校的所有空间都成了运动场。

跑道绕着所有的教室被画出来，洁白地画出来。所有的孩子都很开心地看那白色的跑道。他用手抓石灰粉，弯着腰，在地上写上了白色的 12345678。……之后，他就往脖子上挂一把哨子，手上拿一把发令枪，举起，发令。

许多少年站到那白色的线中间，弓着屁股，翘着头，看着枪，听到枪声就飞奔。旁边围着的少年，大叫，大嚷，跳跃，踩起灰尘。……那女教师手里拿着记录本，亲昵地站在他的身边，惹得许多女生要看他们，要仿效她，惹得许多男生在说俏皮话，然后笑着，一哄跑开。

他们爱得很认真……

他身边总有许多少年簇拥着，他所走动的地方总是会出现许多的少年和青年。他脖子上系着红领巾，站在一个会场的正中，所有的灯光全打向他，底下人疯狂地拍巴掌。大家都崇拜他，他好帅，英俊潇洒惹人爱。

那个女教师也在，她越来越漂亮了，脖子上系着一条漂亮的彩色围巾。他们两个走在一起，说话。人家都羡慕地看着他们，可他们似乎不会看那些观众，他们只顾彼此笑着走路。明星都是这样，偶尔才给粉丝们签一下名。

……忽然，一切都停止了。在他的班上，他手捧着书，凶一个男生，那男生呼啸着冲出座位，冲到过道，到教室外纵身跳下。

他沮丧地坐在办公室里，什么也不能做。

他到了医院的病房里，遭到了那男生家长的唾骂。他被人骂得狗血喷头。回到学校，一些好心的老师严肃地说：小张老师，你还年轻，你还是换一所学校吧。其实，我们很舍不得你走。

……他一个人背着一只大帆布包，走出了故乡，走在异地他乡的一座大山脚下。……他走在陌生的地方，走在一条大江旁。他一个人在路上。他不再像以前那样满脸的青春朝气。

他回望过去，想着过去属于自己的生活。以前的女朋友不在他身边了。

时间像那条大江一样在流淌，浑浊地流淌。他又到了一所新学校，那旁边就是一条大江。他住在山腰，学校也在山腰上。有许多树木。在这里，他又找到了一帮充满朝气的少年。

在这里，女孩苹果出现了。他给她上课，她则看着他，一眼也不看书本，整天仰脸看着他。她跟踪他，跟踪着他的身影，朝他愤恨地吐唾沫。他走到哪里，她就追吐到哪里。

某一天，一个楚楚动人的女子来了。她是三七。

她已经不是以前那个上课做梦的高中女孩了，身体饱满多汁，很青春，抱着一个婴儿，过江而来。来到这座山边，送给他。……他们一道走，散步。……婴儿在笑，甜美地笑。因为不懂事而笑。

……

曾女迷糊了。张如果经历里有那么多的人和事，把她的头脑弄糊涂了。烧脑啊。为什么女孩苹果始终朝他吐口水？为什么那个奇怪的男生要跳楼？为什么他忽然一下有了一个从天而降的女儿？为什么问他他老是不回答？

曾女的问题有一万个。

张如果说：曾女，你以前喜欢生病，曾女，你生过人间的72种病。一开始，你是一个喷嚏女生。整天在班上打喷嚏。一开始……你是很有趣的，因为你是一个女孩子，你怕打喷嚏不好看，不雅观，你就竭力憋着，一打喷嚏就低头，一打喷嚏就用手捂住嘴巴、鼻子，你装淑女，结果，你的脖子出现了严重瘀血。到医院一查，却被诊断为甲状腺炎症，天知道是怎么回事。……哈，为了装淑女，你就是如此折磨自己，可怜的人！你以前是一个好顾及形象的女孩，优雅的、喜欢生病的女孩！不过，你们是少年，一切都可原谅。

曾女说：然后呢？

他说，然后？然后……你有病了，你自己一点也不难过，你说，生病真好，你喜欢小药丸，一回家就开吃，你喜欢得各种各样的病，因为生病了就可以吃药，就可以去接受治疗，接受治疗就是得到关爱。你喜欢各种各样的小药丸。你是喜欢生病的小狗。

那我爸爸妈妈伤心吗？

他们当然伤心。

你认识他们？

我当然认识，我和你爸是棋友。我们老在一起下棋，你在边上画画。他是我爸最早的学生，数学尖子。我来到城市，遇到你，从某种意义上说，也是他的召唤。他要我来的。

我会画什么？

你死之前，画出了一个地方，后来，我们一直在找那地方，和你同班的同学都疯狂了，何吒卤、尤其，都疯了，你爸也疯狂了，我们一起想在一个虚拟的世界里，再次遇到你。也许我不该煽动他们，我不是一个好老师，我总是煽动他们不务正业。

是这里吗，飞翔谷？

可能是，也可能不是。我不确定。我只是自责，作为一个老师，却不能循规蹈矩，尽教人逾越规矩，做不可能做的事。

曾女跟着张如果，来到了飞翔谷的左边。那里有两座矮山，山上植物繁密。山谷形成一个天然的大门，里面有一片很大的开阔地，门口有一个蔚蓝色的大牌子，上面写着：飞翔谷。

里面有一条无比纵深的道路。三千亩起伏不定的土地，一望无际。那里碧草如茵，碧绿苍翠。

哇！这么美！她惊叹。再往里面看去，还有一千亩山林，莽莽苍苍，一直绵延着爬上很远很远的山地高处。她又惊叹道：耶！飞翔谷有这么大！好熟悉的情景，真的是我画过的吗？

空中有十一颗大球，像是大地的艺术作品，高低错落地悬在半空。她不晓得它们是用什么做的，不晓得它们表示什么，但就是觉得很壮美。它们无处生根，但在空中熠熠生辉。她不知道为什么一定就是十一颗。

她说：可惜这里没有人。空旷的周围，是无比美丽的景物。但美丽的景物并不能变成热闹的场景。

这里太寂寞了！她又说。

他不说话，好像在欣赏这里的寂寞。为什么要修这么大的飞翔谷？为什么要有十一颗气球？为什么要有大牌子？这里一个人也没有，修建它有什么意义？她又有无数个问题。

他的眼光飘忽起来，他的飘移的眼光跟着他飘移的情绪在走。顺着他的眼光，她看到气势雄伟的标牌。标牌排成了阵势，是一条醒目的大标语：你的童贞度一定要达到 78 以上，才能飞上天。

那一溜牌子做得非常精致、漂亮，那一定是天工所为。

但是，除了他们两个人的两双眼外，没有人来欣赏。寂寞！这里会有人来吗？我都寂寞死了。她说。

会有人的。他说。

我看到你的生命里都是少年，你为什么不放他们出来？

他们自己会出去。他们自己会来的。他们是自由的，我并没有囚禁他们。

那他们会像我这样，留在这里吗？

不。这里最终将只会留下我一个。

为什么？

不为什么。

……

好像是谁拧了一个开关，一瞬间，飞翔谷谷地里，就出现了一个无比盛大的场景。

目瞪口呆，噤若吞声。那是一个恢宏的少年兵团！

一谷地的少年在喧嚣，在哄闹，在追逐，在吵得翻了天。他们来了，来得很多很多，来得汹涌澎湃。他们像是一所巨大的海滨浴场里的小人，像是一锅高粥里的米粒，像是漫山遍野的石头。狂野。无羁。本性。飘移。

啊！我晕！我欢喜得要死，我欢喜得晕眩。曾女狂喜。……所有的人都在走，在喊，在叫，在跑，在奔，在打，在闹，在飘，在飞，大家各行其是，谁也不能干涉谁。人人都像是在梦里行走。人人都被梦里的日月照着。他们是谁？他们来找谁？他们进入了谁的梦境？他们像是一只大锅里的数量众多的水饺，你挤我，我挤你，面朝面，背朝背，却不知道自己为什么进入这只锅里。

飞翔谷开始热闹起来。许多奇形怪状的少年出现，他们彼此并不说话和交流。

……有一个女孩，她是一个球人，她的头在一个透明的大球里。她的头非常大，她走到哪里都是头先到，真是让人头大。她还可以把那玻璃球打开一个缝，让自己的头出来。但过一会，她又会把自己的头装进去。她并没有看到曾女，而曾女就站在她身边。她真是一种奇怪的生物。曾女只是不知道她怎么去吐痰、接吻。不过，她很高傲，好像她头上罩的是象征着什么华贵华丽的玻璃球。不过，她那样子对曾女来说就是两个字：好玩。

只一分钟时间，她就飘忽而去。她可能认为这里没有她想要找的人。

……又来了两个像小板狗一样的男生。他们背靠着背，臂膀咬合在一起。他们不是走来的，而是一路翻跟头翻来的。他们像一架奇怪的折叠机器。这个从另一个后背上翻，另一个又从这一个后背上翻。他们俩连续翻着，这个翻过了，就把那个作为支撑，那个又把这个支撑着，继续翻。两个人像一架折叠机器，翻了一路，头也不晕。他们一直没有站起来过。他们有四条腿。四条腿稳当，六条腿就更稳当。他们的手也是腿。他们两个人拥有四只手。他们的手和腿都用来走路。八条腿的动物！……组合的，可以拆分的动物！机器人，变形金刚，高能战士！

……嗬，又一个瘦长的男生倒立着走来了。他没看见前面两个翻跟头的人。他倒立着行走。倒立着行走，看上去个头更高。他的两条腿张牙舞爪地举在天空，一点也不像一个人垂手而立的样子。他的两只手变成了腿。他的头充着血，红着。他的头到了两条手臂所形成的裤裆里。

曾女不知道他那样倒立着所看到的飞翔谷是怎样的。不过，他很快就倾斜着飘走了。

都是梦！梦游兵团！……又过来一个男生，这个家伙像旋风，一路侧翻着，非常快。他依次用两手、两脚落地。他用那种方式滚动，他成了永不止歇的滚动机，他滚动着行走。看上去，他并不是蜷缩在一起的东西，却是一只球，始终在空中画圆。画圆。画圆。他的圆中间有四根车辐。远看去，像是一只滚动的轮子，充满着不息的活力。

他为什么来表演这个？少年就是炫酷，谁都在表演？他们以各种姿势炫酷？

张如果曾说：曾女，当你看到别人、别人也看到你时，慢慢地，你就会具有人形，具有理解力。理解力是人类的标配。等你有了眼睛，鼻子，脑袋，就会思考了，就会动感情了。然后，你也会行动了。

曾女说：他们没看见我？

张如果说：人世上的人太多了，大家彼此存在，但并不互相看见。如果不是渊源很深，都会成为路人。

曾女看到几个美丽的女生，倾斜了四十五度，从空中翩翩飘来，又飘走。有一个调皮捣蛋鬼，在空中直蹬脚。她可是一个女孩！她像是被升降机吊着，她那样蹬着蹬着，就上去了，不见了。

她是一个调皮鬼，大喊：曾女曾女，看我！

曾女迷茫地看着她，却不认识她。

张如果流泪了，说：她是你最好的朋友，何吖卤，你死后，她大哭许多天，你却不认得她。她时时都觉得你存在。

曾女来替老梅花桩一样的张如果揩眼泪，一揩，他居然也变成一个俊秀的少年。

没有人在这里表演魔术，但这里就是这样，变出一个人，又变出一个人，走了一个人，又来了一个人，甚至还有人从另一个人的身体里面走出来，又消失。你变成我，我瞬间变成他。我变成过去的我。她却不能变成过去的她。

我是主格，瞬间又变成宾格。

……这个男生，像是切面师傅，把手里的一只球不断地抛起，接着。最后，猛地一抛，球转到了另一个男生的手里。而另一个男生的手上，却歇着一只鱼鹰。鱼鹰的嘴里叼着那一只球。

转眼间，鱼鹰又把嘴里的球扔了，又无中生有地在空中叼起了一只球。

这就是飞翔谷？

一个东西轻易地能变成另一个东西？很容易无中生有？

张如果，为什么一下来了这么多人？他们不走了吗？曾女急迫地问。他听了，很冷静，慢慢地说：他们会来的，他们也会走的。自由来，自由去。

他们是来找你的吗？

他们是梦中来访。他们是我的学生，他们会在梦中梦见我，我也会在梦中梦见他们。你看到的，都是梦中形态。

6

……

有两个人在飞翔谷谷心里梦游，一男一女。他们的意志都处在半关闭的状态里，他们既是走，也是飘。

女的抱怨：哎，倒霉，怎么是你啊？我怎么又遇到你了啊？真讨厌！

她长得像三七的样子，又像苹果。

男：哈，大姐，为什么不能是我？

女：……这是什么鬼地方啊？

男的：大概是梦境吧。

女的：哎，见鬼，我怎么又遇上你了？……你怎么像鬼一样又出现了？我又不想见到你。……哦，真困！……

男的说：呵呵，我就喜欢看你打呵欠的样子。

女斥责：走开，你！那女的又轻飘飘地说：哎哟，眼睛都睁不开，真困，妈呀，我都睡一千年了……哦……这里是哪里，我这是在哪里？

……女的打呵欠。男的亲昵地用手去摘对方嘴上的手。

男的说：不要用手捂着嘴，我就喜欢看你说话的样子……

女暴怒，说：你这人真烦，你流氓不流氓的啊？

男退一步，笑道：不要这么强对流天气嘛！为什么说我流氓？……我也没有想侵犯你！

那女的说：你要再不走，我就告诉张老师了！……

男：我飞也。

他即刻就消失了。

可过一会，他又飞回来了，说：我来也。

女：癞皮狗，你走。

男：你那么讨厌张老师，为什么还说要告诉他？

女：谁说我讨厌他？

男：我。我看见你偷偷跟踪他，看到他走远，就吐唾沫。

女：没有。

男：有。苹果，你无聊不无聊的啊，一遇到点什么小事就喊老师，没出息鬼，老师是你的什么东东啊？

女：老师就是我的保护神。

男大叫：哇，我逃也。哈哈，保护神！老师就是保护神。

女喊：追到打死你。

你来啊。那男的在老远说。他的喉结已经突出，但他飞走了。

……

三七飘来了。这次真的是三七。

曾女已经能认得出三七，并且能判断出前面一男一女走飞翔谷的，那女的不是三七，是苹果。

三七走路时，腿很有弹性，她很健康，很端庄。她的眼睛很大，很圆。但曾女感到的不是她的形体，不是她外在的样子，而是她的气息，是她的魂魄和精神凝聚物。

三七一下就找到了张如果。她像看到了一个久别重逢的老熟人，马上就肆无忌惮地叫了起来。三七很快活：

啊老师啊张老师啊，我找你找了很久很久了，好辛苦，我到母校去了，可是那里的人都说不认识你，那里都是新来的老师，我找到几个认识你的老师，他们说不知道你到了哪里……不过我是一定要找到你的。现在终于捉到你了。我要请你喝酒，告诉你老师我考上学了，是你要我考的，我爸爸现在要请客，他要为他的宝贝女儿请客，他要大宴全城，他要请我的幼儿园老师小学老师初中老师高中老师，他疯了，他大宴全城，他还请了他自己的老师，好老好老的老师……老师啊你不晓得啊，你真是让我找得好苦啊，我的腿都跑断了，走遍了千山万水。不过，现在，终于捉到你了！张老师啊，你说，我怎么能不请你呢，我俩什么关系啊？……好吧，乖乖跟我走吧！有车在外面等。可不是囚车哦。别奇怪，我现在已经和我爸爸和好了，不过他没有请我妈妈去，我妈妈她有点失落。不过，我爸爸就是请了我妈妈，我妈妈也不会去的，老师你说是吧，你知道她那个人的……

转眼她就带着张如果到了一家豪华的酒店里，那里人影穿梭，觥筹交错，大家谈笑咳吐，气氛热烈。既似人间，又非人间。

三七牵着在天边找到的张老师，从很多人头林立的高椅背中穿过，然后，她把张老师安排在一张备受珍重的座位上。酒宴已经开始，有人说话，有人祝词。忽然，有一个人扛着摄像机出现，对着大家就巡回地照，迟到的张老师被重点捕捉着。

当镜头快扫到他时，张如果忽然礼貌地起身，要到洗手间去。

他走了，没有吃上几口，还没和身边的人说上几句话，就走得无影无踪。一场隆重的谢师宴，缺席了一个来了又走的人。

他瞬间人间蒸发了。三七走到外面去找自己的老师，她让服务生冲到男厕所去找自己的老师，但是谁也不能找到他，他已经不辞而别。三七张皇失措。她看着窗子外面，很伤心，她无心于酒宴。

外面是车水马龙的街道，外面是人间又非人间。三七一个人在那里哭，孤独地哭。

她的杏眼里滚出豆大的泪珠。她抽搐得浑身颤动，一纵一纵，整个飞翔谷也天旋地转，翻天覆地，倾仄来倾仄去。她一边抽泣一边说：……你晓得我的高兴都是伪装的，我的一切你都晓得……我知道你回去是为我带孩子去了，张老师……我这一生，怎么才对得起你呢？……你不能为我的过失买一生的单啊！

她把自己关在一个狭小的空间里，似乎没人知道她躲在那里，她在尽情发泄。她把所有委屈都写在脸上，泪如雨下。

张如果忽然出现在她近前，近在咫尺。

她忽地睁大滴溜溜圆的眼睛，看他，又哭又笑又怨地做了一个丰富复杂生动的小猫表情。她忽然破涕为笑，满脸耀眼的泪水和鼻涕。

张如果为她青春的脸颊揩拭去泪水，说：三七，我没有怪你，永远也不，我来过了，但我不能久留，我去完成我们之间的承诺，你明白。再见。

……

曾女随张如果站在崖顶，居高临下地看着飞翔谷，底下云烟翻腾，晴朗满空，星雨唰唰，神秘的大鸟斜穿辽阔的世界。

飞翔谷有一个一个的小人，无意相逢的小人相伴着，一个个都在飘，在飞。渺小无比。在淡入。在淡出。在表演。

张如果认识每一个来访的人。有些，他会告诉曾女，那人是谁。比如某某后来已经做了很大很大的官，而官，是人类非常看重的一种东西，但是张如果一走上去，就取笑他，笑哈哈地要他脱下上衣。那人也忘了前尘事，立即把衣服脱了，放手上扇动，急速奔跑。

当然，有些人，张如果已经忘记，但那些人还记得张老师，所有来的人都记得他。

张如果有些老了，有些失忆。他说，曾女，人不能记得人间的一切，不可能记得你所遇到的所有人，人只能记住一些刻骨铭心的人。他目光苍茫地看了一眼还不具有形态的曾女，说：曾女，你还要努力。

曾女：我寂寞死了，求你让我回去吧。

7

曾女，你是 14 岁那一年离开人间的。在人间你只活了 14 年，你在最没有邪恶的年龄里死去。所以，我们根据你的画意，把飞翔谷设置为所有人到来，都是 14 岁。这样，便于你找到过去，便于你和他们对接成功。这是在时间上回到原点。但也仅仅是一个时间要素的统一。还有一个重要的东西，空间。彼时的时间和空间是绑定的。现时的时间和空间也是绑定的。在地球上，物理定律是这样。人不能两次涉入同一条河流。不同空间的共存问题，是一个棘手问题。另一个空间里的时间，比如飞翔谷的时间，和地球上的时间，是不一致的。在地球上，14 岁和 100 岁有什么区别？都是一生一世，只是长短不同而已。但一个人的内心世界，内宇宙，我们的精神意识，梦境里，一个人一个国，每个人的梦境都一样丰富、复杂、搞笑，却不能轻易跨越、轻松谋面。一个人的精神活动，就是一个宇宙。一个 100 岁的老人，梦见 14 岁的自己，易如反掌，稀松平常。但他不能梦见别人的世界。每个人都在做自己的梦，这些梦都很快活，欢笑，忧伤，或者悲戚。

死亡是一种存在，活着，也是一种存在。人间一直把这两者理解为大限，当作不可逾越的鸿沟。但是我和一些人，包括你爸爸，一直有一个痴心妄想，就是取消这个鸿沟。我们寻找能穿越这个大限的神秘之物，别人通过火箭的速度，超音速，宇宙速度，量子态，黑洞，星云，寻找我们人类死亡以后的去向，我们借助于梦，深层意识，意念，精神，奇特的生物信息，来寻死觅活，到达另一个世界，探究另一个神秘地带。

过去能回，未来可期，人可不死，死能复生。这，一定能实现。

你说能实现就能实现？

我不知道。但不努力，注定不能实现。

曾女：那先让我回到过去看看。

他说：我们正在努力，别急，不是你一个人想回去，我也想回去。我不是到达了你所在的地方了吗？我和你遇上了是真实的吗，曾女？是我一厢情愿的幻觉，还是另一个现实？我被扔进了一场大梦里。我主动请缨的。告诉你，曾女，我有许多隐秘的愿望，我想见到我的妈妈，我少年的时候就失去了妈妈。我盼望她一如既往地活着，尽管我知道她已经死了。……曾女，从现在开始，我将有意说一些事给你，你不要以为是讲课，你要领悟，领悟自己是什么，自己处在什么生命状态，又要努力变成另外一个状态，好不容易我们遇上了，不容易啊，我们一起努力好吗？当你真正懂了人世，能为有些事感动、落泪，就会具有人类情感、复返成为一个人。为了这个，我将告诉你人间一些不便启齿的事。你要懂得很多很多东西，理解很多很多东西，变成一个真正的人。你是我们在宇宙空蒙中着力打捞的第一个人。

……首先，人皆有父母，父母给了我们生命。有了生命以后，我们在世界上有了遭遇。你爸，是一个计算机超级大玩家。你妈，我忘记她是干什么的了，大概是一个审计人员，后来什么也不干，过着养尊处优的日子。我父亲，是一个耕读老师，我妈妈，是一个音乐老师，我真正记事以后，她就不存在了。我的父亲，哈哈，我生下来时他在一个偏僻的地方教书，是卑微的耕读老师，他是残疾人，驼子，我必须接纳这个事实，尽管我排斥了许多年，人世上的人都很虚荣。他是你爸的老师。

从小，我家里人，亲戚，都觉得他不能做活，就让他去教书糊口。家里找了人，托了人，送了人家许多东西之后，人家就让他到一个山冈的野村落去，糊弄几个小孩儿。那个年头，糊弄几个野毛孩子还是容易的。后来，他又辗转到更边远的地区去糊弄，什么地方发达了，民智大开了，他就被赶走，赶到更偏远原始的地方去。还是教书，还是糊弄孩子。他长得丑，只能靠边。他心里想，这下也好，在鬼不生蛋的地方，我再怎么作丑弄怪也没人晓得了，丢人不现眼，这就好。我父亲喜欢那些个封闭的地方，原始的地方，古朴的地方，不开化的地方。这样，你爸就被他遇上了。你妈在城市里，是你爸后来遇上的。在我们老家，大白山上有许多棵瘫痪树，毛毛虫比松针还多，还有半爿病水。水是浑水，充满毒瘴，像一个老人的白内障。雾气腾腾，优雅抒情。小学校，只一间孤零零的披厦屋，是他住的。白天一个人也没有。太阳太大，太烈。白天，我父亲就和风说话，和树聊天。白天他一个人闲着没事，就走山道，走树径，看日出日落，看云。一到晚上，人就来了，嘻嘻哈哈的。小学校淹没在十万座大山里头。许多座山峦，冒尖在白汤汤的雾瘴里。从那所鬼学校拉屎的茅厕里钻出去，就是外省。有些孩子作弄他，因为他长得太难看，人世上的人都是势利的，小孩子也知道什么是丑陋。我父亲的帆布皮带头，很软，拖下来，吊在裤腰那里，荡啊荡的，孩子们很羡慕，他们系裤子都用麻绳。有次我父亲在讲台上睡着了，被他们偷走了帆布皮带。醒来时我父亲不敢站起来，怕裤子掉了。女生都不知道发生了什么，男生在鬼笑鬼笑的。不过我父亲教出了许多了不起的人，其中就有你爸爸。

你想你爸了？我为什么不想我爸？

哈哈，嘿嘿，曾女，你真让我哭笑不得。你对他们没有情感。你没有记忆，没有情感。我对他们，是怀有深重情感的。我那驼子父亲，在那个穷困山区，是一个神一样的人物。有一天，突然的，一个鼻子很大的外国女子，跑到那个山腰来，好漂亮，白得像豆腐，她找会唱古调的人，说的话没有人能听懂，打草药的人把她引导到破学校来。我父亲帮她找到了会唱古调的人，她记了许多谱。于是，小学校的锅屋里，就有了一个烧火的女人。满屋净是烟，她身上都是茅草灰。她教孩子们音乐和美术，我父亲教语文和算术。没有教材，一切靠言传身教。复式班级，混编。没有工资。时间似乎回到了口口相传的蛮荒时代。我从小害怕大山，山连着山。我妈受不了，走了。我父亲是驼子，他不能驮我，在前胸吊着我，养我。不识字的民众，很崇拜我父亲，说他是神，所有事都请他做主，逃荒来的也服他。我父亲吸引许多人到大山这里来，让这里变成一个大集市，做了三省物资交换场地。他允许别省的孩子来读书，像打了鸡血，越做越兴奋。……我父亲是一个好老师。绝对是。我确定。曾女，你爸，是一个绝顶聪明的学生，他比我大，高一个年级。你爸能做出我爸不会教的数学题。

我后来也教书，不过是在县城，甩我父亲几条街。我本不愿意读师范，农林医师都不是我的所爱，但我父亲说，读师范国家包分配，每个月还给伙食费。我听从他了，事实也如此。我的父亲从来没到学校来看过我，他知道自己长什么样，怕丢我脸。我盼望某一天一个外国妈妈来找儿，但是，没有。

有一天夜晚，夜很深了，啪的一下，我的窗玻璃被人砸碎了，我在备课。我吓坏了，不知道是谁。朝后面的窗眼看，漆黑的，人早就跑没影子了。我绕过学校的围墙追，找不到一个鬼影子。

十有八九是杨开！是的，杨开！上天造了一个卑劣的人，把各种小型罪恶放他身上，他每天表演各种卑劣。

那时改革开放还没几年，我们县城人口多，少年跟春天的麦苗一样多，女生跟油菜花一样灿烂。印象最深的是清晨挑粪，当年我住在学校里面，天没亮总听到嘎吱嘎吱的扁担声，许多附近的农民来学校挑粪，一挑就是半个钟头。年轻的学生，粪便产量非常大。还有尿素收集，县城的化肥厂弄了很多塑料便桶来，放在厕所小便池里，每天中午来取一趟，下晚来取一趟，供大于求。

我第一年带的是一个初中班，初二（3）班，半途接手的。那些人里面，最典型的一个是杨开，还有一个女生，叫三七。

大学毕业第一年遇到的，是一生中最新鲜的记忆。

杨开不属于书本和学校。一走在大街上，则如鱼得水。考试的时候，他不写字。这家伙几乎不会做任何题目，你盯着他看，他和你对视。他和老师对视时，总是用仇恨的眼光。

三七有两颗虎牙，她跟我之间有点故事。不是有一点故事，而是有许多故事。她鹅蛋脸，喜欢眨眼，她那其实不是眨眼，而是表现自己的聪明。她的脸型太美了，谁看了都想摸一下。仔细一看更是让人心里怦然一动。她的杏眼真是精致得登峰造极，没法挑剔。她快活的时候，喜欢把自己放在无声的抖动状态里，她的少女生活很抒情，很悠闲，似乎始终有一支很抒情的背景音乐在响着。然后，她就走到前台，不需要矫饰的，不需要装扮的，她的生命本能冲动、自在行走，就是她最华丽的表演。不过，她的眸子里，那黑色的瞳孔里，有时看上去含有一些惊恐。不过，也因此，她的眼神会给你留下永生难忘的印象。

实际上她是快乐的，永远快乐。

当年我有女朋友，是我的亲密恋人，教英语的。三七总跑来问我她是谁，然后又跑来问她属什么，是什么星座的，又跑来问她以前跟我是不是同班同学等等，她那时真是太可爱了，什么都敢盘问，只要是她好奇的。

我如果不说，她就说：你快说，要不我急死了，要不我今晚回家睡不着觉了。

这些生猛的孩子都是国家的，你不能伤害他们的身体，必须回答她的无理请求。

那是一个跳橡皮筋的时代。快活、疯狂的三七，总是最夺目。她善于交际，有很好的人缘，整天呼风唤雨，杨开和许多男生的眼光总是要落到她的后背上，她太活泼了。

她生性活泼，妈妈是小学老师，跳橡皮筋时，能把脚钩到任何人也钩不到的高度，变成一个"不死"少女。灵巧的蹦跳，让人目不暇接。

小熊猫，上学校，
老师讲课它睡觉，
左耳朵听，右耳朵冒，
你说可笑不可笑？

接着，她召唤旁边的人参加进来，也用口诀。她们依然在跳，没有停止，依然气喘吁吁：

阿拉里思加，
阿拉里思加，
几加几加革命的加，
一个劲地加，
一个劲地加，
加加加加加加加……

来的人更多了，队伍更壮大了，更多的人参加进来。她们橡皮筋也跳得渐入佳境，声音越来越大。领着大家转换频道的是三七，她的声音最热烈疯狂。新人穿梭，"死"的下去，"不死"的留下，要永远跳下去，要快活得累死为止。

学习李向阳，坚决不投降，
敌人来抓我，我就跳山墙，
山墙有地洞，我就钻地洞，
地洞有枪子，打死一个小日本

然后又变换一个口诀，人像走马灯一样穿梭：

切萝卜，切萝卜
切切切
包饺子，包饺子
捏捏捏……

还有：

一二三四五，
上山打老虎，
老虎找不着，
找到小松鼠。
松鼠有几个，
让我数一数。
数来又数去，
一二三四五。

最后达到了高潮，不再是表演单个跳，集体跳跃起动的人非常多，但仍井然
而有秩序。这一帮飞动的少年，直跳得让人眼花缭乱。

马兰开花二十一，
二五六，二五七，
二八二九三十一，

三五六，三五七，

三八三九四十一，

四五六，四五七，

四八四九五十一，

五五六，五五七，

五八五九六十一，

六五六，六五七，

六八六九七十一，

七五六，七五七，

七八七九八十一，

八五六，八五七，

八八八九九十一，

九五六，九五七，

九八九九一百一。

马兰花，马兰花，

风吹雨打都不怕。

勤劳的人们在说话，

请你马上就开花！

　　大家在最后一个字"花"这里，声音达到最高，所有的人都声嘶力竭，一起喝停。然后，一个个一头大汗，冒着热气，在喘，跑进班，因为铃声响了。

　　我开始执教鞭时，我父亲很高兴，好像我在人间找到了一碗安稳饭吃。他教诲我说，要用一本本子把你所教学生的名字记下来，否则的话，到后来，学生数量越教越多，你就张二胡子对不上王二麻子了。我按照他说的做了，开始记下我所教的学生的名字。但是后来，我的学生越来越多，越来越多，我不得不放弃记录工作。很遗憾，我辜负了我父亲的教诲，我不得不如此。一批一批的学生，一茬一茬的学生，一地一地的学生，那些年轻的生命，那些后来变成了成人的学生，太多太多了，我无法全部记录下他们。这个遗憾是不能弥补的，这可能是天下所有教师的遗憾。

我在记录完第一个本子时，我父亲去世了，他死亡的方式与众不同。据说我母亲也死了，她在另一个地方去世，但我不相信，不死心。人间只留下了他们的独子——我。我让他们感到欣慰，有我在人世上，他们会觉得自己还活着，我想是这样。我的血液里流着他们的血，我父亲的，我母亲的。

所有的人都在做题，只有杨开不在乎，他什么也不在乎，因为他什么也不会。我问他为什么不做，他闷好久，然后，虎虎地突然冲我来一句：你那天干吗摸女生的头？从此，在我漫长的一生里，我就不敢摸女生的头，这既是职业操守，也是一个男生的告诫。

杨开天天在一中旁边的绣溪边风景区打康乐棋，要不就和几个少年一起去游戏室，整天嬉闹。在路上，他们几个人拥有一辆自行车，一个人骑着，后面两个少年都要坐后座上，争着抢着，就打了起来。杨开大叫一声"排山倒海"，向人家胸膛打去。那人一个侧身让过了这一招，顺手来了一个"仙人指路"，向杨开脸部打去。杨开又来一招"横扫千军"，向那人的脚打去。

这一帮少年在学校里总是鬼鬼祟祟的，不知搞什么鬼。放学后会躲在厕所边的一条小路上发出怪叫，把女生吓倒。他们平时就在一起练习怪叫，有时在课堂上也莫名其妙地怪叫一声，引得大家哄堂大笑，把任课老师气得个半死。那时学校还没有统一着装，杨开脚蹬一双老板鞋，身穿西服，头发梳得油光油光，嘴上叼着一根烟。他说出的话也是别具一格的，天天学土匪流氓的腔调：他娘的，他小子也敢碰我？要是敢说一个不字，今天我就一定把他的老窝给铲平了！我要剥他的皮，抽他的筋，喝了他的血，让他尝尝我杨老大的厉害。其他几个人在一旁，学着点头哈腰，口口称道：是，对，老大老大。一到上课，杨开的思想就到了天边，他开小差开到让人非常恐怖的地步，他眼看着屋梁，张开嘴，要定格好几十秒钟。每次我问他在想什么，他都说没什么。他懒得和我说话，也懒得看我，就是那一副吊儿郎当的神情。我对他很失望，但又没有办法。他天生和我们老师敌对，他对所有的老师都反感。

有次上公民课的时候，杨开的眼睛始终盯着前面一个女生——三七在看。后来，公民课老师把杨开叫到办公室来，问他：杨开，你上课时在看什么？杨开说，没看什么。老师说：你眼睛都停止转动了五分钟，大哥！杨开说：那我也没看什么。老师开玩笑地说：我看你就像是一只大屎壳郎，在爬行途中忽然遇到了一泡大牛屎。杨开突然发火了，马脸凶悍，冲着那老师说：你才是一泡大牛屎！然后，他冲出了办公室。

放学后，我把杨开叫到校园里的一棵大树下，我是班主任，我要教育他，修理他。我花了一个小时，讲了 59 分钟，最后他终于说了一句话，承认他上课时在玩视线交叉，在看三七身上的花纹，是三维立体图像。我很高兴，他终于开口和我说话了，而且跟我说了一句真话。我说：你为什么砸我的窗玻璃？下次砸前，能不能先告诉我，看我能不能抓住你？

那时已经是下晚，学校都空了，班上还有几个人在磨蹭做值日，拿着笤帚当枪炮在舞，别人把杨开的自行车骑走了，把他的书包也带走了。杨开有时不带书来，只带一双皮手套，放在空书包里。有时他的空书包也没有了，找不到书包，找不到车，就走回家去。

我不知道他家在哪里。

8

一大批全球杰出的科学家参与到梦网的建设里，梦网没有很过分的商业目的，现在是砸钱砸钱砸钱阶段，他们砸钱砸得世界轰动，不过随着影响的扩大，许多玩家零报酬入伙，全世界脑洞科学家、脑洞玩家火速赶来。

对外的平台是梦网。梦网轰动了。他们能随便把一个注册网民的大脑潜意识活动显性地反映出来，如果你愿意的话。

那些大脑深处的朦胧意识被成功转译成生动可感的全息图景，这是人类重大的科学成就，人们起先能看到部分志愿者的意识活动，不过，都是破碎的，不完整的，经过修饰、剪辑的。尽管如此，许多玩过的人立即退出，不敢再来此暴露隐私，因为他们看到了另一个神秘的自己。

那些梦中的图景是能回放的，存储的。

有一些非常奇妙。一个截屏，就是一幅现代作品，一帧世界名画。

梦网的情景太神奇了，非理性，无逻辑，似仙界，又似实景，缥缥缈缈。人在那里谵妄，乱说，表达情感，愤怒，暗恋，还做让人惊掉下巴的事，发泄郁闷，进行各种无意义的活动。

但梦网浏览者都原谅他们，因为在这个虚拟的 3D 世界里，已没有下流之类的概念，大家都知道某人已进入另一非现实的世界。

我们置身的现实世界里的道德和判断，在那里都失效了。

有意思的是，无关的人永远也不明白某一人梦中行走和呓语的意义，但熟悉的人，一看就明白壶奥。梦醒过后的自己，一看就清楚自己为什么那么混乱，无序，并能建立起错乱之间的逻辑联系。由于大量的梦境会被我们自己遗忘，所以，梦记录，能让我们清楚自己一直在想什么，惦念什么，关心什么。以前我们那些缥缈、难以捕捉的梦，被成功捕捉并记录、存储下来了。

梦网的关键词是 memory 和 logic。

当一个人愿意进行梦境直播时，梦网团队就会按照双方签订的协议，给他大脑插入（植入）电极，然后，你一旦进入睡眠，即便你自己不能记取的梦境，也会悉数被仪器记录下来，并转译成我们裸眼能看到的图示。

当然，你的睡眠不是你日常生活里的睡眠，是特定环境设置里的睡眠。有些游戏玩家把此当作游戏情境下的睡眠并开发出全新一代的游戏。

遗憾的是，那些勇敢的直播者最终还是排斥的，因为他们事后看到了不堪入目的图景，发现自己被彻底撕毁式地暴露了。隐私，隐秘，水底下的部分，冰山，还是放在没有人看到的地方最安全。

端，装，仪式化生存，在公共规则里，中规中矩地扮演自己。如果某一天你突然不扮演了，一下看到了成千上万个"皇帝的新装"，而且都是关于自己的，你会大吃一惊的。

谁也不愿意最先被彻底暴露，被无偿地公共化。他们只愿意短暂地玩一下梦境直播。并且要求女朋友或家人在旁边，命令一旦自己的梦象里出现了出格的情景，立即拔掉电极。

毕竟，满世界的人，人满为患的世界里，一个一个看起来普通的人，说不定就是一个命案在身的人，或者就是一个江湖大盗。偷鸡摸狗的事，我们没少干过，但我们都不愿意承认，更不愿意被别人目击。

所以，以前梦网记录下来的资料，都是残破的，有限的，被授权的，经过剪辑的，处理过的。最初人们给梦网一个标签，就是娱乐。

大众没有确认他们是在做严肃的科学工作。大众不需要严肃。

梦网非常受青少年欢迎，受具有现代科学思维的高科技玩家欢迎，他们蜂拥而来，戴着谷歌眼镜，背着滑板鞋，都到这里玩，并驻扎下来。

少年们的梦象都是清浅的，所以他们是勇敢和大胆的，敢展示自己。成人则不敢。少年没干过什么大的坏事，谈不上十恶不赦，都是一些小勾当，小九九。

梦网成了一个巨大的非现实的现实场景。

我们整个人类也被梦网引领着，一起去发现人类没被发现的那些神秘部分，去发现自己没被发现的部分。这是弗洛伊德所高兴的，也是另一些科学探索中的前沿学科，诸如深海潜水和宇宙探索者所乐见的，因为他们都在做边际探索，做陌生地带的"登月旅行"或"极地旅行"。人类永远在探索神秘地带。向外，是宇宙。向内，是精神深处。

梦网团队面临的压力也最大，因为投的钱很多，而结果可能会很糟。

这是一项复杂的人脑工程，团队精英都是疯狂的科学信徒。

梦网创立者有自己的科学信仰，坚决反对人为干预人脑活动，只予以自然呈现，那些给猴子换头，给睡眠中的老鼠植入虚假记忆，让它醒后跟着虚假记忆去活动，类似的这些手脚，都是梦网团队坚决反对的。

如果那样做的话，就是艺术创造了，而不是严肃的科学。

他们尊重天造的自然人，不去改造人类本身的规律，不愿意伤天害理。

事实上，以现在的手段，干预、改变人类的梦象，是轻而易举的事，但只有梦网的医疗团队才偶尔为之，那是为了疗病。因为你给大脑某一方面的刺激，人的梦象就立即转向。

梦网团队有一个集体宣言，申明了自己的主张。他们的主张之一是，珍重传统生命，绝不人为改造人类的梦。

如今他们在精神科学方面的研究成果越来越多，正以爆炸式的速度向世界呈现。因为他们拥有大量的实验数据，这些实验数据直接导致了一些稳定的结果。弗洛伊德只是分析了自己一生的梦，每天记录自己能想得起来的梦，坚持每天分析自己，梦网团队获得的数据则是巨量的，弗洛伊德他是个案式地研究梦境，而梦网团队是宏观地、体量巨大地研究人类集体的梦境。

往事，是梦的原料。

记忆，是梦的永恒资源。

大脑永远在不知疲倦地加工那些原料，资源。大脑本身并不睡觉。它就如一架矿机，永远在挖掘。它自发生，自动作，自处理，人类的意志没有命令它，它也按照固有的习惯在处理往事和回忆。人如果执着于某一个事物或情感，大脑就会调动一切历史资源和现实资源，来帮助你分析、处理相关事情。人脑是跟着人的意识走的，也有自己的意识和惯性。反过来，人的意识，更多的时候是跟着大脑走的。所以这里，大脑，就被我们揪出来，成为一切的元凶。

世界上有不做梦的人。当小白鼠的记忆被切割掉了，它的脑信号全部消失，每天寻求当下快乐。

没有记忆的人，不做梦。颅脑损伤，记忆被毁的人，只有脑电波，没有脑图像，其电波无法按常人的逻辑理解。

有些处事风格的人，也不大做梦，比如所有的事都即办即了，不放于心者，坦荡，敢于大胆袒露自己一切的人，没有害人谋人谋世之心者，能睡得深、熟，无梦。

婴幼儿的梦，是简单的，一忽而过，捕捉不到。他们梦笑。

记忆丰富的，内省的人，分析式思维方式的人，会做更多的梦。

张如果的脑状态、意识呈现显示：他完全沉浸在过往的岁月里，在回忆里，在他生命各个时空的现实里。他在处理他一生各个时期的记忆，试图联系它们，连接它们。他没有死亡。他大脑活着。而这个"联系""连接"、建立逻辑关系，更多是一个人后天认知获得的。每个人都有一套自己的逻辑处理程序。这一套程序，是决定人生状态的关键。

讲起来很容易，做起来很难。脑科学家首先要识别张如果的意识信号。识别意识信号，准确识别意识信号，准确识别他意识里最强的意识信号，光这一点，就要忙断一千万个科学家的腰。

然后是排序，根据他意识信号的强度，排序出他生命里最重要的人。

然后，捕捉他脑活动里的线性的和非线性的意识动作，逻辑地处理和呈现。这还要大脑语言区域里神经活动的协助，个人生命背景的协助。

9

张如果找到三七，单刀直入地问：三七啊，杨开是不是一直偷人家东西啊？

三七说：他偷是偷的，但自己从来不要，他乐善好施，都给别人了。

张如果说：他偷得多吗？

三七笑着说：呵呵每天，几乎吧。

她说得很轻松，就像偷东西是喝稀饭一样。

我现在很讨厌杨开，那一百三十斤的大老鼠，一身骨里骨杂的骨头和肉，龇牙咧嘴的脸相，放到哪里都不平整的骨肉，我看了就不舒服。我恨死了，我要修理他。

一天，杨开露脸了。张如果没读懂他的表情，他朝张老师讨好地笑，好像张如果就是老大。

张如果烦躁地说：这里没有旁人，说吧，把你最近干的坏事都如实招来。

杨开开始说了。螃蟹是从本班一个同学舅舅家的塘里偷的，那天，看塘的只有一条狗，他们用一个篾篓子把狗嘴套住了。一开始他们没准备偷螃蟹，只是想到小棚子里看一看，发现人不在，闲着没事，就把很多螃蟹装书包里装走了。张如果把那个月新领到的工资掏出来，"啪"地放在桌上，对杨开说：这个礼拜天你去给人家送去！这就叫吃不了兜着走！……还有什么，继续说！

还有……还有……但有许多不是我干的。

可人家找的是你，是你这个老鼠！我听说你天天在外面张扬，在外面吹牛皮，夸自己是神偷老鼠，我还听说你去年偷过全市统考卷，你胆大包天啊！现在，公安部门开始立案侦查你了，你都跟我说吧！……

这时，他支支吾吾地说出了许多不想听也不能听的事情。他要不是把张继人当作老大，是不会说的。

我讨厌你，这么小的一个人就这样恶贯满盈！前天你在学校旗杆上拉自己皮夹克，什么破事你都敢做，你到这个世界来，就是搞破坏的！

我杨开一人做事一人当，不会连累你的。

之后，杨开好几天没来上学，他自己说不读书了。全校老师和同学都感到欢欣鼓舞、大获全胜，并额手称庆，轻松下来。那一年杨开是知名度最高的，比谁都高，初中部高中部所有的人都知道他这只大老鼠，这也让他越发横着走路。

学校是人口最密集的地方，每天各处都有小事情发生，坏事发生后，一查，后面都是杨开让做的。他甚至去打高中比他大的学生，打过以后还让对方服从。

而三七的爸爸在县里做副书记，分管文教卫，他把校长和张继人叫去，郑重地嘱咐要把杨开培养好，一定要培养好，说这是一个政治任务。校长连连点头。县委副书记说得很诚恳。

张继人很感动，立即获得了一种使命感。回去的路上，校长一直说杨开的事，说他舅舅是我们这里最大的富翁，三省物资交流中心的大老板，但他心里清楚，杨开已经不在学校了。校长问怎么办，张继人说我去找找。

有天晚上，杨开到张继人房间来了。

杨开换了一件很好的皮夹克。几天不见，他的样子就变了，说话的态度也变了。他从皮夹克口袋里掏出了钱，显得很成熟地说：这是上次的蟹子钱，还你的。

谈了一会，张继人问他：想回到班上来吗？他看着，眯眯笑，潇洒地说：回来怕给你添乱子。张继人说：相信我就回来。我逆潮流而动，冒天下之大不韪，迎虎归山。不过回来了，就什么都得听我的。他点头了。

在后来的一个月里，张继人让杨开当上了生活劳动委员。由于身坯被看好，他又被选在校田径队里投铅球。在后来红五月歌咏活动中，班上服装的借用和其他用品的采购等一切外勤工作，都是杨开领头完成的，很出色。他自己则因声音怪异且不合音律，被音乐老师从合唱队伍里剔了出来。音乐老师说他唱歌像马叫。必须让他有事情做，这种坏蛋笃定是精力过剩的人。还有，任何一个人都需要朋友，不管他是好人还是坏人。杨开需要一个真正的朋友。

周末，张继人和杨开一道出去，杨开的家在郊外乡下，他一直住在县城他舅舅家里。舅舅又经常不在家，没有人管教他。

一道乘车，郊外总是清新又生动的。他们开始步行。杨开说还要走四里路，要从一座小山旁绕过去。一路上，两人有一句没一句地说话。山上有不少三角枫。杨开又恢复成山孩子。他说：春天这里才漂亮哩，看，这些都是映山红桩子，那是一棵板栗树，这是小毛栗树。我们这里还有兔子，有一年，我爸……从部队回来，我和他捉了两只小兔子，放在鸡罩里，把两只老兔子引得天天在门口转。

进村了，村头一块石板上面，坐着一个老人。老人穿的是假军装，头上戴着假军帽，脖子上却系着红领巾，他的衣服很破了。杨开看到他，又羞又恼，走上去就大声喝道：……快回去! 杨开说：是我爷爷。他想我爸爸想疯了。到了家，他爷爷没敢坐在一个正经地方，蜷缩在靠墙的一只猴子板凳上，表情漠然得很。张继人想和他打一个招呼。杨开说：老师，你说话他听不见。

家里空得很。一只收音机戴着皮套子，发出声音。里墙上挂着一些有很多年头的农具，有些已经坏了，没人用。堂屋正中，挂着杨开爸爸的烈士像。他爸爸看上去很敦厚、英武。

中午饭是在杨开婶婶家吃的。吃饭前，杨开在锅里盛满了一碗饭，又夹了菜，端给他爷爷吃。

下午4点多了，他们开始回来。他们步行两个小时。

杨开，其实你已经是大人了。

他不说话。

杨开，你以后可以把我当作是你们家的什么人吗?

他还是不说话。

怎么? 你不愿意?

杨开突然翻着眼睛看了张继人一眼，然后，他看着路边，只顾走，飞快走到前面去。他不敢回头看，他头朝前，张开了嘴想说什么，但没有说成，他努力把脸别过去不让人看，他也不用手擦眼泪，他大步流星地走。他的泪飞落在地上。

张继人也流泪了。

就那样一路回来。路上，他们还说了许多别的事。杨开说，他去过他妈妈的新家，还说，他寄居在他舅舅家，其实是不敢犯一点点错的，怕对不起养他的舅舅和死去的爸爸。

……

三七家。

三七的妈妈说：张老师，三七上高中了，以后多关心三七，三七不听别人的话，只听你的。

没关系，三七很活泼，很开朗，人人都喜欢她，她只是在对待妈妈的问题上有一点小问题。

三七无心快语地说：我没问题的，有问题的是我妈。

她妈说：三七就是认得的人太多，心思不放在学习上，其实她是很聪明的，小学时什么都是第一，语文第一数学第一外语第一，音乐美术体育都是第一。

三七说：妈，那都是唐朝的事情了！

她妈妈很忧虑地说：但你现在的成绩已经很差了，三七！离开我你就失败，除了失败，还是失败！

三七讽刺她说：那你再把我转到你们小学去读书吧！

……

有时候三七和她妈妈闹气了，她会出走到张继人这里来。她会坐在这里不走。因为以前的一次，张继人从食堂买回饭来给她吃，她就等第二次第三次第四次打饭给她吃。

不行的，你不能在我这里待了。你回家。你家就在一中后门口啊，就几步路，你快回，你妈急！

老师啊，你不能见死不救啊！

我如果救了你，你妈妈气死了，那我不是又背了一条人命？

老师，为什么我没在你的班上？为什么你现在不能带我？你们班是全年级最优秀的尖子生组成的，我们是烂班，我初中是烂班，高中还是烂班，哈哈，我是烂人一个！她一边说，一边在房间里找东西吃。

没有吃的没有吃的。这是一个学生拿来的茶叶，非要我要不可。

三七说：我知道你们班这人，他爸爸是茶叶公司的经理……

三七啊，你能不能知道得少一点？你再这样我就要和你妈妈得一样的病了！

她说：随便。

她还在房间找东西吃。她的眼睛很尖，对房间里的每一点情况都非常熟悉。她没有看到那一张她想看到的照片，立即就说：张老师啊，你女朋友的照片呢？就是当英语老师的那个……时尚的、丰满的、大方的、漂亮的、人见人爱的那个？

……我收起来了。

为什么要收起来？

收起来就是收起来了。

她终于把抽屉里的一样糕点拿出来了，拆开，吃了起来，还去倒水，还用一些话来佐餐。她说：我就知道会有人送东西给你们老师。我妈也是老师啊，哈哈哈哈，你骗得了我？

她得意地吃着，得意地怪笑。

三七，初中毕业后，杨开的情况怎么样了？你晓得吗？前年你爸爸还要我们照顾他，说这是政治任务。

老师，能不能求你别提他，我不认识他！

你和杨开翻脸了？

没有。只是不想提他。

听说你爸马上要调走了。

他的事我一概不管，也不想知道。老师，我走了。

三七选择读文科。

她长得太好看了，每天光彩照人，皮肤发亮，心里通亮。外在地看，她完全是一个清纯的高中女生的形象，没有学习压力，没有心思，没有肺。内在地看，她的神情里整天埋伏着许多不同寻常的兴奋。她的青春生命里有许多事，有许多让她兴奋的故事。

那一年，三七应届毕业了，没有考上大学。

她来复读，似乎终于如愿以偿了，又一次做了张继人的学生。张继人的教书生涯已经全面展开，他年轻而又忙碌。虽已经见识过不少学生，可还是觉得三七是最特别的。

她再次坐在教室，注视、聆听时，他甚至有些慌张。她已经长大发育成人。她为人活泼大方，开朗乐观。她几乎认识那座小城所有像她那么大的人，和所有像张继人这么大的人。她的交际能力实在是太强了，超强，实在是让人佩服。复读班生源很杂，学生来自县城几所中学和乡镇各所学校，三七来登记时，立即就能说出谁谁的来龙去脉以及那小子在校外跟哪些人交往、干了一些什么坏事等。

张继人批评她：你怎么整天交朋友，不能收敛些，归心于书本？

三七轻快地说：不交朋友我们来到这个世界干什么？老师啊，你说社会是一个什么样的地方，日后什么样的人能在社会上混得开？我告诉你，不是那些读书尖子，他们是书呆子！

三七，你把我吓成恐龙了！我不晓得你未来会成为什么样的人，杨开会成为什么样的人。

老师，别怕别怕，我是说着玩的，别当真，千万别跟我妈讲。

有天班上一个小子找社会上一群小流氓来摆平一桩事情，三七去了一趟，就把事情化解了。那小子后来还主动来检讨。张继人对三七大加赞赏，说：三七，不错，这事让我头疼了好久，谢谢你。

老师，你不要表扬我，我读书不大中，可我知道我以后还要混世。既然要混世，总要认得几个人吧？我是学文科的，我们学文科的，要是连人都不认得几个，那也太不像话了吧？老师你说是不？

我感到你的世界观比我的先进，我还在拿落后的东西教你们。除了读书之外，还有一门学问，一门深刻的人间学问，是你三七教给我的。

少膜拜我，你是想让我得意得飞上天吗？

我其实也挺新潮的，每天研究什么最新术语，什么诉求啊、思想越位、国家行为、U现象、飞地、迷失在别人的迷宫里啊这样的时髦话语，可我只会关心世界最前沿学科，却不关心眼下的交往，不热爱当下，不能处理好身边的事，我是一个读文科的残疾人啊，你这样的，才是一个健全人？

你能不能把问号改成感叹号？不过……哈哈，我很开心，我成了魔鬼！

三七，有一个事你帮我一下，我和杨开失去了联系，我对他心有愧疚。我和他说过我们是朋友，他也默认我是他的朋友，但我却好几年不管他了。他初中毕业就去混世，去试这个世界的水深水浅。我当然有我很忙的借口，我确实很忙，不过，我不能不管他。……他这个人，你知道，正是由于我们这些当老师的很忙，他们在外面，才可以活得更轻松。……我不知道他在外面怎么混，我知道他肯定在按照他的路子混，他肯定不寂寞，有一班子人在身边，但我，还是不放心，你帮我找找他。

一个学生到了社会上就没有人管了，你已经不是他老师。社会那里，人和人是平等的。人人可以是尧舜，人人可以是盗贼。

但我想他，不可以吗？

我也好久没有他的消息了。听说他混大了。老师，你哪里改变得了他！

10

夏天，梅雨季节，不停地下雨，湿度大，正是高考前复习紧张的时候，张继人犯了一次胃病，人在讲台上倒下了，人事不知，被学生送到医院。

三七指挥的，她是复读班班长。

后来三七来看他，他说：让杨开来看我。她听了，没有理睬，也没转告。她买来的大红苹果，带着精致的捆扎带，搁在病房柜子上，像一幅静物画。

出院回来后没几天，张继人又去上课，他必须拼命。那段时间他很有杀伤力，脾气很大，他希望学生都考上个好学校，不能容忍他们放松或转移任何注意力，他撕学生的书，没鼻子没眼睛地骂不听话的学生，粗暴地解决问题，大声呵斥他们，不许他们谈恋爱，说：你们来这里是干什么的？不就是要考一所好学校？你要想考一所学校就不要整天想着和男孩子玩！你们这样拉着手度青春蜜月的样子，还读什么书？收心！

在一百四十多人的复读班上，这样骂，是很不给他们面子的。三七来说：老师，你这样指桑骂槐的，是不是连我也一起骂了？

张继人说：你晓得就好。

那是一个疯狂的时代，全民自学，学外语，社会鼓励所有人成才，因为那时国家开放，大缺人才，每个电线杆路灯下都有人在背单词，说卡哇伊，而另一方面，一个人头发养长了，穿条喇叭裤，穿着一件格子衬衫就出来混，成群结队的，抽烟，喝酒，手提双喇叭录放机，跳迪斯科。

进城的农民还是旧模样，新生代就和欧美最潮的前沿朋克接轨。街上经常打群架，杨开冲进去，一边捣几拳，就出来。杨开是一个自由人，他随心所欲。

学校里每天做题，一套一套地做题。三七当时被班上男孩子称为"王后"。

她那时肤色雪白，出奇的漂亮，喜欢穿黑色衣服，班上有好几个人为她神魂颠倒，可她瞧不起四乡八里来的人。她越是高傲，人家越是仰视她，崇拜她。她人脉也很好，喜欢和大家说笑。三七身上散发着强烈的青春气息，她无法把自己的漂亮收藏起来，就像孔雀不能把自己的羽毛收藏起来一样，别人也无法不对她有感觉。

文科班的学生都擅长开玩笑，他们说张继人是恶霸，霸占了她，张继人只能苦笑。他们就是骂人，也会骂得很有水平。

有一次她身体不舒服，歪歪扭扭走到讲台跟前，张继人顺手把放在讲台上的钥匙给她。她就到他房间去休息。班上的同学并不觉得奇怪，大家都知道她是张继人以前的学生，她妈妈也认识他，他们之间有一种很随便的亲密关系。

……

下午警车响了，县医院就在县一中后面，救护车走了一个多小时，从西大街梧桐树下，一直响。所有人也都知道了，街上那场著名的群架还是打起来了，地点换到了到纺织厂的湖边坝埂上，二十多个人躺倒了，一个死亡。全城都在说这个特大新闻。领头的是一个叫渣巴子的人，不是杨开。那是一场疯狂的群架。据说，还是为了一个女的，而那少女就在一中复读，而且还是文科班的。

张继人到医院找杨开，前几天自己躺在这里，所以熟门熟路。去了外科病室，从一圈一圈绷带中找杨开那一张马脸，他发现那里战火味依然很重，医院把敌我两方病员混在一起救治。他们在医院为一个脸盆，一个痰盂，依然在争吵，动手。张继人刚一进去，就被一截窗框击中。大病室里，乱成一团。张继人问一个熟人医生，有没有杨开，他说，他很重，转走了。

张继人回去找到三七，和她严肃谈话。他样子很凶。三七怪异又妩媚地说：瞧你眼睛子子生那么大的，你要吃掉我啊？

三七，你还要脸不？我恨不得打死你！

我怎么了我怎么了？

三七，作为一个学生，在学校，在社会，应该怎样啊，你说？你还要不要体面，要不要脸？他们打群架为谁，你以为我不知道啊？

在外面我怎么就不能怎么了，现在什么年代了啊老师啊，我多大了啊？他们打架关我什么屁事啊？我早就发育了啊，我是成人，我有自由我能独立啊我已经独立了啊，你是不是活在古代啊？……你管那么多干什么，我现在就是破罐子破摔！……他们为我打架我还高兴呢！古希腊许多城邦国家还为海伦一个女人打仗哩！……我希望他们都去死！没死的，我嫁给他！

高考前张继人让三七到他那里单独补点课。她需要补课。当然也需要保持距离。

在那个前夕，她特别需要帮助。她文文静静地来了，带着她的笔记本和她的身上散发的青春气息，坐在张继人给她准备好的凳子上，一动不动。他很认真，她很郑重其事。他看了她的笔记，还是那样，把上课讲的东西记反了，把正确的记错，把错的记对。补课间隙，她看他房间墙上新贴的画，她很欣赏那画，就问从哪里来的，他说是《新华文摘》里的铜版纸插页。她说了许多关于那画的背景知识。

把这些东西从你的脑子里清除，在你的脑子里装些考试必备的东西。今天我重点给你讲解了改正错句这种题型。昨天你做的一套模拟卷，整体得分情况还不错，但我发现改错这类题你不会做。

她把眼睛定定地看着他。

你能不能用你的眼睛看着卷子？

她说：我一直在看卷子。

每次辅导她的时候，门都开着，这样既有穿堂风，又不会让人家误解。休息时，她依然会心事浩茫、山高皇帝远地说些事。她哀叹着说：老师啊，今年我要是考不上，我就到北京打工去了。我刚刚认识了一个朋友，他在北京工作，说可以介绍我去北京。

把你头脑里的这些想法都扔掉，你才能考上。什么狗屁朋友，他们看到你美丽漂亮，都想做你男朋友！

她长大了，完全成熟了，她的嘴唇轮廓线像刀刻，非常清晰，她的眼神很专注，人很端庄，大方，秀气无比。她的青春溢出胴体，四处散发。补课补了一段时间后，张继人说：……好吧，你也不要总学我的语文了，我看你的语文已经有些模样了。现在，把你的数学拿出来，看我能不能教你。

她笑了一下，乖乖地收拾语文资料，拿出了数学卷子和历史地理学科的复习资料。

看到她在暗笑，他就说了一句：……唉，三七……你啊，要是长得难看一点，我保证你就能考上本科。

晚上补课时间到点了，她妈妈会进来的，接三七回家。有时会带一盒热包子来，三七会吃得狼吞虎咽，留一半给张继人。但她们一道走出去后，三七却不和妈妈一道，也不和她说话。

一天上午，张继人正在给文科复读班上课，门口来了两个长得很漂亮、穿着深色衣服的北方男青年，他们非常有礼貌地、用标准的普通话问：老师，请问，三七是否在您这班上？

他回头看了一眼三七。

三七发现了那两个青年，立即就从一个叫目秀的女生身边站起身，无声地走出去。

两分钟后，三七又回来，把书包收拾好，又看了张继人一眼，什么也没说，就走了。

第二天，张继人走进班级，正要去问目秀，目秀来了，说：三七不念书了，她要我告诉你。

怎么？她……她……怎么走了哩？……三七，我都不知道，这……是真的？

全班同学也都不解，一起装作呜呜大哭起来。班上哄声一片。失落，奇怪，想不通。起哄。一个同学的离去，会在班上蔓延出一种情绪，特别是这种临时组合的班级。之前一个同学当海员去了，也从心情上影响大家，影响很久。三七是班长，她若真的离开了，那大家还不吃惊死，动荡伤？

目秀看着老师发愣，说：我也不晓得是怎么回事。

张继人站在讲台上，突然冲动地发狠说：我要找她，我要把她找回来。她在北京哪里？

底下的复读生都看着他。他们不理解这句发狠的话。

老师，你去找她，那你不带我们课了？剩几天了？

张继人冷静下来，说：她到北京干什么？

目秀说：我不知道，她也是头一趟去。

她走时没说什么吗？

目秀说：没有。

全班同学都很安静，听他和目秀的对话。从来没有这么安静过。一百四十多个人，两百八十多只耳朵，都在听。现在，在他们中间，少了一个人，三七。过一个月就要高考了，正是紧张时候。

三七的妈妈也处在一种焦虑中，如热锅上的蚂蚁，束手无策。她无助。她妈妈碍于面子，不愿意给她爸爸打电话，就来找张老师，要张继人去打。三七的爸爸已经调动到江对面的城市去工作了。

张继人给三七的爸爸打了电话，说了三七的情况。对方证实说三七没有哥哥，还说，他也不知道她到北京的事，要张继人随时和他保持联系，他会派人去找，有任何线索立即给学校打电话。

随后就是高考报名工作。一直到8月高考结果出来，是张继人最最忙碌的时候。班里有许多人走了重点本科，次之，走一般本科，再次之走大专。一直到9月初，都在帮学生建档、填志愿、接收录取通知。

大会议室里，张继人坐在那里，收集毕业班学生一份一份填报好的志愿。分数搭线的同学一个一个来，修改，补报，有些家长一道陪同，有些家长目不识丁，完全相信班主任。

校园里的大树上，有许多知了叫，每年这个季节，聒噪最响。这个季节，夏天最盛大，树荫最浓重。一中文科一般，理科每年都有好成绩。一个瘦高的男生站在那里，把填报志愿草稿给张老师看。

张继人说：你的分数完全可以填计算机系，我建议你把数学系改为计算机系。我的一个同学，在那里教书。

又一个文静的女生来了。张继人说：可惜协和医学院不在我们省招生，你只能填中国医科大学8年本硕连读，地点在沈阳。

提前录取到清华大学的那小子来了，他是来制造气氛的。他看了填报山东大学的那个同学的志愿说：哈哈，计算机系，绝对计算机系，改！听张老师的！然后他说：张老师，我是来送喜糖的。

张继人说：谢谢你给我们涨脸，全省第三，干得好。那小子说：老师，我考得这么好，你也要给我发喜糖啊！张继人说：我发，只要你们每年考得好，我倒贴。

那小子说：老师，有你这句话，你的学生以后都会往死里学。

大会议室，填报志愿的同学，零零落落坐着，一个一个在绞尽脑汁，为自己的未来苦恼。人的命运从此改变。窗外的风吹进来，外面的世界连着外面的世界。树连着树，山连着山，水连着水，天连着天。

张继人说：我好伤感，你们都走了。

不会，有那么多学弟学妹陪您，您不寂寞。哈哈。

然后，新的一学期又开始，周而复始。

只有三七，不知下落……

那一年张继人是学校团委书记，又新提拔当了教导主任，还是党小组组长，前程似锦。但那一年是他最心烦意乱的一年，也是出事最多的一年。他回到老家，看老父亲，说：我好烦，我想死。

父亲驼得更厉害了，用他慈祥的老眼看着儿子，说：如果有可能，应该找到你妈，听说她在对江。……我想不通，阿田那么好的女孩子你不要？你不要以为你在学校当一个什么小官就了不起！

父亲拎了一壶酒来，倒了。张继人说：我回家就是找阿田的。她考研走了，我还不晓得！你不知道我有多忙！带毕业班，哪里是人干的事！

父亲在门边骂：你这个反复无常的东西，现在她还理你？

张继人到了阿田家，她妈妈说她不在家，问到哪里去了，她说不晓得，最近阿田心情不好。她妈妈也不问张继人的情况，大概知道分手了。

……

县城。终于，张继人追到阿田：阿田，我还差你许多钱。

我们这么多年都处了，我还在乎那么一点钱？

我真是忙疯了。

我知道你忙。

张继人觉得和她的距离彻底远了。阿田说：三七很勇敢，她找过我，我佩服她的勇气，她是一个好女孩。

她都和你胡说些什么？

她说：她说她在追你，一定要追到你，她要向你表白，要表白一百次，我只是可惜你，你成绩比我好，我们报考的学校还是你定的，是你说要一起考的，现在，我走了！

鬼扯！我怎么会看上她？我……哪有时间看书？你知道我有多忙！

张继人，你的事业就在你眼前的这本大书里，你现在发展得不错，仕途美女都会有的，我祝福你。

对不起你啊，阿田！

你没有伤害我。

我和三七什么也没有，那么多人为她打群架，我还不能骂她？我是骂她不要脸了，她……

……

张继人心绪烦乱，下一学期，有一天上课，他在班上当堂批评一个高中男生，应届高中班的，承受能力差一点。那男生瘦弱，很激愤，满面羞怒，全身充血，脸上通红。当场就从座位上站起，穿过张继人所站立的讲台，疯狂地冲出教室。

班上同学都不知道他要干什么，张继人也不知道。他到了走廊，纵身一跃，从三楼跳下去了。班里所有同学都看到他一侧身，不见了。一切都在瞬间发生。当张继人知道不妙追出去时，他已经呼啸着跳下去了。一个班的同学都张口结舌。

那学生没死。发生了那件事后，学校要对张继人除名。几百个家长，都来保，但是，没有用，那件事震动了整个小县城。张继人来到那个跳楼的高中生家，说：这是我的工资卡，这是我借来的钱，以后，需要我赔偿的，我都会给。

家长说：笑话，你一个月多少钱啊？你干了几年工作啊？笑话！

五年。钱不多。对不起。

校长说：张继人，我们不想你走，但你现在身上背了许多黑锅，我们也没办法。

三七的妈妈到学校来吵，说：不能放他走，他走了，我女儿三七找不到怎么办？

有人在街边骂，有人在街边劝：张老师，你让一个女生失踪，让一个男生断腿，你还是走吧。

......

张继人找到杨开，说：杨开，以后一定跟我联系，我们……还会是好朋友的。

杨开来送他，不以为然地安慰：老师你去吧，到哪里都一样。

他比以前成熟多了。杨开在那几年里一边干坏事一边成长，可以说是劣迹斑斑。他和张继人之间，已经变成了两个男人之间的事。张继人说：杨开，我很不放心你。

杨开曾到张继人房间避过难，有一次他狗急跳墙，深更半夜从校园外翻墙进来，敲门，要睡在张继人的房间里。当时他脖子上是刀伤，满身血痕都不敢去医院救治。

张继人说：杨开，我很担心你以后会出大事。

杨开说：你不用担心我，你担心你自己吧。

（11）

任何事情都是从零开始。

以前我们不能想象能把声音装进电线，通过一根电线，声音传到千里之外，一个人怎么会突然在千里之外发声啊，那不是见鬼吗，先是模拟信号，电流的，不真实的，后来是高保真的，随着磁记录材料、光电信号、数字信号的出现，我们的声音还能保存下来，而且完全逼真，你怎么喘息，怎么挑逗，怎么疯狂、歇斯底里，那边都能听到了，远隔重洋，还可永远保存，永远欣赏，人死了，声音还在。有人靠这个吃饭，实时语音技术，伴聊，来自异性的声音安慰和辅助性的爱，可以有收入，而且收入还不菲。现在视频技术发达，一个活人的影像，能够传输到荒凉的火星上，三维、四维的影像，带声音的，甚至带体味的，全息的，就是说，一个活人的声音、图像，已能轻松出现在千万里之外，投射，呈现，立体的，不是见鬼，以前还有延迟，现在实时递送了，而且不需要带一根线满世界跑，可以无线传输。无线技术，把我们的声音和影像实时送达火星那样远的地方。卫星可以处理那样的信号。可以是军事目的，可以是航天指令，也可以民用，娇喘的女孩在视频网站直播睡觉，玩虚拟抱抱。好甜好美好傻的人间啊，我们进入了一个什么时代，你得付费哦？

我们现在已经习惯看着千万里之外的朋友的眼神说话，看她发嗲、撒娇或者怒火中烧，没有表情我们简直无法活，文字多枯燥啊，我们创造了无数表情包，我们必须看脸，不看脸就会听从文字产生歧义，所以我们随时都准备和人视频，而不是语音，更不是文字。如果我们愿意，而且钱多，我们还可以把家里布满3D摄像头，那样，就可以和大洋彼岸的人玩全息穿越了。一个大活人，迅速站在你面前，光影的，非真实的，但又是具象的。他在那边怎么动，他在你眼前就怎么动。可以跳跃，招呼，俯卧撑。现实和超现实正在融合，技术在改造人类，人类最后不需要思考了，技术替我们思考，我们只要按照技术提供者的路径走下去就好了。聪明人给我们一个世界，聪明人自己又看到了另一个世界，他们永远在出发，在行走，在改变这个世界，引领这个世界。

那，能把我们的意识捕捉，加以呈现吗？能把我们的梦境捕捉，加以呈现吗？声音能呈现，影像能呈现，梦境能呈现吗？我们什么时候能把一个人的精神摄取下来，通过技术的手段？声音、影像，是我们的形貌，不是我们生命的根本。根本是意念、主张。一个伟大人物，通过书籍把他伟大的思想留存人间，但书是挂一漏万的，他一辈子的所想所思一定远远大于那一本书。如果我们捕捉了一个伟大人物精神生命的全部，那我们就会发现更多有意思有价值的思考，还会用他的思考纠正他的思考。人是会思考的动物，人是会从零思考到一万，到无穷的动物，伟大人物的思想是平庸鼠辈几万万倍，因为普通人是不需要思考的。如果我们把伟大智慧捕捉了，就可以跟普通人共享了，大家一起聪明起来。

脑科学，梦的呈现，意识的呈现，需要无数样本，活体样本，提供给实验。需要技术，需要大脑意识信号的捕捉和转译，呈现。现实、超现实的融合，将改变我们这个世界。我们对宇宙的探索，对地球内部的探索，已经远远走在对大脑、意识、梦境的探索前面。凡是物理世界，我们都可用仪器测量、勘探，凡与生命有关的，我们都望而止步。大脑、意识，是不可解的？人类个体的精神的丰富和复杂，让人生畏。我们到处大兴土木，但对我们自己却一无所知。而人的精神世界，其博大精深，堪比宇宙之浩渺、无穷尽。

我们生活在现实世界，物理世界，真实可感的世界里，如果技术又提供了一个超现实世界——我们的精神内部，大脑信号，梦，思想，念头，也是具象的，可视的，那我们将被双重覆盖。

大脑简单的人会被虚拟世界和真实世界弄得精神分裂，但聪明人知道，有图才有真相，我看到你真实的精神走动、思想产生的前因后果、流程，我才相信你所说的一切。看到，是的，看到，目击，测谎仪是不可信的，它只是根据几个设定条件得出一个结论，它是傻瓜机。傻瓜总想有什么最傻的办法让自己变聪明起来，聪明人说，你只要买我的产品就行了。

我们现在急需对生命本质进行溯源，生命本质到底是什么，是肉体，还是意识、思想、精神，还是执念，还是躯体和意识的组合，意识是怎么产生的，傻瓜的执念为什么总是那样？为什么会有那么多的生存符号，一套一套的，一套大的里面套着无数套小的，一个退休的人对之前的符号生存完全不感兴趣了，重新回到自然人状态，人的社会化和去社会化是一个痛苦又快意的过程，但是，从这里，我们发现，一个人以前的意识和后来的观念完全翻脸了，自己啪啪啪打了自己许多耳光，那人类的意识可信吗？一个普通人头脑里产生的多如牛毛的意识，自相矛盾的意识，我们有必要捕捉吗？

人类的念头，因为捕捉不到，它可以随意流走，四处躲闪。因为看不见的大脑在拿捏一切。一个退休的人，他开始关注柴米油盐，关注家、子孙，关注一匹马，像海子那样，海子为什么那么年轻就关注劈柴，骑马，因为他是诗人，世界的本质到底是什么，人生的本质到底是什么，生命到底是什么，你愿意世界怎样、生命怎样，你愿意怎样思考，其实就是你愿意怎样活着。

意识和身体能分离吗？外部世界是怎样伤害了你，是怎样让你欢喜得像头小鹿，伤害和欢喜，怎样影响了你的意识活动？躯体失去知觉，大脑还能活动吗，意识还产生吗，医生宣布大脑死亡后，重新激活大脑，大脑的意识还能按照以前的模式发生或产生吗，后续的新的人工组合的大脑活动，是可信的吗，是现实的延伸，是世界新拓展的疆域？

当客观现实世界的新鲜资源不再输入进人的大脑，人算真正死亡了，但人脑计算机还在工作，还能做出和他活着时差不多一致的决策和判断，如果你继续输入我们这个世界可观可感的一切，那他，它，还会继续思考吗？

如果技术还让那枚大脑产生意识，而且可以呈现，那这是人类恐怖的、非伦理的、作死的行为吗？技术永远在仿生，所以技术永远是低级的。但是技术又让我们渐渐达成一切。一个人死了，一个人的意识还在，一个人的思想还在。一个死刑犯被砍头了，他头脑里执着的念头还在。执念，比如要杀掉仇人的念头，还在。他说，老子做鬼也不饶你。他的精神在说话。因为仇恨还在。我们只有消灭了仇恨，才没有作恶。

一个善人的生命是可以入骨"画"出来的，用意识捕捉和转译、呈现的方式，尽管一开始不完善，但技术会进步。一个恶人、小人的生命意识呢？意识和情意相纠缠，相附着，不可剥离，一个人对另一个人、对世界怀有什么样的情感，就会产生什么样的意识活动，进而导致什么样的行为。可以"画"出人的生命吗？画生命，能画出人的生命吗？不是形骸，不是外貌，不是躯体。躯体的美，我们见得多了。丑，也是一种美。但意识，飘逸的意识，善变的意识，美吗？

有没有未来想做大画家的，假如现在，你们，都是画家，都是资深的画家，已经画了一辈子人、物、故事，现在，我要你们画生命，以前你们画的都是衣服、皱纹、腿、脸蛋，现在你们看我，我就是你们的模特，我要你们画出我的灵魂、生命、情感，怎么画？

我的眉宇间有一种黯淡的光彩，你能捕捉到吗？我在想什么，我每天疲于奔命，肉身存活在这个杂沓的世界，我的内心到底如何活动，如何思想，你能捕捉吗，猜、读心，都是那么的不科学，掩藏，是世界最大的秘密，掩藏里面藏着世界的本质，如果一切都洞明了，世界的游戏将无法玩下去，规则的制定者是上天，上天保护我们的秘密。

我是一个坦坦荡荡的人吗，我是一个一贫如洗的人吗，你们能把我的生命最本质的东西捕捉到，加以呈现吗？你们都是大画家，你们说，怎么画？文心可以雕龙，光刻机可以在几纳米的材料上刻蚀电子元器件，我不是卖光刻机的，也不是玩雕虫小技的，我们要做的，比它们复杂一万倍，因为生命，在任何器物面前，都是无法比拟的，也无法穷尽其相。你们关心我这个模特的过去、现在和未来吗，那些恒河沙数的数据，记忆，细小念头，产生了我今天头脑里的各种各样的思想、奇思怪想，我读的书，我看过的资讯，我思考过的点，我的经历，都在组合我的思想，我对人的情感，我受过的伤，我的人际交往，我的父亲，母亲，爱的人，女儿，我认识的人，你们，我，我们彼此在对方那里的印象，都是我的思想原料，我们是深入地交往，彼此深交，还是在一个地球的时间点上短暂相逢，然后相忘于江湖，保持一面之缘的肤浅交往状态？

画，画出我的生命吧，我愿意被你们肢解，切割，分析，但你要还我一个完整的生命，具象化的，可以加以技术呈现的！我的痛，生命里的痛，一个人生命里的痛点，也是一个人的精神、思想翻来覆去纠缠的点。

前不久，我的一个老同学来找我，说张继人啊，你他妈也不是人哎，你一辈子没有老婆、没有自己亲生的孩子，你真不晓得人间是怎么恶搞的，那些三姑六姨的事，为家产吵架打破头的事，你统统不晓得，你单纯得就像一个宇宙人，你真是太适合科幻了，你不是地球人，你简直不是人，我们每天被各种烦人的事纠缠，我们的念头总在那些讨厌又挥之不去的事上，而你，办什么未来学校，为人类的未来筹谋出路，闲得蛋疼。……我承认，这是我的一个痛，我不想躲避，我做个无数相关的梦，梦见我妈妈，驼背父亲，我妹，我自己，我的无后，我的孤苦和无助……但我有欣欣啊，欣欣是我的女儿。我有未来学校啊，未来学校是一所全新的学校，没有围墙，没有固定人员，以研究项目为中心，我的毕生精力，最后用在这里，谁都可以来获得资助，但你得有我们看上眼的项目，所以，高手云集，让人欣喜，有研究磁悬浮的，有研究海底城市的，有研究空气动力学、水纹动力学的，有研究太空弹射的，有研究命运和命理的，有研究永动机的，有制备氢气的……

现在，我把我的意识、精神、生命，全部奉献给伟大的科学事业，让你们做活体解剖，下手吧，孩子们！

张继人渡过一条江，到了江南边的一所学校教书。他需要陌生的地方，来忘记过去。老父亲说，我一生活得够精彩了，现在只愿意突然死掉，你给我丢人丢到家了。新学校在江边小山的半山腰中。张继人在那里过着孤独的生活，舔着自己的伤，重新和学生打交道。

隔了一条江，依然有这么多年轻的生命，如花般美丽。他又带起了一批学生。换了一个名字，叫张如果。他把父亲给的名字还给了他。他给他丢了一个人。

他认识了一个新的学生——苹果，在读高中，看上去好眼熟。他们在一起说话时，别人也会说他们长得好像，特别是鼻子。苹果坐在班上听课，课下来问一些奇怪的问题，都是关于张如果私生活的，咄咄逼人。她不和别人交往，特别关注张继人的一举一动。张继人起先以为她不过是一个花痴一样的女生，后来发现别人几乎都不睬她，她也几乎不和别人交往，就害怕了。他开始躲避。她则开始追击。骂，砸，吐口水，扔石头。

张继人住在半山腰，住的平房像是浮在半空中。那所学校，所有的教学楼，都像是浮在带子一样的江水上。有时江面起雾，房屋像是浮在空中。一所学校像是一所雾中的学校。那是一座江南古镇，他每天在山上看小镇的屋顶，一爿一爿的瓦屋，被水淋过，忧伤地晶亮，反射天光。刚来时，他天天一个人在那里散步、走动、思考，有时走到山上，走到江边，看轮渡，看一条浑黄的水。

他并不知道，总有一个高中女生，也就是苹果，偷偷注意他，跟踪他。

苹果戴着耳机，听着音乐，看着漫画书，实际上，她总是在树林里注意他，找他。苹果会在十天内不和一个人说话。上课时提问她，她不知所云。放学后，她就回家。然后，她牵一条狗，到学校对面的另一个山坡上，走，找。

张继人刚到那所学校，房间里值得一提的东西就是简陋的书橱。他整天搬书，搬弄来搬弄去，把书从这里移动到那里，从那里移动到这里，然后把一本书摊成植物抽芽时的模样，把自己放置在书前，却想起许多另外的事情。有时他会带上门，虚掩，也不锁，到学校前的小店里吃饭，回来后，又坐在那里想事情、看书，发呆。

有一天，他进自己屋时，突然发现一个青春女孩在他的书橱前靠着。他吓了一惊，以为是一条蛇盘在房间的书橱上。而苹果十分平静，手里拿着一本从书橱里抽出来的书，斜靠在那里，松散着身体。她不在乎地看着，也不跟他打招呼。她可能觉得自己是木耳，长在了那书橱上。她觉得自己在那里，是稀松平常的一件事。

张继人不知道她怎么进了自己的房间，而苹果似乎是房间的主人。她幽幽地开始问话，用的是反问语气，态度是反客为主的态度，语调是审问的语调：……你……是从哪里来的？那时，张继人紧张的样子有点放松，拉亮了电灯，房间里开始亮起来。他告诫说：不能在这么暗的光线下看书。

你还没有回答我。

就在那时，苹果天天牵的那条黄狗从门外直接冲进屋子，朝着张继人就要扑上去。苹果压低喉咙喝了一声：阿黄，过来！那狗就摇头摆尾地走向她。苹果又说：……你还没回答我的问题。

张继人受到了惊吓，她居然拥有装备——那条凶猛的大黄狗。现在，必须回答苹果的问题了。于是，他用手指着江的北面，结结巴巴地说：……我从那边来。

苹果冷静地说：一个人一定要知道自己是从哪里来的！……你干吗要到我们这里来？

我来教你们啊。

你不要故装轻松了！这本书我能带去看吗？那时，突然，房间的灯莫名其妙地熄了。苹果站在书橱边熠熠生辉。她一动不动，成了一个月光人。他不知道她手里拿的那一本书是什么书。

那黄狗突然叫唤了一下。屋外山地上的月光非常大，从窗子、门里倾泻进来。后来，苹果开始走到门口，狗也走到门口。那条狗的两只眼睛有野狼的亮光，苹果身上则熠熠生辉。

张继人心里一个劲地告诫自己，这完全是停电的缘故。他出来送她。

在外面如水的月光下，苹果像独语一样说：你有电脑吗？……你上时代动网吗？如果你上时代动网，你会在那上面遇到我。……你可以在那里和我聊天。……你在网上有许多朋友吗？……那里所有的人都是朋友，我们彼此都是朋友，而人间，却很少有真正的朋友！……你听陈小春的歌吗？我劝你听听他的《马桶》。

张继人说：我没有网络，也没有陈小春的歌带。

其实你唱歌很好听，我听过你唱。

……

雨已经住了，雾还在飞散。不久又雾藏南山，飞翔谷清廓起来，瞬间灿烂、一片光华。天叠着天，似有九重光芒。他们两个是在梦境里滞留、蹒跚的人，像走在棉花上，像走在云层里，像坐在没有边际的时空里……

曾女：空气也能生下孩子？啊，你讲这么多，我有些懂了，我能把你讲的联系起来了。

张如果：啊好累好无力，我怎么坠入沉沉大梦里？我怎么整天不干活，整天在这里云游，有那么多的事情要做，我却在这里耽误？我怎么像一个猛子扎到水里，在水底游啊游，挣扎啊挣扎，再也游不出去？我怎么头脑里想的都是过去的人，过去的学生？我怎么一下就回到过去，总是在过去？时间呢，谁取消了时间，今天的现实呢，我怎么永远沉浸在过往里？我们为什么从不能梦见未来，而总是梦见故人？这我挣脱不了的梦网，到底是什么？这里面到底是什么玩意儿？这梦境里的时间为什么都是断续的，不连续的，随意中断的，随时转换啊，莫名其妙，跳台，换频道，如家常便饭，我们苦苦建立的事物与事物，人与人，人与事、与万物之间的逻辑呢？曾女，可怜的小人儿，无梦的人，帮帮我。我怎么永远感觉在飘浮，脚不落地？我这都是在什么状态里？梦里为什么我们总在飞？

曾女：我怎么晓得？是不是一个男的一个女的到了一起，就能生孩子？

张如果：是的。曾女，你也想起前尘往事了？你爸叫曾国凡，你妈妈是他的大学同学，他们遇到了，在一起，有了你。我会告诉你你的故事的，不过此刻我头脑里都是我的故事。

曾女：我喜欢苹果身后的狗，它会冲向你咬你吗？

张如果：苹果身后那狗很奇怪的，有次我到她家去，她家里一个男人说他们家没有狗，回头我就问苹果，苹果说，你说有就有你说没有就没有。然后她说，没有它我怎么敢到山上冷僻的地方去？她家里有一个老者，我估计是她爸爸，戴巴拿马草帽，气度不凡，她没有妈妈。

曾女：那她妈妈呢？你不是说任何一个人都有妈妈吗？

张如果：我无法回答你。她妈妈，也是我想找的人。有人说，我的妈妈，落脚在江南边，嫁给一个艺术家了，所以我就来这里教书，找娘。但我没有找到。这是一个秘密，我没对人讲。

曾女忽明忽暗地站在那里。扑闪。飞翔谷没有夜晚和白天，她骨骼透明，体态轻盈，扑闪如流萤，翩飞如粉蝶。那微小的风，气流，能让张如果感到。张如果的孤独是这里没一个像自己一样的同类。张如果欣喜的是终于有一个奇妙的非生物体，能和自己说话、交流。那些偶尔梦境来访的人，比如何吁卣，尤其，梅子，来了，又会流走，消失得无影无踪。

曾女，你知道死亡是什么吗？

不知道。

你也不知道飞翔谷是什么？

不知道。

飞翔谷在天上飞……这里的一年，就是人间的一天。这里的时间没有向度，它朝四面八方发散，而人间，时间只向一个方向流走。人生也是这样，只往前走。人们因此建立了地球上的许多事物逻辑。人生最有趣的就是不能悔棋，你走过了，就得认，不能赖账，不能追悔。这，差不多就是人生所有的意义……但我到了这里，发现那里的一切，都不适用了。那里的人，为了表达他们对人生的态度，对世界的态度，发明了一种符号——语言，所有的人，每天每时每刻，都在煲电话，说话，喋喋不休，而我现在，经过了这么长时间的孤独的旅行，飞翔，我发现我的梦境，都是无声的，有时惊恐害怕，想喊，拼命喊，我也喊不出声。语言，是不是人类远离本质的创造物？语言把人类拖到了无休无止无穷无尽的概念游戏里，最后，它会把人类玩死？我的梦，从来都是具象的，形象的，情景的，场景化的，从来没有什么概念，从来没有进行抽象推理过。或许，当我想建立彼此的逻辑联系时，它就跳台了，换频道了。人类意识本身，是不是就是具象的、形象的？我们一直用形象的万物，来思考世界？地球上，只是因为意识不可传达，所以人类创造了抽象的语言？而语言，又带偏了人类？在那里，我们动不动就要写论文，用许多麻烦的概念术语。当我们堆砌概念术语的时候，我们真的知道自己在说什么吗？这沉沉大梦，到底是什么？梦就是意识活动？无休无止永不疲惫的意识活动？真的，我从没做过抽象的梦……如果我能回去，我要告诉世界。以后，我们的交流，彼此直接用意识。让意识成为第一语言。人们彼此都能看清对方的大脑意识活动，省掉许多啰唆的、烦琐的、谎话连篇的语言中介，我们直接读取对方的意识，这样就没有了许多遮掩。

曾女：我不懂哎，真的不懂。两个人一起努力，就可以生下孩子吗？

张如果：是的。

曾女：那三七怎么一个人就生下了孩子？

张如果：还有一个，我们只是不知道而已。世界上的人很多很多。

曾女：那个杨开，就是我在飞翔谷黑森林遇到的鹈鹕嘴，很凶的，揪我，遇到我就打我。

张如果：哈哈，他现在和你爸爸，我，都是合伙人。

曾女：什么是合伙人？你们一起抢劫？

张如果：他钱多到用不掉，只好投资。一起投资，就是合伙人。人间创造了许多概念，这是我最厌弃的。那些概念会把你绕昏头的。许多人活一辈子，被那些概念活活呛死了，变成腌菜。

曾女：那我们就不说它。说好玩的。我看见三七来了，来找你了。

13

　　三七来了。她穿了一件绿色的很厚的加长滑雪衫，头上戴着红色的棉帽子，脖子和下巴上围着围巾，身上很臃肿。冬天赶了路，她的脸白里透红。张继人一下失去了语言能力，眼睛里也不晓得是什么神情，他身前的书像千年万年的骷髅一样死了，手里捏一支僵尸一样的笔。

　　她的眼睛里，除了熟悉的赤诚外，还有一些犯错后的惊恐，这种惊恐在她14岁时就有所流露，他非常熟悉。以前在张继人的印象里，三七从不穿厚衣服的，就是冬天，青春少女的她也只穿一件单衣。但现在，穿得这么臃肿。不过，依然好看。

　　她没有和他打招呼，就直接来了。他似乎是等待在她生命中某一路口的人，永远在那里等着，站着。

　　他似乎是一个随时就能找到的人。她只需要轻轻地呼唤一下，他就会显形出来。她只要简单一寻找，就能找到。

　　她看了看小屋，说：你一个人住这里？

　　是的，我住在这里。

　　这里好吗？

　　他苦笑，说：好，天下都一样。

　　屋里有两张藤椅，很轻的那一种，新的，他拉一张给她。她舒服地坐下，长哈一口气，把一只包随意地放下，把围巾也摘下来，放膝盖上。舟车劳顿已经离她远去。江风和冰雹也躲到屋外。她看上去和以前的那个三七有点不同了。她的青春生命里有不熟悉的一个年头的天光云影在徘徊。她的声音发生了质变，她已经是厚重的金属女中音了。一年变化真大。

为什么要穿这么多衣服？

我要把我裹起来，不想人家认出我。

有什么不能见人的吗？

我怀孕了。然后她急速地说……不要问是谁的孩子。她前面的话很慢，后面的话很快。

张继人好久没作声。然后，她说：我做了一个愚蠢的决定，我要把肚子里的baby生下来，如果你不同意或准备批评我，我立马就走。

张如果突然站起来，双手把她臂膀持起，气愤地喊：你威胁我！

泪水立即在她脸上滑落，从她那双美丽的杏眼里。但很短暂，她就一笑。脸上还带着水珠。那一笑，很勉强，很无奈。

三七，你为什么这么冲动？你爸爸妈妈知道吗？

她睁着杏眼，直视无碍地看着，说：我不想让他们知道，我无处可去才来找你，我只想让你晓得。

三七，你不要肉头！你太傻了，你还年轻！

她站起身，气愤地拿起包，就要走出去。张继人撵出门外，伸手拉住她的胳膊。说：好，我不说了，你先留下，坐下来。

她回来了，坐下了。然后她说：你想说的我都知道，我来找你就是相信你，没想到你也这样，我不求你了，我走了。

然后，她呜的一声，在房间里大哭起来。歇斯底里。三七从没有这么全身心地哭泣过。她仰着脸，睁着眼睛，看着天哭。她的脸上挂满了泪痕，她泪珠晶莹，啪嗒滴落。张继人从没看过一个女孩这样哭法。她放声无忌地大哭。

苹果忽然出现在门前。她站在门前，像个鬼影，看着三七哭，一动不动。

三七居然会打包袱，打小伢包袱。

一个女婴，娃娃，安静地竖立在空中，包袱里，她怀里。包袱的花色，和三七的衣裳很配。

三七生了一个女婴，不知道她在哪里生的，那是空气生下的孩子。她不想告诉她妈妈，也不想让她爸爸知道，不想让家乡县城的熟人知道，她把幼小的孩子偷偷带过江来，放在张继人这里。他答应养育那生命。是的，答应了，无条件答应了。他之所以答应，是因为这样做，三七就可以重新安排自己以后的生活了。她必须重新开始。

那一段时间他和三七有许多时间在一起，江南这所学校的人都以为他们是一对两地分居的夫妻，他也顺势应付，这样对大家都好，对苹果这样的青春期幻想加畅想的女孩更好。

他煮一些有营养的东西给三七吃，喂给孩子，她坦然接受。

她什么也不在乎，还唱歌。孩子生下来以后，她不再像以前那样忌讳，她告诉张继人一些秘密，说那人是网上认识的，就是那天到复读班门前的两个北京男孩中的一个，家里好有来头，然后，她就去找他了，然后就这样了。现在，她要给自己的女儿取名叫网一，说是我们中国第一代网恋的结晶。

张继人说：滚你的吧三七，你还晓得丑不，为什么不叫网痛！

她说：我不痛啊，我很兴奋，我只是想哭！

襁褓，摇床，女人，孩子，一下给张继人带来了许多生活内容。

那间单人大房间，从此有了人间烟火气息。尿片，奶粉，粉红的微笑，不谙世事的小生命，乱蹬的小腿，乱舞的小胳膊，逗引得树上鸟儿欢叫，苹果的黄狗摇尾巴。

杨开的肚子被人捅破、肠子流出来，张继人突然接到消息，赶忙过江回老家看他。轮渡。汽车。的的蹦。回到了熟悉的县城，到了医院，他的舅舅不在他身边，他一个人躺在医院里，他的哥们还不知道他出事了。医院里的人说他只给张继人一个人打了电话，那已经是他第四次把他从课堂上召唤走了，杨开告诉医生说，张继人是他唯一的亲人。

他生命垂危，奄奄一息，不省人事。

第二天凌晨，杨开从昏迷中醒来，他终于活过来了，看到张继人，一把把他的手攥住，说：老师，你来了？……你这趟走时，我要告诉你……一件非常重要的事。还没有说完，他又昏迷过去。他的身上插着很多管子。他每一次醒过来后，都睁着很大的眼睛看他，要看好久，才认出人。

他在垂危时候的表情，张如果永远忘记不了。他恐惧，这表示他热爱生命。他悔恨，但他也很丑陋。他的面部表情只有在昏迷中入睡时，才是安详的。

后来，他又醒过来了，那时，已经是第三天的凌晨，张继人坐得后背都弯了。那几天他不停地到公用电话亭给江那边的熟人打电话，要他们照看好那里的孩子，换课，请假。

那时，杨开告诉了他所想要说的话。他磕磕绊绊地说：老师，我怕……我这次要……挂了，我有重要的事……要告诉你，这世界上……我没有第二个亲人……可还没有说完，他又昏迷了。在他再次从昏迷中醒来时，他告诉了他所有的存款以及密码。

这就是他所说的最重要的事。他最后说：老师，我只相信你一个。

张继人站在他的病床前。那时，他不是感动，他感到的是杨开在这个世界上的孤苦。他的所有的钱，所有的家产，他都愿意给张继人。

临走时，张继人说：杨开，你不会有事的，这是医生说的，不过我希望你这次好了以后，成个家，有个孩子，你该有个牵挂了。天天结怨打架有什么意思，你已经打许多年了，你为什么不享受生活？

杨开虚弱地说：不打不行，不打生意无法做……

病房外面有警察把守着。张继人跟中间的一个人熟悉，警察说：张老师，有人告发杨开涉嫌强奸女性，并让一女产下一女，我们在搜集证据，一旦证据确凿，我们就会逮捕他。

张继人说：应该不是杨开。警察道：那是谁？是你吗？张继人说：不是杨开。如果你想逮捕我，你可以逮捕我，我在学校，随时来！警察说：三七妈妈追究啊，还有她爸爸。你知道的，我们不好交差。你要尽快证明自己与此事无关。

张继人说：我不需要证明的，三七会证明我没事。

警察拍着张老师的肩膀，笑了，说：放心放心张老师，你是谁我们还不知道，我们都是你的学生。刚才故意给你下个套。杨开的舅舅是谁我们也知道。还有三七，我们小县城的人，谁人不知她爸啊。放心吧，你放心，你对杨开的好，我们警察都感动。张老师，安心回去教你的学生吧。

转眼杨开结婚了，有了一个孩子，一个男孩。像他这样一个人间坏蛋，该用一个家庭来制服他。他每次有喜事，都请张继人过江。张继人必须过江，他把他确定为是他一生中最重要的人，既然这样，那等量代换，他当然也是他生活里最重要的人。不过他依然出事。他打老婆，还有许多纠缠不清的江湖恩怨。每次事情突然发生，张继人都要立即回到家乡，接受处理或帮助他处理。张继人经常接到突然打来的电话，常常突发性地渡江，回到家乡。更夸张的是有一次，夜晚包船，回到对江。

有次，杨开以前班上的学习委员孙悦在美国读书回来探亲，许多过去的同学聚到了一起，就在杨开的酒店里。杨开突然开车来接张继人。

车子从新造好的江面大桥上经过。空气清朗，明明是对江相望，车却走了80多公里。到了酒店后，许多同学在一起，很热闹，都是以前那一个烂班的。大家亲热地叫张继人为烂老师，大家说起过去干的坏事，都兴致勃勃、眼珠发亮、意犹未尽。

那天，只有三七没有来。她在电话里说：她正在外地，走不开。

孙悦对众人说：三七还是那么虚荣？她为什么不来？她难道是瞧不起我，还是瞧不起杨开？

张继人说：不是。杨开也说：不是。

孙悦不理解，说：那是因为什么？难道是瞧不起我？

其实三七正在对江照料孩子，她从省城赶回来了，张继人动身离开，屋子里一定得有人照看孩子。

那时，杨开的老婆突然出现了。她一直对张继人这个老师很尊重，她抱着孩子，在众人面前说：师爷，您帮我劝一劝我们家杨开，杨开这人，到今天脾气一点也没有改，遇到个什么事，还是那样，拿着一把刀就冲，你们说他要是出了什么事，我们一家……

杨开听了，鼓着腮帮子在喘气，挥手要他老婆走掉。他老婆却没走。杨开终于发作了，做出了不可一世的大男人的样子，把一只酒杯子砸到墙上，朝她大吼道：你晓得什么？没事别多嘴，你还是抱小伢给我喂奶去！

15

　　曾女，迄今为止，我们人类并不知道梦境是什么，我们到达了哪里，缝合了哪些往事和未知，我进入沉沉大梦，就是来卧底的，来搞清楚这些的。我也是来唤醒你的。在梦中，发生的一切荒诞不经事，地点都是飘忽的，不确定的，遇到的人、发生的事，也是有头无尾的，转瞬即逝，这是不是证明我们是飘浮在太空中的生物？一切意识都是宇宙飘絮，是不是证明了宇宙的状态，人生的状态，人是宇宙中微不足道的一芥微尘，我们的意识只对我们自己有意义，而对于恢宏自然，丝毫没有价值。你当然不能回答我，因为你现在还没有自主意识。欧洲有一个大学者弗洛伊德，一辈子记录了自己的梦象，分析自己的每一个梦，他是一个医生，治疗精神疾病的医生，也是一个哲学家，他把自己当作标本，来研究我们人类意识内部发生的事和现实的关系。我也把自己当作标本，给我的学生来研究，我是一个被试者，一个自愿者。我目前能确切证明的就是，梦境里有大量往事，生命记住的那些人在发生着、组合着新的故事。夜正深，梦正热烈。宇宙的运动不息，天体的运转，不同体系的交互咬合，每一个体系是有中心的，但整体有没有中心，整体是不是梦一样去中心化，这是不是证明了宇宙的形态。宇宙是不是一场大梦，它在思考什么？为什么太空里有那么多的爆炸，高能，辐射，而距离我们很远，让我们感到那么安详，迷人。曾女，看到浩瀚宇宙，你从没有害怕过什么，思考过什么，你的无知无觉，无痛无痒，无脑无肠状态，让我害怕。而你，曾经是我那么熟悉的一个血肉小人！

　　我记得我经历过的一切，一切人，一切事，但别人，并不在我的生命内部，他们不关心我的一切。唯独你，开始关注我了。谢谢关注。回访。一起吹风，一起想事。

一辆黑色的奔驰车停到张继人住的平房前树荫下，张继人正在外面自来水龙头那里的石板上刷一条牛仔裤。网一的几件粉红小衣服已经洗好了，晾在绳索上。绳索在空中，两端拴在两棵树上。

我在江南没有什么熟人，不会有什么人来找我的，他想。

可让他意外的是，从车里出来的人直接走到他跟前来。是三七的爸爸。他从老家江北的县城调到了江南，现在是这里的主要领导干部之一。他一闪现，张继人就意识到他知道三七和自己的隐情了。

他进了屋子。司机在外面等着。他说：张老师，我女儿三七的情况我已经清楚了，三七的脾气很倔，她一直跟我搞不来，跟她妈妈也搞不来，不过我觉得你是一个不错的人，你一直在帮助她，你是一个高尚的人，我很感动。

张继人说：三七一直想有一个父亲，她不停地在世界上找父亲的替代。

他说：是啊，我也觉得难过，但是她不原谅我，不认我这个爸爸。现在，张老师，我在想该怎么帮助你，你不要以为我是一个不会儿女情长的人，我以前也是中学政治老师，也在一中，我们还可以说是同事。我很敬佩你。不过，请你不要把我来的事告诉三七，我女儿她太任性了。

他看到网一，摸了网一的头。

张继人说：我有一个事情，或许你能帮我，我的母亲，她是学艺术的，听说早年在江南这里搭过一脚，我几十年没见她了，想她，想找到她。她早就和我父亲分开，我一直想找她。当年她到我们老家那大山里采风，遇到自然灾害，回不去，被我父亲搭救。

他简单问了下，就把张继人母亲的姓名籍贯等线索记下。

他走后，张继人看到了他放在网一玩具小书包里的3000元现金。

他刚走，苹果就来了。

苹果到房间来，站在中间，问：刚才这个人是谁？

她在这屋里，自由自在。她总是这样，忽然严肃起来，语调会让你受不了。

每次三七到这里来，和张继人在一起时，苹果总在窗子外面玻璃上贴脸。平时三七不在这里，只要开着门，她就会直接进来。张继人害怕她伤害网一，但又觉得她不会。

许多高中女生都来摸网一的小脸巴子，把她弄笑或逗哭，一下课就成群结队地从这里走，一起拥进来，看屋里的小把戏，玩了好久后才回寝室。有时几个女生，会把她带到寝室去当玩具玩，半天才还回来。

学校里，总是热闹、安全的。

校园里，张继人和一政治老师站在一棵大树下聊天。那政治老师长得高高瘦瘦的，有点帅。看苹果来了，他说：来，苹果，给我咬一口。苹果不笑。苹果也不理他。苹果站在旁边看他表演。

他天性就这样，要捉弄人家，一个平民幽默家，他又突然做一个假扑，吓走了苹果。之后就对张继人说，哎呀你啊我为你头疼，这个世界到处都是生命冲动行为，到处都是生命冲动留下来的后遗症，这就是准准确确的人间，你啊张继人，你啊遇到了两个漂亮的女孩子，不好办，不好办，我给你 个建议，现在人家对你的议论你也知道，你和三七，只要结婚，就没事了，所有的风言风语全部烟消云散，你也能回老家了。

他们在一起抽烟。他又说：三七不是你目前生活里最大的问题，你现在遇到的最大问题是苹果，不好办，这个更不好办。

张继人说：我想帮她。

不是这样的，有些人是不能帮好的，反过来会帮出麻烦的，不信你就看着吧！帮人也要看身份，你是一个男的，又长得这么帅，你去帮人家青春期的女孩子，那还不笃定坏事！

我不是情种，你有没有发现我和苹果相貌上的相似之处？我猜她是我妹妹，她妈妈，你知道吗？我的妈妈，早就离开了我驼子爸爸。

哎，你这样一说，我还真有点感觉。

我的父亲，是一个地地道道的中国人，民办教师，山区校长，驼子。我母亲，能歌善舞，我一直找，没找到。我父亲说，她在这座城市滞留过。我怀疑苹果，我想知道苹果的妈妈是谁。

哦这个这个你说的这个，我要好好研究了，我带你去问一个人，这个人认识苹果的爸爸，他们都是艺术家。

……

16

　　张如果残破的梦：他在树梢上飞，掠过大地，他在云层上走，飘，他赤身裸体走在大庭广众之下，担心被别人看见，紧张，焦虑，恐怖，害怕死了，他吓死了，一看，却发现自己原来穿着衣服……就像以前担心过考试一样，焦虑导致梦魇。幡然梦醒，发现不需考试，就如捡到宝贝。

　　张如果恐怖的梦境：一张脸，没有眼睛，她是三七；一个女人，应该是妈妈，没有五官。温暖有如妈妈。他记得枕着母亲胳膊睡的情形，听母亲鼻息声，但此外就没有任何母亲的印象了。梦见自己吃芒果，捏着吃，从中间咬一个孔，吸，吮，不停地捏，吮吸。芒果成熟了，黄的。醒来后，发现那是母亲的乳房；朝上一看，妈妈没有脸……他害怕，大受惊吓。醒了。

　　梦网粉们也一起受到惊吓。

　　这些焦虑不安和莫名恐怖的梦，被全球直播出去，引得世界各地的梦网粉们一起惊诧。

　　他还梦见：杨开在跑，大脚跑，他在追，杨开突然就跳下了悬崖，还脸朝上，喊：来啊，来追老子啊……然后，杨开砰的一声，像一只装满土的草包落了地。遥远的山地。

　　张如果哭。

　　梦网粉们也哭，为张如果的经历而哭。他们为张如果痛心，懂得张老师为了一个学生的暴烈的死而伤心，梦网粉们经常看这样的大片，看稀松无奇的大片，看惊险刺激的大片，并进入搜索和侦探状态，因为有些懂，有些没来由。

　　……

　　充满着现代奇幻光影的舞台是他的。

张如果西装革履，风度翩翩，高大英俊，一个人站在中央。巨星的身材坯子。这是一个新产品发布会，全世界的目光都注视着他。

他在演讲：

我们的未来学校，不是传统意义上的学校，今天世界各地的学校校长来了，但，到了我们的未来学校，会找不到北的，也找不到南，更找不到回家的路。我们的学校其实不是学校，它类似氢燃料加注设备的一个网络化分布系统，我们加注的是知识和智慧。简单说，就是未来社会未来人要瞬间完成的学习，知识芯片，智慧芯片，电极和植入大脑皮层的技术等，一分钟内，你就会懂得十国语言，我们可以给你爱因斯坦的智慧，爱因斯坦的大脑是分级的，从1到10。我们也可以给你薛定谔的智慧，或者高等数学，逻辑推理能力，破案能力，侦查能力，审案能力等，空间思维能力，想象能力，回忆重构能力，思维混搭等，门类齐全。对，这就是我们的未来学校。里面没有如云的班级和一层一层的教学班级，你也听不了课。全部是商业机密，都受知识产权保护。但我们的服务，是普天下的。我们是云端学校，为所有的人提供云服务，孩子，少年，成人，老人，各种求知的人，有求必应。当然，我们有实体的部分，那是我们的地标，在钱塘江边。看，这是我们的logo。就是我们现在立足的地方。

他做一些演示，放映出一些光影和幻象。

影片展示了未来社会未来的教育是这样一个情景：

许多人充斥着一个繁华的现代都市社群，人影幢幢。未来社会，就是一个学习的社会。生物人，生化人，组装人，共居一世。一个生物体的人，身上的很多部位是可以兼容各种设备的，某些知识性的学习，就是插入大脑卡片。至于力量、肌肉部分，也可以插入芯片。所有的人，完成了基础学习后，即学习了世界上所有门类知识的大概原理后，就将不断地从云端，获得未来学校提供的资助。大脑是可以移植的，将聪明脑瓜子里的智慧，换到你的脖子上，屈原的抒情能力，哈姆雷特的优柔寡断，美狄亚的激情，康德的思考，庄子的诡谲，都是可以装卸到你的意识里的。有些沉默的人，我们给他演讲家的冲动和语言能力。这是我们传统地球生物人的学习状况。那些生化人，组装人（也就是服务机器人），他们的学习，更是像今天的汽车修理店一样，可以大修，可以改装，可以重置。而未来，真正的地球生物人，已经获得了不老之身，不死之身，他们身上储备的知识、智慧和能力，注定要不断更新、升级。未来的战争是人类和技术的战争，许多人拒绝技术进步和更新，但技术已经获得一定的自主能力，不屈从你连起码的生命维持都难以为继。

没有人鼓掌。

所有人都在倾听。安静。全世界都很安静。

普天下所有梦网粉们都在沉思：我们要不要活到未来去？这个人是谁，他从未来来吗？我们昨天看到的、解读的，还是他的过去，今天，他居然从未来回来了，款待我们。他给我们展示的是未来社会的图景？

他是未来学校的校长？

他在继续他的演讲。

……我们人脑，有100多亿个神经细胞，每天记录大量信息，人一辈子能储存万亿条信息，人类挣扎在这些信息里，淹没在这些信息里，狂喜在这些信息里，被各种意念纠缠，捆绑，直到个体死亡，所有记忆才烟消云散，归为尘土。这几乎是以往我们存身的这个世界的全部意义。死亡构成了彼岸，这边，不知道那边。现在，人一生，所有的记忆，相关信息，全部能被重新激活，存储，转译，呈现了。如果说，人的本质是精神、意识的话，那我们最本质、最不可捕捉的部分，我们能捕获了。梦网要做的是，保存一个人一生所有的有意义、无意义信号，并重新界定那些有意义、无意义信号的意义。往后，梦网可以把人类所有的记忆保留下来，甚至可以把一个已经自然死亡的个体的脑活动，完整保留下来，形成另一种意义上的活着。这就是梦网的作为，试图改变整个小小人生在宇宙大场里的游戏法则。这是对过往一切的彻底翻盘。我们可以和死亡者交互对话了，可以和一个拒绝和你说话的人进行对话了，当然，为了不引起恐慌，是在另一个虚拟场景里。我们可以彻底审视自己了，发现以往没在意的人或事，或许是你最不能忽视的。当然，研究是一步一步深入的。现在急需的是一个一个地球生物人的完整梦境，这需要躯体的捐献者和意识的捐献者，我一个人是不够的，我们需要更老的人，更年轻的人。为什么老人总是做恐怖的梦，为什么小孩总是在梦里笑？往事，在一个人的心理内容里，到底占多大位置？我们需要更多的捐献者，只有这样，才能进行完整可信的分析和研究，进行更深层的设计。靠那些零碎的梦境，片段的梦境，是分析不了经历、经验、认知、念头、本能、习惯、意识、判断、行为之间的关系的。必须系统研究，把握一个生命体所有的意识和行为之间的对应关系，弄清选择到底是什么。人生就是选择，从面临的各种处境里选择一样，就如下围棋，每一步都是选择，是在整个盘局里进行的选择。如今的电脑貌似功能很强大，但其实，还不过是对人脑拙劣的仿生。而我们真正的人脑，是跟宇宙一样复杂、精微，我们对它的认识还刚开始。人脑内部信号的传递、组合、形成认知的机制，我们还刚开始研究。这一条学习之路，永无止境。大脑处理信息的过程，与周围环境实时互动的认知系统，非常之牛，能帮助我们组建和完善新型神经网络计算机。人，是最善变的，最会应变的。精神的本质是自由的。人的念头，智力，一台巨型计算机，怎么能捕捉？

　　一切还在进行之中。

　　我是一个以身试法者，我就如一个微型纳米机器人，跟着意识信号在运动。我来报告你们意识的产生和流转，投射。

　　目前，梦网能直接在微芯片上模拟生物神经元的属性，将蛋白质生物传感器与电子离子泵连接在一起，创造出模拟神经元。这些产生的还是模拟信号，不敢说是原真信号。仅仅处在这个水平。

　　接着，就是成像。

　　这是梦网如今最核心的技术。这里，也仅仅是模拟信号。

　　接着，梦网把梦境转化成可视图像和电影，飘忽的电影。

　　没有一项科学研究是如此的艰难。你们那边的科学家在研究我，我，作为卧底，来到了这边，随时报告这边的情景。目的就是要打开我们人类的大脑。我们在人类大脑面前，跟在宇宙面前一样，我们还是微不足道的小学生。我要两边讨好。

　　我潜入意识的深处，生命的底部，发现了许多秘密。睡眠连接着死亡。死亡的清醒态，就是活着。活着的死亡状态，就如休眠。人死了，大脑依然活动，这是最费解的。意识的原初信号，来自宇宙天体？身体是我们的宿主，意念来到了我们大脑，长期的运用，让我们自如配合了眼耳手鼻，但它是先来的，还是后来形成的？所有有头颅动物的大脑，进化，会朝着什么方向走？世界既是物质的，也是主观的？我们的情感方向，认知倾向，决定了我们的选择。人的一生，就是在各种情境下的选择，而情感，作用着你我的选择。飘忽的情感，认知倾向，我们怎么捕捉?

以后,选择的很大一部分,都可以放心地交给云端,交给未来学校了。我们不能让人类做无谓的牺牲了,许多低级的错误,是完全可以避免的。我们人类可以腾出时间和精力来做高智力和高情感的活动了。大脑沟回探索并成像的意义非常之巨大。整个世界的褶子将被彻底打开。过去被遮蔽、被躲猫猫躲去的很大一部分,终将水落石出。人类的精神活动敞亮了。世界呈现越来越多的景象。

人类活动越来越丰富。或者说,又一次被发现!

这是一次新的发现新大陆。人类精神的面目,将越来越清晰。

……

随着新技术不断开发和应用的普及,梦网日益壮大,梦网粉们聚拢来了杭州湾,未来学校也深入人心,如日中天。一个个小的部落形成了。各年龄段的人都来了,大家在一起交流,少年们一拨,老人们一拨,中年们一拨。大家注册了就可以来玩梦境,进行神秘交流。科学家也来了,因为这里可以进行各种研究,包括神秘意志。大家交流到潜意识份上,交流到性灵份上,交流到前世来生份上。每个人都觉得,以前人类的交流不过是语言的游戏而已,以前人类和谎言相伴了几千年。甚至不是我们在说话,而是话在说我们,话在说话。而现在,我们可以直面一个人的表皮和内心了。然后,我们这个世界更牢固了,人和人相知相处也更融洽了。因为你若说谎,我立即可以调看你的内心诚信记录。当然,资料保存在很隐秘的地方,非到万不得已,不得侵犯个人隐私。

不需要遮掩的,终将被取消深度。

全新的盛大情景,大幕正式拉开。他们开始了更多研究,人类的智力用到了一个个难题上。比如许多成人的梦境,实在是非常之复杂,非常之残破,非常之奇崛,非常之费解……

17

……

杨开开来一辆很大的商务车为他搬家。一直往北，开过了瓯江，赣江，穿过了景宁畲族。张如果避开了苹果，远走他乡。杨开手上戴着黄澄澄的金饰。路上他们有说有笑。常来兵说话气杨开，说张老师以后再也不回来了，你有钱有什么用？杨开说：那我就不要钱。说着，他就脱下一只鼎铛摔窗外了。他还像一个孩子一样，赌气时，腮帮子那里还会恨恨地嚼动，鼓起来。

常来兵说：杨开，你为什么和钱过不去？停车，开门，我去捡。

杨开说：我要的是朋友，你去捡，轧死你。他疯了，把车开得更快，不要了。

网一奶声奶气地喊：杨开叔叔，你不要给我啊，不要扔掉好不好？

……

车开到钱塘江湾，杭州的一处别墅，接待他们的是曾国凡。他带张继人去一间已经准备好的居室，说：张老师，你以后就住这。

曾国凡旁边有一个女孩，睁着扑闪扑闪的大眼睛，在看一大帮子人进家门。

她是曾女。

曾女喊：哇，老爸，哪路神仙啊，怎么来了这么一大帮子！

杨开一把抓住曾女，做出非常恐怖的鬼脸，说：我是恶煞！

曾国凡说：张老师，这个是我女儿，她叫曾女，就喜欢家里来人。

曾女在逗弄网一了。

她喊：啊，还有一个小宝贝，这个是我的，这个给我，这个归我，这个今晚属于我。哦，我最喜欢宝贝了。

两个小孩笑得很开心。曾女问：她叫什么名字啊？

网一说：我叫网一。

曾女说：什么网一，好难懂的名字。

张继人说：你爸爸懂，网易的网，一个的一，这个小女孩就与你爸爸开的网站有关。

曾国凡说：继人的女儿这么小啊，我的女儿都这么大了，曾女，你是姐姐，她是妹妹。

曾女说：我都六年级了啊，小妹妹，我叫你网一，你会叫我姐姐吗，啊，叫我曾女也行。

张继人说：网一大名叫欣欣，张欣欣。

网一说：曾女姐姐，我好看不，你带我出去玩好不好？我如果不好看，你就不要带我出去。外面有好玩的吗？

曾女说：好看好看，你眼睛特别好看，我给你头上插满头饰，戴朵大花，然后我们出去招摇，惊倒路人。

曾女把网一的嘴巴拢起来，把她的眼睛上画了红，额头点了美人痣。然后，把家里玩具都拿出来，摆好，给网一玩。网一很快就埋伏到玩具堆里打滚了，她们在那里发出冲天吼声，快活得要死，忘记了出去。

……

晚宴上，张继人介绍说：杨开，这位就是曾国凡，你听说过的，也是你仰慕的，是我们老家最著名的人物，中国互联网行业的领导者之一。曾总，这位是杨开，现在是我们老家那里的首富，表面主业是餐饮消费，实际经营的是三省物资交流中心，他投资了不少产业，包括教育产业。

曾国凡说：我们老家的首富是什么概念，总资产大概多少？我穷怕了，我现在没钱，只有股权，如果互联网泡沫也算股权的话。

杨开说：哈哈，见笑了，我也不晓得我有多少钱，只赚不数，胡润也不来数，瞧不起我们这些土包子。

曾国凡说：我这里有很多投资机会。

杨开道：只要曾哥说了，我就投，全是现金。

曾国凡说：三省物资交流中心规模不小，搞起来有二十多年了吧，这个还是我的老师，张继人的父亲起意搞起来的，商贸、货运、物流这些实体经济，还是很来钱的，省物资集团收购了你们没有啊？

杨开说：收了，全归他们了，我手头的现钱都是他们进行资产置换付给我的，我现在有钱，没有项目，都漂在账面上，所以也想出来看看。

张继人说：杨开活在世界上很生猛，他活着就是交朋友，不是赚钱。

杨开说：我的钱，都是张老师的，张老师是我的账房先生，也是我的经纪人，我老板，我每天求他剥夺我的财产，他说君子什么什么利的我也不懂，他大义凛然。

酒过三巡以后，曾国凡说：杨开，我手头真有非常好的投资机会，你不知道，满地壳的资源，死翘翘的，一文不值，我的女儿曾女是一个未来人，深蓝儿童，我让她来给你普及一下未来……曾女，你过来，你带网一过来，跟杨开叔叔说话！

曾女和网一两个小孩子彼此抱着，跑进来了，爬上餐桌。

曾国凡说：曾女，你能不能装下淑女，你给杨开叔叔说下投资，他有许多钱。

曾女说：钱是你们地球人发明的我所鄙视的东西，但你们用它来做万物之间的等价交换物已经根深蒂固，你也投资梦网吧，如果你投资了梦网，以后我们之间还有故事，我们还有交集，投资梦网，否则，你再也见不到我了。不过，你投资梦网可能会打水漂，未来社会万物互联，但真正厉害的是，世界上所有大脑的互联，你懂吗？

杨开说：我懂，我的大脑和你爸的大脑互联后，我就可以知道你们家保险箱的密码了。

18

曾女，人皆有父母，你爸是我父亲的学生，你爸比我大几岁。我到杭州，是投奔你爸的。我们老家在一个穷乡僻壤，但人多，热闹，你没有去过，你爸说正准备带你回一趟老家，你生病了。你是深蓝儿童，所以你不能在人间很久，上天有设定，事关宇宙的奥秘。我父亲是一个耕读老师，他是一个卑微的耕读老师，残疾人，驼子，我必须接纳这个事实，尽管我排斥了许多年。人世上的人都很虚荣。从小，我家里人，亲戚，觉得他不能做活，就让他去教书糊口。家里找了人，托了人，送了人家许多东西之后，人家就让他到一个山冈的野村落去，糊弄几个小孩儿。那个年头，糊弄几个毛孩子还是容易的。后来，他又辗转到更边远的地区去糊弄，什么地方发达了，民智大开了，他就赶到更偏远原始的地方去。还是教书，还是糊弄孩子。他长得丑，只能靠边。他心里想，这下也好，在鬼不生蛋的地方，我再怎么作丑弄怪，也没人晓得了，丢人不现眼，这就好。

我父亲喜欢那些个封闭的地方，原始的地方，古朴的地方，不开化的地方。大山上有许多棵瘫痪树，毛毛虫比松针还多，还有半爿病水。水是浑水，充满毒瘴，像一个老人的白内障，却雾气腾腾，优雅抒情。只一间孤零零的披厦屋，是他住的。白天一个人也没有。太阳太大，太烈。白天，他就和风说话，和树聊天。白天他一个人闲着没事，就走山道，走树径，看日出日落，看云。

一到晚上，人就来了。嘻嘻哈哈的。小学校淹没在十万座大山里头。许多座山峦，冒尖在白汤汤的雾瘴里。从那所鬼学校拉屎的茅厕里钻出去，就是外省。孩子们作弄他，因为他长得太难看。小孩子也知道什么是丑陋，知道怎么作弄人。小孩子最热衷的一件事就是整蛊。我父亲的帆布皮带头，很软，拖下来，吊在裤腰那里，荡啊荡的，孩子们很羡慕，他们系裤子都用麻绳。有次我父亲在讲台上睡着了，被他们偷走了帆布皮带。醒来时我父亲不敢站起来，怕裤子掉了。女生都不知道发生了什么，男生在鬼笑鬼笑的。

不过我父亲教出了许多了不起的人，你爸是一个。有三个人值得一提。一个是预先流泪的女生。不管你说什么，只要是一动感情，她就先流泪。那女孩的脸被泪水洇湿，无比端庄，可人。她后来成了非常著名的作家。还有一个是死不做作业的主儿，他也是一个告密鬼，整天对人说我父亲这个驼背老师不改作业。有一天我父亲就批了他一巴掌，他立即对我父亲跪下磕头。我父亲呵斥他，我白教你了，你一点骨气也没有！你告了我你就说你告了我，人要有骨气，你要想成为败类，老子就打你！第三个人是天生情种。事实上世界上任何一个地方都有情种，再偏僻旮旯里都有，他人很小就长得孔武高大，有了成人的骨头坯子，但很嫩歪。这个天生情种在班上喜欢把书或者本子往女生头上飞，飞过以后，就等白痴一样的女生看他。那时，他就笑。女生都被他弄得晕头转向。

有一天，突然的，一个鼻子很大的外国女子，人家说外国人，跑到山腰小学校来了，好漂亮，白得像豆腐，她要找一个中国音乐家，还要找会唱古调的人，他们在大山里失散了，她说的话没有人能听懂，打草药的人就把她引导到破学校来。她来僻远的地方采风，采许多中国的古调，要告诉欧洲，告诉世界。但过了一年，还找不到那个音乐家，我父亲知道那人已经死了，被活活打死的。但我父亲帮她找到了会唱古调的人，她记了许多谱。

于是，小学校的锅屋里，就有了一个烧火的女人。满屋净是烟，她身上都是茅草灰。她就是我妈妈。她遇到了我们中国的社会变动，回不去了。她实在不会烧火，更不会煮饭，煮出来的都是夹生饭。后来一切都归我父亲做，她教孩子们音乐和美术，我父亲教语文和算术。几乎没有教材，一切靠言传身教。复式班级，混编。没有教材，没有工资。时间似乎回到了口口相传的蛮荒时代。人的命运和社会是有联系的，和国家也有联系。我们渺小到活在各种社会关系里，各种社会运动里。我从小害怕大山，山连着山。天太热的时候，我爸就在山洞上课，头上滴答答滴水。我父亲是驼子，他不能驮我，在前胸吊我。我最烦躁的是知了叫，大山里，它们叫起来，毫无章法，我妈妈就跑了。那是一个贫穷的时代，不过大山里的老百姓对运动不感兴趣，他们按照几千年的习惯来生活。不识字的民众，很崇拜我父亲，所有事都来请他做主，逃荒来的也服他。我父亲成了神一样的人物。

他吸引许多人到大山这里来，让这里变成一个大集市，做了三省物资交换场地。他允许别省的孩子来读书，所有家长佩服得五体投地。我妈是学艺术的，她肯定耐不住寂寞，生下我后，等我又大了点，她就离开了我那丑父亲，走了。她活在世上，就是为了艺术，为了爱，为了独立不羁和我行我素。她活在那鬼学校始终不快活，而我父亲就像打了鸡血似的，越做越兴奋。她天天低着头，看着自己的脚尖走路，看着自己的影子走路。有时候她很忧郁，有一次她还要我帮她找绳子上吊。她始终一个人，永远一个人，落寞的心境，世外的心，孤独的精神。她好像不属于我们这里，永远不属于。她心不在这里……在我面前，她的眼睛总是富有表情，她的鼻子也有表情，她的嘴巴也有表情，身体婀娜摆动，教我唱歌，教我跳舞，但我一生没唱过没跳过她教的。

人家说她是一个外国人，但我不能确定。我也记不清她的模样了，上面说的，都是记忆。记忆是不准确的，但我想念她。还有，我父亲的转述。转述也不牢靠。据说她来古老的东方采古风，遇到了自然灾害和社会变动，不能回去，然后，遇到了我父亲。也有人说，我妈妈是犹太人的后代，在上海出生的。我后来当然到户籍部门，图书馆，史料库，还有地方政府去，想一切办法，去找妈妈。但是，虚无缥缈。

我一辈子都在找我的母亲。我的梦境里，都是寻找。梦是按照一个主导意念在组合事物的。我不敢过多地问我父亲，怕他伤心。我父亲对她情有独钟，万千宠爱都愿意全部给她，但她不稀罕。她没有瞧不起我父亲，没有歧视我父亲，她想追求别的高雅生活，但她又不敢，又处于那样一个特殊时期。她应该是很压抑的。我是成人以后才体谅她的，之前是被压抑的恨。

我对她的零碎印象，都是父亲回忆的。

我父亲爱怜地说：艾玛，许多天了，你脸色不好。

她说：活得没意思。在这大山里，我快闷死了。

我父亲说：死亡是一件非常迷人的事，我和你一道。

她说：驼子，我们终究不是一路人。

我父亲笑着说：那你干吗生下我们的孩子？

她说：我就是给你的人生一个美好记忆，你这人活得太悲惨了，驼子，我明天就要走了，离开你了，你不要怪我。

　　然后，她走了。

　　她把我父亲留在自己的古老生活里，让我跟着我父亲。等我念书的时候，我已经没有母亲，我父亲已经桃李满天下。我父亲成了一个著名的乡村校长，但他也很想念我的母亲，和我一样。

　　我父亲是一个好老师。绝对是。我确定。他知道什么是生活教育。

有一天课上，我父亲对那些学生蛋子说，你们要用人间的忧患感来识字读书，理解人生、理解别人，这样，你们就什么都懂了。

山里娃全部笑起来。不做作业的男生大叫起来：呵呵呵呵呵呵，人间的忧患感是什么，什么是人间的忧患感啊？我们都是快活鬼，要有什么忧患啊？在他的带领下，一帮人都嘲笑起我父亲来。我父亲拿一根教鞭，竹根做的，本来是做烟具的，狠狠地抽在他的屁股上，说：你不懂得人间的忧患，没有人间的忧患感，你就别读书，别来吵蛋！他哭丧着脸、鼻涕老长说：老师，我要告你打我，你又骂我，驼老师，你师德有问题，我要死了，我死给你看，我立即就死，我跳到山崖下去了……我父亲哈哈哈哈哈哈哈哈地大笑起来，说：你忘记这是什么地方了，你们是鬼学生，我是鬼老师，哈哈，连这个你都搞不清还来混，哈哈哈哈哈哈你滚，我们不带你玩了。

他没有话说了，也不觉得委屈了，朝我父亲笑着鞠了一个深躬，然后说：鬼老师，您说得对，我对不起你，我忘记这是鬼学校了，哈哈我错了，我立志以后要做一个优秀的鬼学生，我不愿意回家，我要在这里玩。

山里的规矩就是这样。我父亲接着上课。那时上课很热闹，山娃从学校里窜到省外去是家常便饭，过一个岔路口就是外省，随时都会发生什么故事。上课也没有课本，全校就半本教材，教室里只巴掌大一黑板，没粉笔。有也不用，因为那是夜晚上课，上的是盲课。大家都在黑里，接受鬼老师的教育。

我父亲说：孩儿们，你们不晓得啊，一定要有人生的忧患意识啊，人生忧患识字始，你有了忧患意识，才能懂得许多书。我这一生，就是忧患深重的。我……实在是没什么好干的，才来教你们的，你们了解我的生平吗？我现在就告诉你们一桩事，你们都把鼻孔翘起来，给我好好听着。多年前，我遇到过一个伟大的貌美如花的年轻女子，好漂亮……知道不，我失败死了，恨不得一头撞死！这就是人间情感，理解课文，理解人家说的东西，理解一切，都需要你先有人世情感。人活着，最终，永远，都在理解各种人世情感，除此无他。

那个预先流泪的女生，已经悄悄哭了。

那个天生情种小声地鄙夷我父亲，说：你个现世的驼子，还想癞蛤蟆吃天鹅肉！

大家哗笑一片。

我父亲像没听见，他允许人按本性表现自己，而不是压制，不许言语，他接着说故事：我的孩子们……她如果好好地跟人家过，那也就罢了，可是过了几年，她还没嫁人，她很孤寂，也不习惯我们大山里的生活，于是，每一年她都托人打招呼，说：鬼老师，你来看我下，我想你来陪我，我没有人说话。于是，我就去看她。有一年，她已经有男人了，是一个中国音乐家，她还要我去。我到了她那里，她不好过，很忧愁，对我说：我好伤心，我的爱人被关起来了，我想和你好。我说：我现在不能和你好。她把我看了半天，说：带我走吧。我说：不。她把我的手执着，说：我想抱一抱你这个驼子。她亲了我的额头。又过了一年，她丈夫死了。她丈夫死之后，她派了一个信得过的朋友来，找到了我，说她现在可以跟我走了。

那个预先流泪的女生，已经泪流满地，哭得一塌糊涂。

我父亲走过去，对她说：女伢子，你是一个懂事的孩子，真是人生识字忧患始啊，可是不管你怎么伤心，都不要干扰别人，你哭的声音要小一点，你要学会一个人独自哭泣，体面地哭，我就是。你看看，有些人听了我的故事还幸灾乐祸呢。

她忽然歇斯底里，疯狂地朝我父亲说：鬼老师，求你不要说了不要说了，你再说我就要哭得天崩地裂了，我就要死了！

我父亲说：你这么哭，那我还敢讲吗？

她说：那你就别讲了别讲了别讲了。

她情急之下急跺脚。

下课以后，所有孩子都跑到鬼学校的锅屋里，看一个烧火的女人。

那个荒山野岭是哺育我的圣地，我父亲恬不知耻又夸夸其谈地这样告诉过我。我知道他的辛酸，我原谅他那一点点的幽默。除了幽默，他没有什么来对抗现实。

那是我曾经异常害怕的大山，山连着山。我们住在山顶一旮旯里，那里有一块平整的土地和几间土屋。

我们在山洞里野居。

天太热的时候，就在山洞里上课。我幼年的时候，就跟随他们走山路。我歇在他身上，跟随他，听他说古说今，上盲课，过着完全没有白天黑夜的颠倒生活。

他想什么时候上课就什么时候上，他有事就推迟点，嘴里吹一个竹哨子，老远山地里的学生就来了，像鸟雀……

这就是我的幼年生活，那一座大山是我的地狱，但是我父亲的天堂。

山上有许多鬼故事，我父亲总乐此不疲地言说它们，我丝毫也不感兴趣。

我父亲越活越开心，他有许多奇思妙想，吸引着学生，大人们也来听他上课。

他说：……其实有两个世界，我们穷乡僻壤的山野，顺过来看，是荒蛮之地，倒过来看，是一座繁华锦绣的鬼市。

我父亲把那荒凉的鬼地方编造成一座大城市，叫鬼市。

他对山里的伢儿们说：我们这里是大码头，大城市，只是一般人肉眼凡胎看不出而已，我能看见。每天早上，我都看到一辆大客车从城外开进城市，车里司机也没，是无人驾驶车，世界上最先进的。晚上，这一辆空车又开出来，没有人晓得这辆车是干什么的，但我知道。孩儿们，人的头脑能造出一座鬼市，我们就是要这样凭空建设新家乡，把我们这里变成一座大城市。我们这里，其实是三省交界的地方，以前，历史上，也曾热闹过，你们相信我们这里会变成大城市吗？

他把所有穿开裆裤的伢子逗得云里雾里的，一个一个都发愤写字读书，憧憬未来。

那时写字都在空中写，在水里写，在地上画，在同学的背上画，上课就是把他讲的故事重新讲出来，因为没课本。

曾女的爸爸就在那些孩子中间。

担任那个鬼学校的鬼校长，我父亲不稀罕，没有人愿意来当。没有工资，没有编制，甚至没有口粮。没有校舍，没有桌椅。山再青，也很荒凉。他每天看着那荒蛮之地发生的一切，告诉别人怎么做。

不识字的民众崇拜他，所有事都来请他做主，逃荒来的也服他，他在大人的世界里风生水起，在小人这里，就更不用说了。

后来那里真的成了集贸中心，每天有几百辆车子运货，来上学的人激增。

学校原本就是一座荒冈，没人来。后来许多学生来了后，路都走出了路样。

但上茅厕没地方，学校要教人文明啊，于是，我父亲就搭了个棚，让男生和女生一起上。那是我们那里史上第一个厕所，大家感觉好新奇。女生下课后就先跑去。这是父亲规定的，女士优先。

其实我父亲很得那些鬼学生的欢喜，后来他越来越有名，口碑奇好，不做作业的也做作业了，告发他的人也不告发了。

我父亲后来决定在厕所那里建造玻璃门。那也是我们那里史上最早的玻璃门。对那些年山野的孩子来说，仿佛隔世之物。他们也不晓得鬼校长怎么搞来了玻璃。我父亲逗他们说，玻璃是天上的太阳和光在一起做出来的，通过水快递来的。学生蛋子不服，和他争论，水在地上，水把玻璃快递到山上，那还不打碎了？

我父亲说：空中有水。

他们说：空气里怎么有水？

我父亲说：我说有就有。

那厕所玻璃门分两扇，都有把手。一边粘了一个字：推；另一边粘了一个字：拉。但这玻璃费了我父亲九牛二虎之力，那时普天下还没这个东东，但我父亲搞到了，并且立起来了，这就是领导世界潮流啊。

我父亲这个鬼校长，有许多鬼点子，他让男女生都上一个厕所。从"推"的那边进去，就是男生的世界；从"拉"的这边进去，就是女生的天下。他们在一个空间里，但互相不扯皮占位。

不过有一天，那个高大的天生情种拉门而入，他走到了女生那半扇那里。他想进去，而里面的女生想出来，结果造成了阻塞。相持了整整一天。整个一天，鬼女生都在女厕所里狂欢，没有人到班上来上课。他则成了看门人。

第二天，天生情种所到之处，都受到女生的热烈欢迎，他已经被加冕，当上了鬼学校的鬼明星，成了女生的偶像。女生把自己心口前最珍爱的各种小玩意都奉送给他。他一个人站在所有的女生前面，把千万桩小物件、小摆设都悬挂在身上，从头到脚，他成了一个时尚店……

我父亲说：男情女爱，从小就在，小情种这么受女生欢迎，自有他受欢迎的理由。

曾女，你爸那时虽然小，但帮我父亲建造了玻璃门，他数学很好，他的爸爸是一个工程师。

我父亲要吸引更多人到这里来，让这里变成大家喜欢的地方，他还想让那里变成一个大集市。他出主意，开辟了一个山坳，做三省物资交换场地。他允许别省的孩子到这里来读书，他在学校创造了许多新事物。

他上课问的问题都很古怪，他说：古人喝酒为什么要用袖子遮挡住酒杯？人为什么要穿衣服、上厕所、知廉耻？未来是怎么从现在动身的？过去是怎么过去的？未来人会怎样？未来我们这里会怎样？如果我突然带你们到欧洲去上学，你们愿意跟我走吗？

我父亲快成神了，一帮嫩蛋子，是不晓得的。家长早佩服得五体投地。

那里阴阳冈主峰八千丈，山山都有太阳的余晖，树树都有星星落下来的露水。

学校后来成了一所神校，我父亲对那些老实巴交的老乡说：你们的儿子女儿，我真舍不得放他们走啊，他们经过我的调教，在我这是一条虫，放出去就是一条龙，在家是鳖屎，出去就是天罡啊！

我妈走了，他只能用热爱来填补空虚。当然，他也拉二胡给我听，装矿石收音机，我们一起听。

一所小小的穷学校，成了我们大山里最时尚的地方。

曾女的爸，是一个绝顶聪明的学生，他比我大，高一个年级，但我们在一个复合班级上课。有时我们上课，他们做题。有时他们上课，我们睡觉。曾女爸能做出我爸不会教的数学题。有时他也做不出来，就回家，把工程师叫来，讲给我们听。后来工程师经常来学校上课。他来上课，从不开口要钱。他长得比我爸气派，我爸猥琐。他器宇轩昂，气度不凡，但不和人打交道，为了建造那个三省物资交流中心，我父亲求他，他才出山。小地方，也有高人。

一批一批的学生走了，虽然少，也是山区的希望。曾女的爸爸也到县城读高中去了，落魄的工程师也走了，不知道到哪里去了。

我父亲还在。

有一年，他的学生中间，那个当权人物倒霉了，要回来自杀。我父亲暴跳如雷，痛骂一顿，说：老子比你惨多了，老婆跑了，可我还喜欢她，你怎么就不能像我这样喜欢你不喜欢的事物呢？你这狗戳的东西，如果死了，谁来改变这个世界？我们当初说的鬼市，又怎么能真的实现？难道当年信誓旦旦满嘴梦话，真的是鬼话？你在这里喊死是替我喊啊？为一粒芝麻大的事就要死要活，就跳就蹦，而国家真的问题你却麻木不仁，不去管？

那个倒大霉的家伙说：人类总会遇到新问题的，我的个校长同志！不过被你一骂我心里好过多了，也想通许多事了。

我父亲说：带着辞世之心活着，才能改变这个世界。

他说：我对人类已经绝望，老师，让我走吧，我承认，自己也不是好人。

我父亲说：好，既然你要死，那走，我带你回当年那个鬼学校那一汪毒水塘去死。

我记得那个地方，当年我父亲背不动我，找来一个黑瘦的山民，用筐子挑着我，另一头压一床被子，一块石头。我们一起走了几天几夜，到了一个深潭边，白气弥漫。不远就是山坳里的小学校，山坳通邻省。人们晓得那是毒瘴，人只要下水，就会一命呜呼。

他们围坐在潭边，一起哭，一起想起了一个人，我的母亲，他们的音乐和美术老师。也来了几个送行的人，为他送行。他们唱起来，舞起来，要在死前狂欢一下。

气氛沉寂而又寒气彻骨，怪异而又欢欣鼓舞，触动了我父亲的痛筋。

我父亲哭着说：她给了我世界上最美好的东西，她就是世界上最美好的东西，她给了我一个儿，她也给了我们美好的记忆，她就是我们老山区的女神，我的神，如果，不是那次在荒山冈救她，她就死了……今天，我和你一道，为此殉死吧，我儿已经托付给人。

就在那时，从黑潭深处，出现了一个洁白的女人躯体，我母亲，音乐美术兼舞蹈老师，她端庄典雅地起舞，一声不吭，没有规劝，没有阻止，她低声哼唱一个旋律，那旋律直通每一个人心底，通邻省、国外，通世界……

他们看着她，都叹服她是他们此生遇到的第一个女神，欧洲的精美雕塑。他们一起惊为天人，一起中了邪魔，跟着她，目光追随，灵魂颤动，因为刚才大家还在悼念她，缅怀她，哀思她，但现在，她真实地出现了。

然后，一起莫名其妙地跟着她，走出了大山，那鬼地方，那毒瘴地……

等看到第一个村落时，那村落正在漆黑的夜里，天上繁星点点，村子安静如远古。一个转角，她消失了。然后，天空里出现了一个圣女，缓缓升天，含笑垂怜……

我父亲对那落魄的家伙说：没有谁能拯救谁，我也拯救不了你，她，你的艺术老师，来救了我们一命。

……

我在一个残缺的家庭里成长，在母亲缺失的环境下成人，后来我特别怜爱那些父母不全的孩子，我很懂得人间的辛酸和爱，当年我父亲像袋鼠一样把我吊在胸前，所以我经历过许多他经历过的事情，包括歧视，辱骂，我也在他班上上过课，当然是他教。人家纷纷说驼子养了一个笔直的儿子。是的，我长得不错，我后来从许多女生的眼里看到了这一点。许多大人看到我，都要品头论足一番，说我的眼睛，说我的鼻子。因为我母亲在我老家也待了七八年，他们认得。

我父亲后来以高年级那个天生情种为榜样，对我说：儿啊，张继人，你没长成我这样，是天给你的福分，你不用像我一样自卑了，以后，你要跟这个坏种学学，多追女生，多勾人，老子一辈子没这个福分啊，想都不敢想，天给你自卑，你不得不自卑啊。你要给老子好好享受人生。

我后来也教书，不过是在我们老家的县城，把我父亲甩了几条街。我的读书生活波澜不惊，离开我父亲后，去县城读高中，成绩一直很好。后来上大学，恢复高考后，我是班级里年龄最小的，成绩也很好。我不愿意读师范，农林医师都不是我的所爱，但我父亲说，读师范国家包分配，每个月还给伙食。事实确实如此。我的父亲从来没到学校来看过我，他知道自己长什么样，怕丢我脸。我盼望某一天妈妈来找儿，特别是看了日本电影《人证》后，但是，没有。

大学毕业，分配回老家一中，都是国家行为，国家分配，哪里来哪里去，我已经是国家的人。其实我们内心是狂野不羁的，因为那个时代是中国社会剧烈变革时期，我们接受了许多新思潮，阅读的都是西方哲学，文艺复兴和存在主义，意识流，但穿布鞋走的却是一条中国路，怀揣的是中国心。我刚到语文组时，组里有一些老同事，一个是参加过淮海战役的国民党文书，后来投诚了，还有一个是吴越国人，还有一个是徽州府人，"文革"前大学生。还有几个蹦跶的中年人，是"文革"时来校的，大谈叶圣陶的教就是为了不教，然后上课的时候就不教，因为他们实在不会教。我们是县城里仅有的几个新来的大学生，堪称独角兽。

到了学校，心思就收了。每天面对许多学生，狂野的心就平息了。当初想换系，想改行，都偃旗息鼓。与世界同步的新技术革命的煽动和思想文化的热潮，都通过别的形式，我们的言谈，影响莘莘学子。但是有些人听得懂，有些人听不懂。

有一天夜晚，夜很深了，啪的一下，我的窗玻璃被人砸碎了，我在备课，我吓坏了，不知道是谁。朝后面的窗眼看，漆黑的，人早就跑没影子了。我绕过学校的围墙追，找不到一个鬼影子。

十有八九是杨开！是的，杨开！我在我身上，重复着我父亲的故事。

20

……

曾女，终于说到你了，我到杭州以后，就遇到了你。在浩渺的宇宙中，时间的长河里，人类其实是很孤独的，因为渺小而孤独。但梦境是开放的，狂野的，没有边界的。梦想，是一个人最无拘无束的姿态，最飘的姿态，而现实，总是把我们压在石板底下。我们在梦境里相逢。

到了杭州，新学期开始，我带着网一，住在紧靠学校围墙的一幢老房子里，小套，集体户。你哭了，因为我们没有住在你家。过道边，有一户一户人家的煤气灶，都是我们老师住家。那老房子也热闹。你来过，你有一个家在附近。你家有好几套房。从此，我在省会城市扎下根，认识这里的孩子、少年，或青年，认识你。那里叫钱塘学校，古旧的一所学校。你们，是一帮小屁孩，升初中了，你们生活在省会，钱塘江边，欢天喜地。……宇宙太大，人间太小。时间轴一倾斜，漫天的星辰就西坠。

转眼，你们就变大了，变成有趣的大人，或者无聊的大人。我今天回忆起来，好伤感。……人生太短了，就如朝露，只有记忆。唯一剩下来的，就是记忆。你的好几个同学，后来都和我一起做一桩伟大的事业，这桩事，你永远不懂。往事从水里鼓上来，又向宇宙深处飘落……没有谁在意谁的一生，或许宇宙并不知道有人类存在。世界，或许就是人类自己在自作多情，永远自恋地思考着，想着。我们不知道边际在哪里，不知道宇宙是不是就是一枚大脑，巨大的大脑。

我们一个小小的个人，头脑里产生的意识总量非常之吓人，如恒河沙数，星汉灿烂。人类从这里出发，拥有了自己的所谓文化、认知、文明，人类的躯体会消亡，而精神，意识，永远不知所终……如果某一天，我们地球人类被毁灭了，我们所创造的一切，知识，认知，文明，会被彻底遗忘吗？啊，好可悲啊。不过我想说不。我想知道，那些产生的意识，那些生命感受，那一辈子的思想，都到哪里去了？地球上，只有我们思考的结果，没有我们思考的痕迹。世界是物质的，非意识形态的，但我们的大脑，无时无刻不产生意识，所有的人，无时无刻不产生意识，我们的大脑是非物质的，或者说，物质的大脑，却无限量地产生非物质的意识……我不解的地方有很多，比如惊醒。为什么我总是在梦中惊醒，回到现实？梦中的幻象和现实，最终会被谁混淆？为什么我们总在做噩梦？主导我们做梦的意识又在哪里？

我常梦见恐怖的情景，最后，我挣扎，受不了了，我喊，然后，一身大汗，醒了，惊醒了。这是不是就是说，即便在梦里，我们也是思考的，有判断的，能理解事物的。当我实在忍受不了那个梦中情景的时候，我就要逃避，就要呼喊。这证明了大脑永远在活动，就跟宇宙永远在运行一样。曾女，你有过绝望的、濒临死亡的梦境吗？你能告诉我世界的谜底吗？告诉我人类的本质吗？我已经深潜到人类梦境深处，也许有生之年都回不去了。曾女，原谅我暂时还不能从我的世界里，到你的世界里。我还不能理解世界是不是多维的，有没有平行宇宙。我是一个变量，我是一个量子态的微尘，来探究一切奥秘。

曾女，你是不是在另一场巨大的梦境里，比我们渺小的梦境大得多的梦境里？根据我的经验，惊醒，从梦境中返回现实，是大脑受到了一个刺激，才醒的。我怎样才能惊醒你？当然，还有各种自然醒，梦的消失和梦的稀薄，以及无梦，等等，都值得研究。曾女，你思考过这个问题吗？你只有思考了，才能寻求解答，才能给出答案，才能和我想法一致，我需要你的思考和答案。我们确实在地球的同一个地方共存过，那里叫钱塘中学。我只是还不能确定我现在在哪里，所以我不能告诉你我现在的状态。

但是我们的意识已经接通。我讲述的所有人，你都有了解，甚至认识。你也能理解我的处境了，我怎么离开老家那个江边的学校，来到了钱塘中学，并和杨开叔叔一起投资了你爸的梦网，你和网一的交情，你也记得，是不是？你甚至还知道我生命里的苹果，三七。尽管你没有遇见过她们。还有我的父亲，母亲。我失散的母亲。苹果的头脑里，有一种可怕的执着的意念，主导了她的所有思想、思维和行动。我从她生活的地方离开，偷着离开，是很痛苦的。她可能和我是同怀的兄妹啊，你知道吗？

曾女：什么叫同怀？

一个妈妈的怀抱抱大的，一个妈妈生的，哺育的，叫同怀。

曾女：所以我和网一只是认得。

你们是好朋友，网一叫欣欣，我的女儿，现在她已经是一名教师。曾女，我想恢复你对你体验过的世界的认知，但是时间不一致，这里的时间和那里的时间已经变化很大，你想到的，你可以说出来，哪怕说得不对。梦，其实是创造，一种神秘的创造，它启发、暗示我们人类生命体如何行动，它是我们清醒意识的一部分。没有梦的生命体，是不完全的。……曾女，东海边最大的公立学校，钱塘中学，我的小套陋室，有时候你不愿意回家，要和欣欣小妹妹睡，你还记得不？

曾女：我把所有的玩具送给她了，你们家没有地方放，是不是？

是的。

曾女：我的玩具，有一部分是何吖卤送我的，她爸爸是玩具厂厂长。

对啊。对！曾女，你想起前尘往事了？我对你们可是印象深透了。……7月13日那天，新同学到学校报到，我走进班级，你们有些人彼此认识，小学就在一起混过，你和何吖卤就是。我在黑板上写下了"张如果"三个字，你们都大笑起来。是何吖卤领头爆笑的，所有的人都跟着呵呵哈哈地大笑。你们给我取了一个外号，叫果果，然后就唱"冰冰冰冰我要吃冰，饼饼饼饼我要吃饼，果果果果我要吃果"……

曾女：何吖卤剃着一个男孩头，所有人都以为她是男的，害得我不敢和她一道走路。

她保护你。曾女，你是受到特别照顾的，你是一个不能感冒的女孩。你与常人不同，你能看见人身上有光。你经常描述一些奇怪的现象，说何吖卤身上冒红的火，尤其身上冒绿的火，我的身上有蓝色光晕。大家说你不是地球人，和我们不是一个人类。但你很开心，懂得我们的游戏规则，和我们一起玩。最奇怪的是，你能画出不可能的图形，让所有人吃惊。

这个我不记得。难道我透露了另一个世界的秘密？

你去参加绘画比赛，人家说，这是非人类的表达法，我们地球人都不懂它的意义。你总是让地球上的一切，飘浮起来，没有引力，自由飘浮在天空，我们都很吃惊，椅子、小鸡、冰箱，怎么都能飘浮在天空呢？人，也都飘浮在天空。看了你的画，所有人都喊：地球引力呢？

我不过是画下我的意识。

班级里，有你这样一个人，是多好的一件事啊！但你经常身上各处疼痛，脖子、肩膀和背部，吕品说你是受不了地球的引力。有时你会毫无由来地哭。你爸爸妈妈说你喜欢做梦，夜里乱叫。他们从你一岁，就让你一个人一个房间，因为你的半夜叫声太响，你一个人能发出某一个神秘部落才有的动物的声音。有些声音粗壮得让他们害怕，他们担心你不是一个小女生。他们把一切都做了录音，录像，保存。你记得我讲的这些吗？

不能。

但你在认真听。你在听你自己。我现在是在通过一根意识的导线，把过去，还给你。我的意识和你的意识之间，正在接通。当我们交往、相处，一起思考事情时，我们的意识，就接通了。何吁卤的爸是个玩具厂厂长。你爸，现在是一个有钱人，以前却是个没人养的人，他是我父亲的学生，我父亲教的第一届学生。他现在，每年都要回大山里给我父亲上坟，我往往会因为忙忘记父亲的祭日，但他不会忘记，他不光不忘，还会骂我。你爸爸读书时是一个数学天才，你爸绝顶聪明，但没有人晓得他的智力。当年没有人哺乳你父亲，这家放几天，那家放几天，我父亲养过他。我们那里太苦了，山里边。这些，你都不晓得。夏天蚊虫很多。我梦中常在竹梢上飞，飞得好累，山峰太多了，我怕了，才醒。你是他进入城市生活后，生养出来的一个奇怪孩子，身上有奇怪的宇宙深处的信息。你爸不能解释，他和我说许多你的奇怪事。我不能不被你吸引。我是一个从事教育的人，一辈子和各种各样的孩子打交道，从没遇到过你这样的生命，我不能不好奇。你是一个突然会说出大人话的神秘小孩。你永远知道你是谁，而何吁卤他们，是永远不知道自己是谁的人。他们正常，你不正常。……曾女，我和你，只打过一年的交道，你的故事主要在你死后。

我迷茫了。

也就是说，你在人间没有眼睛和耳朵的时候，看不见、听不见的时候，故事发生了。你才真正活过来。班级里所有的人都想你，学校里所有人都说你，每天都在暗地里说你，说你的好话，说你的坏话。你活着的时候，他们根本不在乎你，就当你不存在一样。你死后的第二年，某一天，他们突然发现了你，发现你穿越回来了，人人都说看见了你。他们群情激动，不愿意在这个班级里待着，家长也来找学校……我好头疼，我是班主任。我起先以为他们是瞎扯淡，后来，我也被他们弄得头脑不清楚，失去了判断力。你死了，他们就以为什么污水都可以向你身上泼……我的一生，也总是被人误解，所到之处，都有闲话。你面临的处境，也是如此。

哇！曾女突然叫起来。

飞翔谷天翻地覆，疾速翻滚，云霞流动，好似有许多股时间流在翻跟头，她却丝毫不动。她小宇宙爆发了。她说：哇，张如果，我全部记起来了，我走后的一切，我也知道了……哇，我全部记得了！我全部知道了！我全部明白了！我全部想起来了啊！我明白了你说的一切，我全部想起来了！我记起了我的前生！还有你说的我走后！……哇，我好了不起，我好伟大，我是曾女！——耶！……我什么都知道，是不？我也知道你的一切，何吁卤是苹果的笔友对不？尤其也是苹果的笔友，对不？

张如果听罢，默默地流下了泪。

他缓慢地说：曾女，你终于回来了！你终于想起你的前生了。

曾女愉快地说：是的，我想起了好多好多事，我记得。

你终于获得了记忆。

不光是对自身的记忆，还有你的事，别人的事，你们的事，那个世界的事！我爸我也想起来了，有一次他要投资一千万，那是当年我们家百分之八十的家产，他和我妈整天在盘算、算账，仔仔细细反反复复算，天天算，愁眉苦脸，胆战心惊。我说：互联网是人类未来发展方向，你们要投的梦网，一定会火，现在跌成这个熊样，你们自己对自己都失去了信心，梦网以后会变成全宇宙的网，我第一个上去玩。然后，他们听了我的，投钱了……我什么都知道！我是超意识的人！我这样的人会寿命很短，但这是地球意义上的寿命，不是宇宙寿命，哈哈，我说的宇宙寿命你懂不？一个地球生命体死灭后他的意识会汇总到另一个形态里存活，以另一个形态思考，生存，它回到一个地方，在那里格式化，再重新装卸到一个生命里……哈哈，天机不能泄露，打住！我知道我死后我的同学如何诬陷我了，哈哈，太好笑了，他们。他们制造谎言。我不怪他们，我什么都知道！我不想使用什么权谋，我其实可以把他们玩于股掌之上，但真正的大智慧是诚实，是不是？哈哈，我看他们都是蝼蚁，你们都是。我这么强大，难道还有什么需要遮掩、躲闪的吗？我是深蓝儿童，我什么都知道。哈哈，我是超人！——耶！我不用想着报复他们，那显得我很低级。

曾女，但你依然有缺陷，你在这里具有的智慧和能力，到了人间，就未必有。这里是飞翔谷。

地球有什么了不起，地球我当然能去。我只要有纸、笔就能画出地球。你说的我懂，你不说的我也懂，我只是不能对你说。甚至你要找的人，你妈妈，我也知道她的下落，只是怕你伤心，不能告诉你。可怜啊你们竟然以一百年为一辈子，你们每个人都不知道一百年以后的事！老子庄子有没有告诉过你们？

曾女，你真的知道我妈妈？

知道。你们在向两个方向运动，再也没有交集。不过，当飞翔谷飞翔到某一天体区域时，你会看到她活着时候的样子，也就是过去的样子。你知道今天宇宙中某一个位置能听到地球文明 1945 年发出的电波吗？我是宇宙人，我属于宇宙，我能掌控我自己，我看到全部。

那你能看到未来吗？

你的，还是我的？其实没有什么过去，也没有什么未来，全部在一块。你传授的知识正好证明了你的浅陋和地球人的渺小。我看到全部。

我们很想知道你看到的全部。你能告诉我你的同学现在怎样吗？

哈哈，这个太简单，吕品在美国，今年，地球纪年，他 31 岁。何吖卤在美国，地球纪年，她 31 岁。夏天清在杭州，地球纪年，他 32 岁。尤其在英国，她 33 岁。朱香榧在浙江经营梦网，32 岁。季节在杭州，33 岁，做网警……他们在人间的所有运行轨迹，我都了然于心，我在人间的运行轨迹，我也了然于心。

你能做到全知全觉？真的知道过去的一切？

能啊，全部接通了啊，全部在我的回忆里啊，清清楚楚啊，当然记得。这有什么难的？昨天我还不知道，但今天你给我接通了啊。

啊，曾女，终于有共同话语了，我们可以一起回忆往事了。我要让你想起一切细节。我也好怀念我在钱塘学校最后的那几年……

㉑

张如果梦游的情景震惊了世界。他身上戴着许多管子、线，从洁白的实验室床上起身，毫无知觉地走，无意识地行走，踉跄，一头撞在墙上，他却摸摸墙，飘走了。依然走，踱步。还挥舞手臂，在讲解什么，情绪好像很激愤。快活的梦很少。梦笑，只有婴儿才有。人类社会给了人类大量焦虑。

实验室工作人员全员出动，紧张起来，指挥台上，紧急连线，召集开会，他们视频商量是否要立即中断直播，会同医生商量，张如果这样起身，是不是张如果从睡梦里苏醒过来，回到人间了。

监视设备中，他在移动，说话。语言是断断续续的，不符合逻辑的：……未来学校……爸啊……你的学生……苹果她……

好在工作人员后来发现他平静下来后，扶着他上床了，他又回到了自己睡觉的地方，身上的管子、线路，统统也复位，插好了。刚才曾经中断过一会。

一场虚惊。

以前张如果有过梦哭的情景，也是惊动了工作人员，但这次他的动静大多了。他还没到梦醒时分。他还在自己的自由意志里。

他在精神深处，我行我素。

清早的讲话最能深入人心。

……同学们，如果，在你们中间，有一个特别的人，和我们人类不一样……同学们，我是说，在你们身边，如果，存在着一个特殊的人，一个人造人，一个机器人，非常精妙，和我们人类的感官、情感、思考、运动完全一样，你们能辨别出来吗？……如果，这个人，就在你们中间……你们能找出来吗？

张继人在做晨会讲话。大家以为他发烧了，三班的人也以为他发烧了，那一年他是三班的班主任。平时他不说胡话的。底下开始小声喧哗，议论纷纷。似乎忽然天空出现了UFO。瞬间，他的声音已经具有了太空金属的质地：

同学们，新的一学期又开始了，你们除了基本的学习外，还有一个重要的任务，就是和我一起，承认这个假设存在，承认这个如果的存在，然后，找出你们身边的一个……血肉情感机器人。希望你们相信我。我们从今天开始，要思考身边每一个人的不同之处，观察每一个人，找出那个人。

哇，这一下不得了，炸锅了。这是科幻吗？

我们的学校还玩科幻啊？

你谁啊？

……真的啊？……居然有这样的游戏？啊，好幸福，好恐怖，我上学的时候遇到了这样的事？

……我们去找谁？……是机器人吗？

他是真人吗？

说话的人是谁？如果，哈哈，三班的班主任如果，他是如果，张如果。

长得好帅啊，据说是新来的。高年级的学生这样说。

张继人说：你们为什么诧异？看来你们都是肉眼凡胎。世界上一切都是可能的，如果你是一个坏蛋，你完全可以不成为这个坏蛋，如果你是一个好蛋，你也可以变成一个臭蛋，人生最有趣的就是这个设置，你有一万种可能，你完全可以成为你想象不到的人。你们一定要想到，你们是未来的人，你们代表未来，相信我，去找吧。你们寻找的，是未来。我不在梦游，我在带领你们到未来去。

全校知道一个新来的张如果了。

散会以后，学校热闹起来了，每个班级，每个年级，都热闹了，大家都在找那个机器人。

真的假的啊？

同学们回家一说，社会也喧哗起来，纷纷猜学校的行为，说学校在做一个教育实验，在创造一个伟大的人类事件，在耸人听闻，搞噱头，各大媒体纷纷打探，想追踪报道，但遇到的都是闭门羹，学校我行我素，按照自己的常规来进行教育教学。

当张继人回到自己班时，他来上语文课，就具有特别的意味。

大家一起看着他，不说话。

他知道我们在想什么。他说：那个人……就在我们班……

集体大叫起来：啊谁啊？曾女？

大家第一个怀疑的是曾女，因为曾女已经从人间蒸发，神秘失踪，不在班上了。张老师摇摇头。

那是谁啊？何吁卤？朱香榧？肖雅皮？啊老师啊，整整一个初一你怎么不说，现在我们怎么找啊？整个初一，我们都在浑然不觉中度过了啊。你为什么今年才说啊？初二我们都后天学习许多东西了啊，初一或者小学，我们还具有天眼的啊？

唯独初二女生何吁卤睁着她俏皮的不大不小的眼睛，笑盈盈地看着众猢狲，得意地摇摆着身体，不说话。

张老师看看她，他们神秘地交换了一个眼神。

众人更是疑惑了。

张老师说：要看你们有没有慧眼，识别出谁是机器人，找出那个机器人。你们可以回忆啊，你们可以找啊。

大家问：这……是假设，还是真的？

张老师说：真的，所有的假设都是真的，世界有一万种可能，不信你可以把自己假设成任何一个人，接下来，你就会按照那个人的逻辑去做事，说话……

下课以后，何吁卤匆匆追上张老师，突然发疯，傲娇地站到他前面，挡住路。

她什么也没有说。

张老师给她一个愤怒的鬼脸，说：好吧，现在大家都认为我神经错乱了！你是不是想要这样的效果？

啊哦。何吁卤快活地叫一声，满意地跑了。

回到班级，班里的众生还在喧哗，吵闹，要一起找那个情感机器人，抱怨老师在布置一个不可能完成的作业，他们在一张一张脸上瞅，看，研究……

主题班会课上，张如果老师庄严地在黑板上写下了九个空心大字和两个标点：你喜欢怎样，我就怎样！

大家被弄得莫名其妙的，都恭敬地等他发话。有人扑哧笑起来：我喜欢你是星爷，你会做一个星爷吗？

初一刚开始，每天大家见到他，都毕恭毕敬地坐在座位上，双手平放在桌面上，一动不动，只有几个好动分子除外。班会课更是如此，因为班会课通常是说严重问题的。

曾女没来，她的座位是空的。

何吁卤一个人坐一个位子。从初一开始，她就和曾女坐，现在也没有人愿意和何吁卤坐，因为任何人都吃不消和何吁卤坐，她具有非凡的颠覆能力。

张老师给每人分发一张白纸，说：今天这个主题是何吁卤给定的，昨天我问她，我怎么才能做一个你们喜欢的班主任，她这样教导我。你们不要啰唆了，直接在纸上写下你们想我怎样就行了，我会照着你们预期的方向改变的。轻松，放松，大胆地写，随便写。

大家来了劲。看一眼问卷，上面有三个问题：1.你喜欢什么样的人做你的班主任？ 2.这个班主任应该怎样？ 3.这个班主任不应该怎样？

大家轻松起来，也真实起来，一个个开写。有歪着脖子的，有咬牙切齿的，有怪笑的，也有东张西望的，都在认真地写。

十分钟后，所有的纸张都到了张如果的手上。每个人都享受了一次隐秘的快乐。

张老师站在那里，说道：现在……听我来读！……你喜欢什么样的班主任？……答案是……搞笑的、不严肃的、滑稽的、帅的、是酷哥的、必须是女的、会学猫叫的、有学问的……很遗憾，我不能是一个女的了！我再读第二个问题的答案。……班主任应该怎样……答案是……应该敢在冬天吃棒冰、应该在每个星期表扬我们一次、应该允许我们看电视、同意我们玩游戏、和我们一起打球……

笑声成了声浪，一阵一阵的，集体疯了。隔壁班一定遭殃了！

接着，张老师又读他作为班主任"不能怎样"：……班主任不能在学期中间跑去生孩子、不能打人骂人、不能家访、不能穿西服（要穿便装）、不能上课没有表情、不能讽刺别人、不能大声批评人、不能不表扬坏人、不能飞唾沫星、不能讲个没完、不能让人害怕、不能……

都笑坏了，都兴奋起来，从来没这么开心过！

最可怜的就是张老师了，他太孤独了。他一个人一国。

也该正经一下了，否则一堂课都是笑场，也实在是无聊了。

最后，张老师说：同学们，很……不幸我做了你们的班主任，虽然……我当过很多年的班主任，但……遇到的都是高中孩子，跟你们这么大的人打交道，还是第一次。……我没有和你们这么大的人打交道的经验，我还要学习。你们现在是非常美妙的年龄，无比生动的年龄，一生中最美好的时光，言归正传——你喜欢什么，我就成为什么——这对我来说，是一次尝试，也是一个挑战。我要做一个能和你们这么大的人融合在一起的人，我要向你们保证，一定要当一个你们喜欢的班主任……上面你们给我写的，我会认真研究的，研究你们这些要求，向你们学习，学习你们的语言，学习你们的心理，懂你们的趣味，和你们真心交朋友，最后……当你们离开我的时候，我……变成你们！

22

学习委员尤其，很稀罕地来到孤独的何吖卤身边，看着她美丽的眼睛和脸上的颗颗红疙瘩，说：我能和你坐一会吗，你真的是来拯救地球的，我的宝贝？你怎么能左右张如果的意志了，你能控制人？

何吖卤说：别打搅我，我在想曾女。

你是不是和曾女换身体了？尤其说。

何吖卤一把按住尤其的头，死命按低，小声说：天机不可泄露……

梅子冲进班级，大声喊：出来排队，我们要出发了！

艺体节文艺汇演那天，早上 7：50 赶到浙江大学玉泉校区的邵逸夫多功能厅。七十多个班级，几千名学生，浩浩荡荡地排出了长龙阵，全部步行，神龙见首不见尾，把教工路、文一路、文二路、学院路、黄龙路、西溪河下，所有的交通都弄堵塞了。那天，梅子是主持人。

那天学校请来的浙江京昆剧团的表演真的很精彩。舞台上，有一个贼在一个夜晚，进入一个人的家里，和人摸黑打斗。两个人极其搞笑，钻桌子，钻板凳，打错方向，东摸西找，乱打一气。最后，每个班的合唱队上场。

整整一上午，节目圆满地结束了。排队步行回校，偏偏那时下起了雨。步行从黄龙体育中心那里绕，学校在各个路口都安排了老师值勤。雨把大家淋湿了。

何吖卤大叫起来，兴奋地朝后头喊：有哪个白痴身上没有湿？

后面没有多少人了，后面只有三个人。

她很奇怪，曾女的身上居然一点也没湿。她惊叹，对大家说：喂，你们看曾女，她太了不起了，她的身上一点也没湿耶！

张老师在陪曾女走路。所有人都奇怪死了，张老师为曾女打伞，不让曾女淋一滴雨水。

班上许多人都奇怪，为什么曾女享受了王母娘娘的待遇，连玉皇大帝都给她打伞？

这有什么奇怪的？曾女是外星文明派来的。何吁卤说。

……

何吁卤来到曾女家。曾女说：欢迎啊欢迎，你快来，你怎么才来！

曾女站在她家门口，盛装恭候。她很兴奋。她的头上戴着一顶帽子。她妈妈站在她的身后，她爸爸也站在她的身后。他们真的是太隆重了。曾女老远地就把手伸给何吁卤，拉何吁卤，何吁卤犹豫了一下，还是和她手拉手，进了她家。

有很多好吃的东西在等待。

曾女看出了什么苗头，责怪地说：何吁卤，你怎么了？你怎么这么沉寂？

听了曾女的话，她一下就哭了起来。泪水止不住，一秒钟就滚落出来，然后一颗一颗地滴落。眼眶很酸，鼻子很酸，哭得很委屈，哭得曾女的爸爸妈妈都慌乱了，赶忙跑去拿毛巾、面巾纸来。

曾女立即也陪哭起来，她的眼睛里滚出了大滴大滴的泪，因为是在她的家里，她的声音毫无掩饰，比何吁卤的哭声还大一倍。他们把一个过年喜庆的场景变成了一个哭哭啼啼的场景。曾女一哭，她的爸爸妈妈就很紧张。何吁卤知道曾女是病中的人，不能忧戚过度，所以，就跑去安慰她，感到很不好意思。

曾女也为她着急，不理睬她的爸爸妈妈，干脆就把何吁卤抱了，继续陪她掉眼泪：何吁卤，你到底怎么了？你到底怎么了？你为什么一到我家来，就哭？

没什么，真的没什么。我老爸在家打我了。

曾女听懂了，她知道何吁卤受累了，一下又抱住她，号啕大哭起来。一下子，她们哭得惊天动地起来。

……

张如果和曾女的爸爸下棋，曾女就在旁边绘画。

他们陪她。

画境是一个缥缈地，飞悬在空中，似乎是一座奇怪的峭壁。云天倒转。星光四溢，无序流转。

他们觉得曾女在那里。飞翔谷是一个平行世界。有神秘树，有许多树冠很大的树，很黑，树上挂着许多许多小小人，像伞一样，在转。许多小人头发挂在树枝上，身体在打转转，千千万万个，都在转。

一座山都是，树树都有精灵……

曾女在解释画意：飞翔谷的一处海边，张如果是大巫师，那里，就是他说的一万个世界里的一个。

……

一个山清水秀的地方。春天，天下着雨。竹子青翠。大家都很开心，玩春天。在雨中走拓荒者之路，看茶圃，从茶圃中间走。泥巴路很滑，打着伞，花花绿绿的一条线。雨真是跟大家过不去，但向导兼解说大爷说，春雨贵似油啊。

大家从山包上小心翼翼地走，许多人屁股上、手上都涂满了黄泥，有些人在后面摔倒了，一个飞铲，把前面一个人给铲倒了，引得大家为那个不幸的倒霉蛋哈哈大笑。大家看到了许多平时在城市里看不到的东西。一只鸟、一只虫子都让他们惊喜。

晚上，女生睡在八个人一间的女生寝室里。男生睡在二十多个人的大房子里。

上午去野炊，下午做风筝。当然，野炊之前是发给你一人一把镐，去翻番薯。大家要吃自己劳动得来的成果。那里的番薯是高山红皮番薯，等翻好了以后，大家一起拿去水塘边，洗干净，然后去领锅，然后去打柴。

灶头在野地里，是现成搭好的。然后，点火，开始炀番薯。一个班一个班的人，簇拥在一起，在一块有坡度的野地里，弄得一团团青烟升天，大家欢笑，大家焦急等待。锅里，热气在突突地冒。有人不停地来，指导什么时候添火，什么时候控制火候。然后，就是大家群吃。所有的人都没有吃相，包括老师。那高山红皮番薯，是城市超市里的极品，但在这里十分不值钱。啊，当农民真好！

所有的行动都要集合，来来往往，都排队，又排队去洗锅，还锅。

下午，天又下雨了。进了一个教室，每个人发到了一些篾条和纸张，还有剪刀小刀什么的，听教员的示范，然后热火朝天地做起来。不下雨了，把五十个风筝全部都串起来，写上自己的名字，一起去放上天。

何吖卤替曾女做了一个。

最后半天是自选项目，每个班可以自由组织活动。应同学要求，张老师带大家去钓鱼。一个人拿着一根钓竿，是普通竹子做的简陋的钓鱼竿，跟着他这个钓头后面，去找一条适合的水沟或者鱼塘。绕过一个山冈，才找到一条不能叫小河的地方。四十九根钓鱼竿都急迫地伸向水里。水面上，除了细雨在画小圈外，又弄出了许多涟漪。都没打伞，也没穿蓑衣，大家的头发上有雾粒，有些人已经白发苍苍。啊，好舒服！有些人蹲着，有些人站着，有些人躺着，有些人靠着树，大家已经变成了天地间一小虫。现在，他们要在这个世界里，通过一根钓竿，到另一个世界里去捕来鱼，供我们吃。

张老师是一个伟大的钓者。他一个人正襟危坐，双腿盘着，目光平视，手持钓竿，默无声响。许多人跑到他那里取经，但他不加理睬。半小时过去了，没有一个人钓到一条鱼。何吁卤也跟着众人跑去，看他如何垂钓，她发现了奇怪的秘密：他的钓竿下没有线！既然没有线，那也肯定没有钩子！她把发现告诉了别人，又把感受告诉了别人。

所有的人都闻讯而来，大家都簇拥着他，看他一个人垂钓。

他慢慢地说：我正在了解水情，目测水的温度，看水里有几条鱼，是老鱼还是小鱼，我在研究天气和水里的鱼之间的关系，分析你们发出的噪音对鱼的行为的影响……

大家都惊叫起来。有人说：啊？你能看见鱼？难道你是鱼鹰？

夏天清急不可耐了，他说：那你快告诉我们啊！

他说：这块水面里，没有一条鱼。

哦——大家都泄气了。吕品说：那我们去找另一块水面吧。

张老师依然端坐在那里，眼睛看着正前方的水面，手持鱼竿，他说：没有别的地方了，这一带只有这一块水面。

武超说：张老师，既然没有鱼，你干吗还那样伸着鱼竿在钓啊？

张老师说：我只是保持一种姿势罢了。

亓亓撒娇了，她说：张老师，你太深奥了，我们不懂。

张老师说：其实你已经懂了。

大家都开始了休息，围着张老师，把他当作花心，说些闲话。张老师听着叽叽喳喳的言语，好久没有搭腔。他知道他们像愉快的鱼儿一样，在戏水，在游泳。他举着竿子，天气非常好，没有太阳，只有小雨沫。脚下就是土，眼前就是水，身边就是树。他深情地说：哎，孩子们，我真想带着你们一道出发，我们一个人领一头牛，然后我们骑着牛，上路……我们中间一半人骑着水牛，一半人骑着奶牛。水牛通常是用来宰杀取皮的，奶牛是用来挤奶的。在路上还可以喝牛奶。它们都是被关养的动物，我们骑着它们，也解放了它们……把书包挂在牛角上……我们行走，没有目的，我们可以上钓鱼课，可以上恋爱课，可以上自然课。我们用我们的身体，测量旷野里的风有多大，是几级。我们格物致知，探究宇宙万物……我们走到任何地方，都不使用人类的货币。我们和天地相亲，我们直接吃天吃地……我会布置许多奇怪的作业，比如我要求你在一定的时间里找我谈一次心，不是我找你，是你找我……我要把我们这个集体里的最优秀、最有个性的人，注册成这个世界上最有竞争力的个人品牌，比如我们可以把"何吖卣"注册成著名商标……男孩子要表演自己的大方，要慷慨地把金子当土块丢掉。女生要学会仁爱，用爱感化世界。越是你不喜欢的事物，越是付出你的爱。我不会强迫你们学习。对我来说，强迫别人做一件好事，也是不科学和不道德的……最后，我会消失。我会和许多水牛和奶牛的骨骼一起，变成肥料。

张如果说了很久，他憧憬了很久，才在黯然神伤中结束了话语。

就在那时，水面上泼啦啦出现了一尾大鱼，在池塘里跳跃、周游，全部惊叫起来。看那白色的鱼身和白色的水花，那鱼怎么也游不出张老师那个圆心。张老师轻轻地提竿，全班一起屏住呼吸，等他慢慢地把那鱼拖到堤边。

惊叹，不得不承认他是一个伟大的钓者。又恨又爱。

只有何吖卣说了一句不该说的话：这……是不是曾女？

23

……

　　各种神异的鸟雀歇在他们身边，悬停在 4D 的空中。各种鱼和凶猛的豺狼豹子，都俯伏在飞翔谷。许多神蚁和怪异的虫子听着张如果和曾女的天庭声音，它们的触觉四处伸张，感受器官在工作。一颗明亮的星穿过飞翔谷而去，滑落到另一维的深渊里。飞翔谷并没有动，也没有被毁坏，但刚才的穿越，引起了各种神异动物的恐慌，它们四处逃窜。有些笔直地栽到飞翔谷下的深渊里，有些栽到飞翔谷上的天宇里。没有引力，所以它们可以四面八方地飘逸、逃散……但恐慌过后，它们又回到飞翔谷的峡谷里，安静地蹲伏在草丛里，石头边。

　　一切不过是一个小小的恐慌。这里的故事，还将继续。

　　张如果没说话，沉默着，他似乎说了许多许多，现在已经不想再说。飞翔谷的土地膏野里，忽然又开始拱动。无数的拱动。整个飞翔谷地面都动了起来，拱出许多太岁、千岁、万岁和百岁。拱出来后，又趴在地上，睁着黑黑的和身体一样颜色的眼睛，看着飞翔谷崖顶上的奇花异草和两个人。茫茫荒寒的飞翔谷还是飞翔谷，还是土地膏野，不过，它们的出现，又一次让飞翔谷充满动感，充满生命和灵性。

　　曾女说：耶，这是什么？地怎么动了？

　　张如果没吭声。

　　曾女：它们也对我的故事感兴趣？

　　张如果说：我懂了，所有人间死去的人，都没有死。这里就是灵界。他们是太岁、千岁、万岁。在人间，即便是一个赫赫的皇帝，到这里也不过如此。这里的生命无所谓贵贱。

曾女说：你是灵魂大师？

张如果：不是。

曾女：那你是一个灵魂老师？

张如果：不是，我就是一个人。渺小的一个人。我是被你启发，才知道一些事情的。没有过去和未来，过去，现在，未来，都在一起。我来找你，才知道的。

曾女：我现在知道了你生命里的许多人，杨开，三七，苹果，我，网一，还有何吖卤，梅子，尤其，季节，魏温州……

曾女想扑腾，但没成功。

或许是坐太久了，她想起身。她把手往额头上一遮，说：我头晕。

张如果说：当你有了智慧，就会头疼。

曾女：……我……很困，想睡了……我现在有一点头晕，或许是因为刚才兴奋过度……我有点想何吖卤了，不过我不能想她，一想她，她就会倒霉的。

……

一个没有眼睛的女子飘来飞翔谷。她的眼睛被人挖掉了，她不能看见前面是什么，她不知道飞翔谷崖顶坐着的人在什么位置，但她有感觉。她似乎是冲着张如果而来。她在飘。身体倾斜，飘飘欲举。似在梦里。

杏眼。凹陷。没有明眸。

远景，身材风致，气质高洁。

张如果颤抖着说：她是三七。

曾女：我知道。

张如果：我以前不许她，一个青春期的女孩，有情欲，不许她想入非非，不许她有生命冲动。我是一个老师，我们的操作规范是这样的。我是在杀人吗？我为什么那样？……她青春生命里的火太旺盛了，旺得可怕。我在她最青春的时候遇到她……现在，她怎么没有眼睛了？好恐怖。我怕。

三七飞巡临近。她在空中，空空的眼眶让人害怕。她的身姿还是那么优美动人。一个绝世的东方美人，没有眼睛。

她似乎听到了张如果的话，说：我知道你是谁，我有记忆。

她又说：但我，已经不能回到过去。

曾女说：我也想回去，找我的同学和爸妈。我们一道好不？

三七：曾女，我们飞不出飞翔谷，不要做徒劳的事。

说着，她就飘走了。

曾女问张如果：三七怎么没有眼睛的？

张如果：我不知道，不是我挖的。

曾女：因为她的眼睛太漂亮？

张如果：不知道，我……很痛苦。可能是……我想……她想网一，哭瞎的吧。

曾女：网一是她生的？

张如果：对啊。

曾女：可惜网一和我只玩了一年。

张如果：是的，你走以后，她好想你，一看到你送的玩具就哭。你们小孩尚且这样有情感，她，三七，一个大人，怎么不想念自己的骨肉，我带着网一离开那个老地方，也是不想让三七知道的。我避着三七和苹果。她们，都太纠缠了。我不想她们过得艰辛，自责。

什么叫纠缠？

就是干扰我的生活。

曾女：那她后来呢？

张如果：后来她有了自己独立的生活，去了黔东南支教，再后来，我就许多年不见她了。

曾女：我知道，再后来，她害病……死了，她捐献了自己的角膜，给一个女孩。那个女孩生活在她女儿的城市。

24

苹果一边走，一边跳舞，她戴着耳麦，听着 MP3，嘴里还哼着什么，路上风景很不错。她喜欢在路上走，似乎永远在走。她喜欢灵界路遇。树林。弯曲小路。转弯。路上没有人干涉她，所以她喜欢出走。不过她走得太久了，周围没有小店可以买饮料，只有野花野草，一条狗也没有。她的 MP3 上的电池只有一格了，也没有地方充电。她想听新的歌了，不过没有地方下载。周围荒山秃岭的，没有电脑，更没有网络。

这里怎么这么清净？她说：人都要变成古人了！她抱怨着。

突然，一个活人窜出来了。她不认识他。不过，他正在扮酷。他走上来，小眼睛巧笑着，说：哈，我叫夏天清，俺是杭州暴暴，我的身材很不错吧？

滚，不认识你。

重要的话再说一遍。我叫夏天清。我是泼皮夏天清。我的名字是不是很诗意？

好吧，你叫夏天清那你就叫夏天清吧！

那……我可以和你一道走吗？

随便。

那好吧，我和你浪漫相随。苹果，你是从哪里来的？

走就走，问那么多干什么？

那……你正在听什么歌？

关你什么屁事？

夏天清吃了闭门羹，他窘迫地四面看看，过半天，大声地说：……不过，哈，这里到底是他妈的什么地方？天不是天地不是地的，我们怎么到了这个鬼地方？我们是不是在做梦？这里一个溜冰场都没有，一个人也没有……呵呵呵呵，我们会不会看见山顶洞人？他妈的，我们怎么到这里来玩了？

喂喂喂，你嘴巴能不能放干净一点？

夏天清用小眼睛看看她。她一脸的漠然，不把他当数。夏天清也就屈服了。夏天清想从苹果耳朵里摘下一只耳机听听，就像往常他在任何一个同学耳朵里摘一样。不过，他刚想举手，就放下了。

苹果一直沉浸在自己的音乐里，没把夏天清当回事。过了半天之后，苹果才主动地取出了靠近夏天清那边的一只耳塞，不过她没有给夏天清，夏天清感激的手在空中尴尬地冻住了。

她想和夏天清说话了。她说：喂，朋友，你为什么也出走？

夏天清兴奋地说：哈……昨天晚上我爸爸凶狠地说他在家里等我，我回去了，他就把我打死。

苹果又取下另一边的耳塞，脸上放出弱二等的光芒来，说：哦？这个有趣，给我仔细说说，姐姐爱听。

夏天清说：我的左腿是我在读小学三年级时，被我爸爸打折的。

苹果看了看夏天清，发现他的腿确实有一点问题。但苹果冷漠地说：不过我看你没有什么大妨碍，你就是走路有点走弧步。

当然不会有什么大妨碍，我是少年组 800 米冠军，3000 米亚军。

夏天清走得很轻松，在飞翔谷里，人都会这么行走。

苹果又说：你不会只有这么一点点坏吧？

夏天清赶忙想，终于想起来了。他有炫耀心理，生怕一个姐们瞧不起自己。于是，他说：哦，还有，我们出去吃饭，吃霸王餐，我们到超市里买东西都不要付钞票的，付了，就说明你没用。被人家抓到，也是没用的。我们一帮朋友在一起，都是有规矩的。我们一帮兄弟是有我们自己文化的，我们不是没有钱，我们有的是钱，但我们不想付给人家钱。付了就算丢人。

苹果鄙夷他：哼，那你们还要钱干什么？给我吧。

要钱主要是住旅馆和玩。到有些地方消费，是要付钞票的。

哦，懂了。少啰唆，说你爸爸为什么打断你腿。

哈……这个，他不是要打断我腿，他是要打杀我，取我的性命。哈哈。不过，他不会追到这里来的，他追杀我不会成功的，因为我再也不回家了，他也找不到我了。

那你对未来有什么打算？

没有打算。因为我没有未来。

既然没有未来，那你为什么不自杀？

我从没有想到过自杀。

苹果阴郁地说：可我想过……哎，你说，像我这样的人，我死后还有谁会记得我？

夏天清立即就装作泼皮无赖来，道：大姐，千万不要这样说，我夏天清虽然是一个小暴暴，但就凭我们今天在梦里共同走了这一程，我就会记住姐姐你的。

别卖乖了。

我……绝对不会忘记你的，你身材好好，你好有卓尔不凡的气质，大姐，这是真的！

你说这话，算是海誓山盟吗？

我……这个，当……然。

你不了解我，朋友，弹开吧，我是来找一个人的……我现在没有心情跟你谈恋爱。滚。

这时，猛汉魏温州忽然飘来了，他敌意地看着夏天清。

苹果对魏温州说：你也滚。

魏温州居然很听话，说：好吧，我滚。

然后，他揪着夏天清的头毛，两个就一起飘走了。

……

何吖卤和尤其走到苹果跟前。

三个人在蓝色的天空下站立。世界像一屏天蓝色调的壁画一样美丽。何吖卤怯生生地问：你就是老姐苹——果？

尤其也说：苹果，我们来拜会你了。

苹果说：你们是谁啊？本小姐正在出走，别烦我。

何吖卤和尤其一起说：苹果姐姐，我们是你的笔友啊，我们是何吖卤和尤其。

苹果说：好，知道了，小屁孩，你们滚吧……我还有事，我还要去找一个人。

她走动起来。

她们跟着她。

何吁卤说：苹果，我们一起出走吧，你当初曾建议我们一道出走，你建议我们从人世上出走，若干年后再回到人间，我觉得这是一个很好的创意。那现在，我们一道，好吗？

苹果说：猴年马月的事了。我都忘了。

尤其说：苹果，你现在为什么这么冷漠？你是当初的你吗？我当初很佩服你，你是我们的偶像，你什么都对我说，你很率直，是我交心的好朋友，铁姐们，我现在真是一头雾水……

苹果说：是一头蒙，快改！……女的和女的，天生就是死对头。

何吁卤又说：苹果老姐，你醒醒，我们是你老妹，你病了吗？你知道我们在和你说话吗？

苹果说：我很健康，没什么和你们说的，你们无法寄阳光给我。我没有生病。这世界上只有那些不生病的人才真生病。

何吁卤和尤其彼此看了一眼，她们都很失望。但又觉得这是一句警言，符合苹果的口吻。

苹果一个人离开她们，往前走去。她在路上，是一个变来变去的人。一会是金黄色的头发，一会是乌亮的黑发。一会穿着裙子，一会穿着瘦腿裤。她会闪烁，她会变形。她的脸没有人能看得见，其实她有一张漂亮的狐狸脸。

她像做梦一样，走去。她并不健谈。她沉默寡言。

季节来了，结束了她们两个女生的这场苹果之遇。他说：尤其，你整天在我耳朵边说苹果苹果，把我的耳朵都听出茧了，而苹果这个人，现在，我终于见过了，开眼了。现在我们可以走了。现在，你们也可以不说她了……哎，相逢不如想念，谋面不如念叨啊。

季节是大大咧咧的，是粗线条的。人人都相信他一生不会遇到挫折，所有挫折见到他就会调头跑掉。季节见自己的理论没有被她们认同，就对身边的曾女说：曾女，我说的对不对？

曾女朝他点点头。

曾女出现了，刚才还不在，忽然就在了。曾女理解尤其和何吒卤现在那无比失落的感受。一个昔日好朋友，现在翻脸不认过去的账了。

尤其又凑近苹果，说：苹果，那次你到杭州，我错用了奸计，本想自己迎接你，后来让魏温州去接的，所以错过了，对不起，我到今天才看到你真人，姐，让我多看你一眼。

苹果不屑一顾，眼都没有低下，她就差没有说不认得你了。

苹果倒是狠狠地看了季节一眼，因为季节的男人身坯子已经成形。不过她也不感兴趣。刚才夏天清和魏温州来骚扰她，她都懒得理。她有事。心里有事。

转眼苹果已经绝尘而去，剩下他们，落在她后面，老远的。她闲闲地走，她一个人在前面，在云海里，说话，走路。

不解。

费解。

尤其痛苦死了，说：我万念俱灰啊，我的偶像怎么变成了出家人？许多年前我自封为爱情课课代表，我的爱情观就是从她那里获得的啊。苹果是情圣。人活着，没有爱，是终极性惩罚，如果不会爱，则枉为人。我今天痛苦死了。

季节大嗓门道：尤其，你为什么看不见曾女？

她长不大的，而我，发育了。

何吒卤忽然来捧住曾女的脸：啊啊啊啊，曾女是你啊，我怎么没发现啊，我也没长大，长不大，曾女你还认得我吗？

一男一女坐在一辆前往故乡的长途大巴上，最后一排。最后一排就他们两个。到达需要 6 个小时，夜晚才能到达。

苹果不作声。

张如果坐在她身边，也不作声。

他送苹果回家。车颠簸着出站了，起动了。城市里都是喧哗，噪音很大，人心浮躁。公路上是各种行走的，骑行的，大车小车行驶的，刺刺刺刺，意义不明。等走了好大一会，行走到山清水秀的地方，张如果说话了。那里是江南丘陵地带。前面他们是奇怪的沉默，无法理解的沉默。现在，对话开始：

苹果，你的家，还在学校旁边那吗？

我的家在山上。

不要乱说，有病的人才乱说。

我有病。

每个人都有病。告诉我你现在的家在哪，我送你回家。

张继人，你有什么病？你的病就是假崇高。

苹果，你家里还有哪些人？

该有的都有，该没有的都没有。

你爸爸坐在那里不说话，戴巴拿马草帽，他是一个艺术家？你妈妈是做什么的？

你不要问，你没资格问。

记得你爸说你们家没养狗，那你身边的那条狗是从哪里来的？

不要问，这个事关神秘。

不是那条狗，你那次就没命了。

那你看到狗叼的信吗？

接到了，但没看，撕了。

你撕了天机。

没有天机。你说的那个秘密不重要，它不存在，我不感兴趣。苹果，你的病我才感兴趣。我估计你的病过了青春期就会好的，你要好好生活，以后不许乱来，不许……

我没病。

是的，你其实很健康，你只是到了某一类人那里就反常，你在别处很活泼，很正常。

都是你害的。

我没害你。相反，我有我的生命，我有我的生活，你不要干涉我，不要到处找我。不许骚扰三七。

我不干涉你，我就要生病。

什么啊……这没有道理。

我有病。

你爸年纪那么大了，只有你这一个女儿，你要对他好，你要好好地照顾他，以后养他……他年纪那么大了，说话都不能了。

他是他，我是我，我妈妈投江死了，成了鬼。

真的啊？好不幸。

张如果，你的妈呢？你的笔记上写过她，你到处找她，但你为什么不读我给你的绝笔信？

我妈很早就离开我和我父亲，走了，一个人走了，在我很小时。她是学艺术的。

我就是你妈。

不许乱说，苹果！苹果，你有男朋友吗？你应该有男朋友，恋爱，结婚，生子……不要找我，不要想着干涉我的生活。

一个老师就这样教学生？

你多大了苹果，你以为你还小？你早过 18 岁了！

我不晓得我多大了，我当然有男朋友，但不想告诉你。

如果你有，你就不会去做一些傻事。苹果，你要勇敢，你要好好享受你的青春。人生应该快活，不要痛苦。

我有病。

你是不是在搞恶作剧？你找我到底要干什么，你是不是知道什么秘密故意不跟我说，苹果？

你知道人家说我们俩长得像吗？

天黑了。颠簸了一路，原本6小时，却走了12小时，像是从现代都市到了鬼门关，故乡的大山扑面而来。张继人感到死了的父亲，在空气里。在那座古老的江南小镇的城郊接合部，停下了。有几个人要下车。那个地方，张继人记得和杨开来过这里，那次杨开开车，要入股这里的一所民办学校，要张如果来看看学校的硬件设施和教育教学软实力等。

苹果走下去，上厕所了。但是她再也没上来。

张继人要司机等，但等了半天，也没等来。他让一个女乘客下去进女厕所看，没人。失落中，张继人也下了车。

那大巴走了。

那里离张如果曾经生活过的学校不远，十来里路的样子。但一个在江边，一个在山边。张如果到处找苹果，但旷野里，只有一些村庄和房屋，没有她的人。

一只鸟雀从半空中飞过，天晚了，它要回家。张望，寻找，东向西向找了好久，也没见着苹果。张如果就安慰自己，反正也算是送她到家门口了，就搭一便车，回到那自己熟悉的小镇去。

找了一个旅馆，住下，他知道苹果喜欢做一些不同寻常的事，但也害怕她出意外。

第二天张如果去了老地方，去了学校，去学校附近的苹果家找苹果。他记得苹果家，确定那个门就是她家，可那个他认得的老人不在家，苹果也不在家，但苹果的包在。他看到昨天一起坐车时，苹果拿在手上的一只包，在那个家里挂着。

他就放心了。

东海边的生活已经有几年，故乡的模样变化很大。世界熟悉又陌生。他嗒然若失地去老学校，找到校长，和他说说家常话，彼此还算客气，不过时过境迁好几年了。他们当然会说到苹果。校长有些害怕。

校长说：怎么，你还记得她？你还在研究她的生命个案？早就毕业的一个人了，不，后来也不晓得哪个学校毕业的。我们学校只管到一个人毕业，你却要把社会的责任也揽去，后面，都是社会塑造人啊，你这样，张继人啊，哪里会有幸福？你的生活过得很糟，一塌糊涂，你晓得吗？现在还好吗？

26

　　飞翔谷有许多灵魂在翻飞。梦境飘忽。灵魂簇拥，如毛茸茸的雏鸡。一个人一个灵魂。灵魂。灵魂。灵性。灵性。性灵。性灵。这里的人是轻的，人间的人是重的。浊重的肉体属地下。一个梦，就是一个人在飘。许多梦，是许多人集体翩翩飘舞……梦里的人在懒洋洋地做梦，梦见他想念的人……

　　坐在地上的许多人，像歇落的麻雀，其中一个居然是苹果。几千万年的散淡。永恒的无所事事。

　　此刻，她心情平静，默默等待。

　　他们像一只指环，围拢着一个虚空。他们不知道在干什么，他们不知道身在何处，只是一个人一个灵魂，歇落于此，他们也不交谈。有些彼此根本就不认识。他们跟着自己的灵魂走，找不着自己的躯体。

　　躯体不重要。

　　通过梦境，能抵达生命深处，宇宙深处，世界深处。

　　灵魂，似乎永远是独自行走。他们被流放到月亮上，被流放到无人能及的地方，来到飞翔谷……

　　那飞翔谷崖顶上，有一个人影，在一口大锅里舀字。然后，他飘飘欲仙地飞下来，收定脚步，像一个白发三千丈的魔术师，把手里攥紧的一个"情"字，放在苹果张开的嘴巴里。

　　经过那么高那么远距离的飘动，那勺子里的东西居然没泼洒出来。那本事要是在人间，可以夹一只袖珍水晶饺子跑全程马拉松而不掉落。

　　苹果的眼睛里立即有一股欲望之火。她的眼神不再疲惫，她的眼睛立即凹陷下去，炯炯有神，开始四处寻猎物。

她一下就寻找到了季节这个男人。然后，她开始目光灼灼地注视着骨骼健硕的季节。

而尤其，则保护性地用手挽住季节的胳膊。作为一个喜欢季节的女生，她本能地害怕，她忘记了苹果是自己的笔友。是笔友又怎么样，我不能让我的男友给你啊是不？

……

梅子坐在张如果旁边，她一直想对张如果说什么。张如果也慈爱地看着她。除了曾女外，他最爱的就是梅子了。作为爱的等价交换物，梅子当然也爱他。

梅子说：张老师，初中考试结束后我到欧洲看我爸我妈去了，他们带我玩了好多地方，他们和我说起了你，要我感谢你，您是我一生遇到的第三个好人。我爸我妈，是我遇到的第一个和第二个好人。现在，我爸我妈他们在日内瓦结婚了。

幽蓝的天空下，曾女来到了梅子边，张开大嘴，喊：什么啊梅子，不符合常识吧，你都这么大了你爸你妈才结婚啊？难道人间可以先生孩子再结婚？

梅子的眼里噙满泪水，她看着曾女，抚摸她的天使翅膀，笑着。梅子说：曾女，我这个爸不是我亲爸。我亲爸是一个超级大坏蛋。……那年，我爸被判了终身监禁，当时，我一个可怜的小孩子，在法庭上哭，孤苦无依，很多人同情我，却没有人要我，因为我亲生父亲是一个超级大禽兽。审判我父亲时，我们家没有亲人到场，只有我，一个孩子，站在那里哭。我那年还不懂事，所以，我去了。我不晓得我怎么去的，我也不记得我父亲是什么样。……张老师，后来我听您的话，到监狱去看望我生身父亲去了。但他对我没有感情。他穿着那里面的衣服，站在我面前，对我毫无感情。我对他说了许多话，他都不理睬我，只是瞪着眼睛看我，听我说话。没有一个亲人去探过监，没有一个人去看过他。第二次，我又去看他，他还是那样看着我。我告诉他许多事，他都没有反应。监狱的叔叔阿姨告诉我，说我爸是一个非常暴烈的人，一点也不服管教，常常和人斗殴，常常辱骂监狱管理人员，他劳动也不遵守操作规程，曾使一台刨床严重损坏，造成停产，他还用一把铁锹把一个人击倒。……我问他是不是这样，他什么也不说。他凶狠地看我。……好几次，我以为他就要打我，但他没有打，我以为他一下就要把我的头打掉了，但他没有打。我恨死他了。不知道为什么，我希望他打死我，因为我是他的女儿。

说完，梅子早已经是泣不成声。

大家也被感动得热泪盈眶，有人小声嘤嘤哭了起来。唯独曾女一头雾水。当初班级里大家都晓得梅子有一个值得荣耀的律师爸爸和幸福的妈妈，只有曾女不知，因为曾女早早离开了他们。

张老师为梅子流下了眼泪，也为曾女流下了眼泪。

梅子又说：曾女，你听完就懂了。我奶奶，早就不认我这个爸了。她说我爸爸是一个家庭暴力狂，在我很小的时候，我妈妈被迫离开，一个人到外逃生，虽然我只有两岁，但我爸经常打我。我妈妈走后，我爸爸拿着刀到我小姨那里去要人，我小姨不告诉他，他就非常狂暴地侵犯我的小姨，我小姨非常生气，告了我爸，我爸坐牢了。后来我小姨看我在法庭上哭，又伤心地来抱我……她两头为难。

季节什么也没说，他坐着，听梅子说话。尤其在他身边。

苹果不停地眨着眼睛，过一会就要看季节一眼，季节男人身板已经成形。苹果莫名其妙地来拉季节的手，季节反应很迅速，立即逃避而去……在梦中，他们似乎都很飘忽，连情意似乎也很飘忽。苹果认识夏天清，和夏天清坐得很近，可一直在观察季节，注意力都在季节那里，一直没停。

魏温州一直在旁边乱逛，不愿意席地坐下。他朝夏天清屁股踢了一脚，也许是要他离苹果远一点，但夏天清在和苹果搭讪。苹果鄙夷地把他的手从肩膀上拿走，说：夏天清，你的手好脏，你人也脏……

幽蓝的天空下，飞翔谷，只有故事在错综复杂地乱飞……

夏天清说：张老师，你整年待在这里，那我们人间的事你都不晓得了吧，哈哈，哈哈，我好开心噢。你不在人间现场我好开心哦……又少了一个人管我……火星文你懂吗？我们现在在 QQ 上聊天，用的都是火星文，老师和爸爸妈妈都看不懂……老师你过时了，现在世界上有许多热闹的事，周杰伦当董事长了，还出现了一个讲三国的学术超男……你应该都不知道了吧，如果你什么都不知道，那真是我们的荣幸啊。

这时候，朱香榷忽然飘来了，他在空中还打着一把雨伞，而飞翔谷晴空万里。

他肥胖的躯体到今天还没有减肥成功。

他翩然落地时，身边出现了一个团队，都是他的人。分明看得出，他是老大。

还有一个人，比他更肥胖，叫大汉。

他们缓慢地走进围坐的同学中间，张如果期待地看着朱香框。

大家一起看着这个了不起的网络大咖。

而他谦虚地说：对不起我来迟了，刚刚和张朝阳、李彦宏他们喝咖啡，晚上大咖还约了我，我其实不想理这些前辈，因为我和他们玩的不一样。我们梦网是生命网，精神网，意念网，我和他们走的不是一条路线……对不起各位，飞翔谷这里有我们设置的许多监控，随时随地能看到这里发生的一切，你们刚才在这里的一切我都知道，但不是监视你们，我们这些设备是无形的，端点在各位的大脑，感谢我的老同学们，还有我的老师，谢谢你们作为人类第一批梦网体验者，其实，你们也是我的实验对象，敬佩你们为科学献身的精神。梦网在道德伦理上，在人间是很有争议的。我们现在遇到的麻烦就是，呈现多少梦境里的内容，分寸在哪里，如果只呈现浅表部分，那许多本质的东西又被遮蔽了，所以，我今天来请教张老师，如果我们在技术上已经能呈现一个人神秘精神世界里的所有活动，那我们该向世人展示多少？

他期待地看着白发三千丈的张如果。

张如果沉思着说：我愿意做你的小白鼠。把我的一切，呈现给世人。我要消解所有人对我的误解，我一辈子，没有秘密，没有见不得人的东西。也特别谢谢夏天清，他刚下决心，发毒誓，这个坏东西也愿意把自己的过去，真实地呈现出来，这是需要很大勇气的。

……

空中又飘来高尖端。他从口袋里扔出一只棋子"马"，飞翔谷谷地上立即就出现了一匹马；他扔出一只"炮"，远处立即就有了一朵凶猛热烈的炮花。他嘴里还喊着"砰砰砰，啪啪啪"。

他在空中玩冰上芭蕾，大旋转，小旋转，急速滑动，他脚下有寒光四射的两把虚幻的冰鞋，像透明轻捷的刀，把大家看得眼花缭乱，大家一起惊呼：看，高尖端，高尖端，好神奇，他正在显摆！

季节说：哇，我的哥们也来了，他现在可是已经超过了深圳的大疆科技啊，喂，高尖端，你好下来了！

高尖端漂亮地两手着地，轻捷稳当地来到众人中间。

大家一起上去摸他的装备。那可不是变形金刚，那是特殊无形材料。他毫无保留地卸下来，给身边的男同学披挂上。然后，他对张如果说：老师，我来向你汇报了。我们最近在研究军事机器人，一个是地面的铁甲战士，打不死。一个是空中的幻影战士，用秘密武器四面出击，敌人看不见。刚才我在演习中国象棋实战，我只是显摆了其中一小部分。事涉机密，不能多透露。

张如果愉悦地看着他，欣赏他。如今世界上很有名的两个大咖，一个是朱香榧，一个就是高尖端。

高尖端又说：下一步是卫星和激光技术的融合，这要是打起仗来，足以轻而易举毁灭敌方，当然，也包括人类。我们现在发展遇到的瓶颈是，人类越来越和平，好勇斗狠穷兵黩武越来越没有市场，所以，我们在积极转型，开展民用技术研究。我们坚信人类会越来越和平的，卫星遥感技术，就是天眼技术。未来我们的世界，需要的是游戏，而不是战争。我刚刚签了几单军事技击和野外对战的体育项目，我们公司目前的发展还算良好，老师你知道，我从小就喜欢这些，谢谢你当年给我订的《机器人》杂志。当年我爸送你一瓶酒，你就还我一年杂志，谢谢你啊老师，汇报完毕，请指示。

张如果突然说出了一句出人意料的话：未来谁也不能预料。未来战争最深刻的完胜，是通过控制对方的意识，改变他的行动取向，以达到不战而胜的效果。

朱香榧看着高尖端，高尖端看着朱香榧。

忽然，他们领会了，互相一击掌。

……这里是飞翔谷，这里是一个叫张如果的老师的伤心谷。这里的一切，都是他的白日梦。他教过的学生很多，他一直在自己的梦中召唤那些他曾关爱过的人，到这里来。

曾女感到自己口齿伶俐，介绍得很清楚，正得意着，但没有料到，中间那个个头最高的男生听了，眯缝着眼睛，先假装斯文，点头，然后突然爆发性地朝她粗暴无礼地吼道：滚！小丫头片子！

旁边的一男一女当场就笑了个半死，弯着腰，蹲在地下。

曾女在审视他们，审视他。她识破了他的勾当，他变身了：……你……叫杨开，我认出你来了。

瞬间，杨开满脸稚气，智商也是14岁的智商。

曾女说：杨开，我不光能认出你，还能看出你生命里发生的一切，你现在在我眼里就像一场电影一样，我能看到所有。看……你在抽烟，你在泡澡堂子，你在咳嗽吐痰，你在骂人，你还光膀子和人家打架，你结婚了，有家，你有孩子，你经营着一个饭店，你是一个老板……我还看到张如果出现在你家里，他和你面对面坐着，你们在说话，你突然朝他大叫，吵个不停，你跳起来，你突然又大哭，你朝着你自己的儿子和老婆丧心病狂地大叫大骂，你又一个人忽然失去理智跑走了，你对你的家不负责任，你经常玩出走游戏，你其实不是14岁，杨开，别装大蒜了，你已经49岁了。你还到了我家，在我家吃饭，要我给你谈投资策略……

杨开嘲讽地道：喂，看到了又怎么样？小东西！你谁啊？你看到了，透视我了，你知道一切，你也不能改变我，有什么用……喂，你怎么不说话了……我是不是长得不够帅，你说啊？

曾女看到杨开的脸骨高低不平，处处翘起。曾女说：要改变你太容易了，杨开叔叔，只要做一个简单的意识修复，插一个卡，就结了。不过这样，世界就不好玩了，也不是我们梦网所主张的。

曾女又去看旁边那个女孩，那个女孩外貌很阴郁，不停地朝地下吐唾沫。不过她的脸很快就清晰起来。

曾女说：苹果，你的好朋友何吁卤、尤其，是我的同学，她们很崇拜你，她们刚走。她们说，她们从小学到中学最喜欢的一个人就是你，她们在班上模仿你说话，模仿你表达，把你当学姐，把你当女神，可是你却不理睬她们，这让她们好伤心。还有，你偷偷翻越围墙，来钱塘中学找张如果，住在我们教室里，早晨你忘记时间离开，是我告诉你的……

苹果没有表情地听着，突然朝曾女吐了一口口水，愤恨地说：什么啊啰唆，你天天在他身边干什么！你也不是他的女儿，你也不是他的亲人，你有什么资格在他身边，小东西，滚！你和三七，都不要在他身边！

还从没有人如此粗暴地对待过曾女。

曾女懂得了嫉妒是什么，苹果嫉妒自己和张如果的关系。苹果很霸道，想独占张如果的友谊，不许别人分享。她对三七的态度也是如此。曾女感到自己忽然有了人间的理解力。

那时，杨开忽然一下把他的皮夹克拉链拉开了，朝曾女敞开了心胸。

曾女感到奇怪，那里面竟然有一颗眼睛在怪笑。他也怪笑着，马脸上豁开了口子。

另一个人大笑起来：哈哈哈哈哈哈！曾女不认识这个人。这人穿着一双太空鞋，看上去特别野蛮。他又一次发出大笑。他说：哈哈哈哈，哈哈哈哈，曾女！

曾女调动所有的超能力，终于在短时间内才认出他来，他叫魏温州，是原先班上最沉默的家伙，整个初一，他没和曾女说过一句话。

他的相貌、举止言谈都变了。他的眼睛现在好长，他的眉骨现在好高。

他如果不说话，曾女绝对认不出他。他一说话、脸上一飞动，曾女就能找到他过去的痕迹。他现在很开朗。不过以前不是，以前班级是他的囚牢，一到学校外面他就眉飞色舞，飞得只剩下半条眉毛。

到了飞翔谷，他很快活，连帽子、鞋都在飞舞。

曾女想理解这三个人。这三个人是张如果一生三个不同时期的学生，如今一个人间年龄49岁，一个人间年龄38岁，一个人间年龄29岁，在三个不同的地方，现在，怎么遇到了一起，而且又都回到了14岁，齐刷刷的14岁的少年！是一种什么超级精神的力量，能把万物里的生命，从不同的时空里，拉到同一个场景里，演成故事？

杨开并不管他们是谁，他也不过问。

苹果对曾女丝毫没有友好的表示。狐狸脸的绝美的苹果很跋扈，也很凶悍，她走到曾女身后，用手死命扯她的翅膀，说：这是长上去的，还是插上去的？他们并不关注她，并不在乎曾女的感受，他们只在乎自己，只凭自己的好奇来说话做事。喂，小东西，告诉我，怎么才能飞起来？她颐指气使。

杨开把石头绑在身上，然后让石头爆炸着上天。他在天空中张牙舞爪地笑啊跳，转。然后，鼻青脸肿地落地，但他十分快活。

苹果很讨厌地始终要抱着曾女，身体贴着身体，要曾女从山崖上跳下去，带着她一道飞翔起来。她黏糊糊的样子，抱在曾女身上，曾女感到特别不舒服。

夏天清趁曾女不备，把她一下推下飞翔谷悬崖，同时，用一只手揪住她的翅膀，不让她飞走，而让她的身体在悬崖的岩石上刮擦。

苹果称她为鹅。曾女翅膀上的羽毛飞散，飘落到悬崖下，皮肤上沁出血，夏天清反而高兴、快活、喊叫。

干什么？魏温州制止了夏天清。

苹果一个劲地拍手、跳跃，为戏弄一个人而高兴。

曾女挣脱以后，从谷地悬崖下转了一圈，又飞回到他们身边。飞行的弧度和姿势都非常漂亮。她恨他们，但她怕他们没天没地地跌落到茫茫的苍穹中去。她很善良，她知道这是飞翔谷，知道他们是肆无忌惮不知天高地厚的少年，就是死了也不知道自己是怎么死的，他们会一不小心倒栽到宇宙深渊里去的。她有义务帮助他们安稳地行走在飞翔谷。

杨开又来强拔她的翅膀，想安在他身上，他想让自己飞翔起来。曾女一面要挣脱他们，一面要想出对策。曾女想起张如果说过的话，这是关于飞翔谷的飞翔训练要领的：当你遇到特别的困难时，你最后一个法宝就是投入全身心的爱，去爱别人，这样，你才有可能取得不能成功的成功。

于是，曾女收藏起自己的鄙夷，尝试用充满爱意的声音，对这一帮无赖说：杨开、苹果、魏温州，欢迎你们到飞翔谷来，我是曾女，我和魏温州、夏天清曾经是同学，现在，你们听我的，如果没有我的引导，你们将永远在这悬崖边兜圈。别闹了，让我真诚地帮助你们学习飞翔吧。

他们不闹了，安静下来，一道往前走去。经过一个云雾弥漫的山坳，走到一个亮堂的地带。在一块草皮上，他们一齐看见了一个奇特的场景。

张如果在向四列齐刷刷的少年说话。飞翔谷怎么一下来了这么多少年？

张如果用他那充满激情的声音说话，他又恢复了元气，底气十足：

……欢迎你们来到飞翔谷，我的孩子们。还记得我当初要带你们集体出走的诺言吗？看到你们一学期一学年整天做题，夜以继日地做题，我真是崩溃了啊，看到你们在人类的学校拼命做题而放弃了成长，放弃了发育，我真是不敢相信啊，所以我要带你们逃离，建立一所新的人类的学校，未来学校，但是，不幸的是，我们没有成功。现在，你们来了，我很高兴。……我很高兴遇到你们这些充满幻想的家伙，14 岁就是幻想的年龄啊。……千万不要告诉我说你是好孩子，好孩子都在人间，他们趴在桌上一趴就是半天，每天研究题目，根本没有时间去研究人品啊，不怪你们，是大人建立的学校出纰漏了。现在，我……问你们一个问题，当一个梦想家，遇到了一群充满幻想的少年时，会产生什么？答案是……一定会创造奇迹的！……我就是那个梦想家。我并不崇拜世界上的杰出名人，我唯一崇拜的就是你们这些天真无邪的少年。14 岁，如花似玉的年龄，14 岁，生命最挺拔的时候，14 岁，虽然是嫩骨朵，但幻想着上天入地的年龄，我已经失去了它，但我珍惜 14 岁，无比珍惜，14 岁，就是创世纪的最好的年纪，14 岁，充满着幻想……

杨开和苹果很自然地站到队伍中间去。他们原来准备好了恶作剧，准备用一只破袜子把张如果的眼睛蒙起来，但看到他讲得那么声情并茂，大家又那么投入地听，就住了手。只有魏温州还有点懒散地站在旁边，歪斜着半个膀子。他在唱一首叫作《丑恶的老头》的歌。他不愿意入列，他不怀好意地故意把声音唱大，看别人的反应。

张如果的演讲还在进行，没人理睬魏温州。

他说：……你们，所有的人，迟早都会飞翔的，这不是问题，这也不重要，重要的是飞行的姿势，重要的是你的飞行是否具有美学价值……在这里，当我们学会飞翔后，我们的生命就能被第二次改变，第三次改变……我们能飞到过去，能飞到过去的过失那里，去纠正它。我们又能飞到未来，我们可以提前飞到生命的未知地带去，然后，再回到今天，好好地计划好今天，设计出走向未来的步骤……这样的穿梭往返飞行，能让我们达到真正的生命自由状态。在普通的人间，生命对我们来说，只有一次，它是不可逆的。可这里不是，我们在这里练习飞翔，就是要让我们的生命自由来回，过去、现在、将来打通，自由穿梭往返，从而使我们的生命更美，活得更有品质。这是我们未来学校的一个核心技术。

苹果哀怨地说了一句：但是，张如果，你并不会飞翔！

张如果无力地看着她。他刚才的口才和雄心一下化为乌有，人也疲沓下来，精神也显得衰落。他一直在等待一个自己的天敌？

张如果说：我的任务是教会你们飞翔……好了，大家散开吧，自己试着先练习一下。

少年们都解散开来。自由练习开始了。大家渐渐兴奋起来，叽叽呱呱地叫，忘记了刚才的不快，都想立即飞上天去。好笑的事情发生了。飞翔谷的天空无比热闹起来。起初，大家挑选大而平的飞翔石，用藤子把自己和它们捆绑在一起，这样，简单的自制飞行器就做成功了。但大家的飞翔姿态丑陋无比，他们在空中打转，为人们徒添笑料。天空中像十五个吊桶打水一样，七上八下。但大家都很开心。

好久以后，大家都疲劳了。张如果从他坐的地方站起来，又一次把大家召集起来。曾女按照他的示意，走到他的身边。他开始上课：孩子们……飞翔，是用心来飞，而不是用翅膀……只有用心灵，用灵气，用精神，你才会飞得优美、舒展……在我旁边的这个天使，她的名字叫曾女，她是在人间最无邪的年龄里离开人世的，所以她能飞翔，她能很好很漂亮地飞舞，你们来看一看她的飞翔示范……看，她是多么轻松、自在……这是因为什么？这是因为她心中没有恶毒，没有邪恶，没有龌龊，没有逼仄，没有报复，没有仇恨，因为她很……纯真……好，大家再看她的示范，她是飞翔高手……以后，你们的飞翔训练课，要由曾女来给你们辅导。

曾女轻松地飞到空中，在他们的头顶上飞巡，看着他们，他们也看着曾女。他们都仰着头，目光跟着曾女走。曾女的身边来了许多宠物小精灵，它们都愉快地伴随着曾女飞舞。那场景很美。飞翔谷的石头、小树、鱼和雁，也都来伴随曾女飞舞，天空中出现了一幅特别美好的图画。

地面上的少年全都呼唤起来，他们一起在叫，在欣赏。没有少年不喜欢这无比唯美的全息图景的。曾女知道张如果并不像他说的那样不会飞，他在天空飞行的姿势也很舒展、很自然，甚至，曾女还跟不上他，不过那是从前。他从前也会飞。曾女真正的远距离飞翔是跟他学的。

不过，记忆里，那是他唯一的一次飞翔。回来后，他就老了100岁。曾女记得很清楚，那次和他一起飞翔，一阵风来，他就到了很远很远的地方，而曾女还在一团迷雾后面。他能借着风力飞行，他并不回头看曾女，曾女只要看到前面有一个黑点，看到他在前，跟随他就行了。曾女大胆地跟着他，向着他飞翔的方向游弋。啊，她感到好舒服，那是她的第一次远行。她在天空中感到高兴、新鲜、刺激。第一次飞翔的感受不同一般，空中飞翔，就是在立方体的时间里游泳，曾女有种说不出来的高兴。人能摆脱谷地飞在高空，真是逍遥。她飞到云层上面，紧随着他。那时，湛蓝的天空里，朝阳出来了，淡红色的雾气在他们身边飞散，能见度一忽儿很高，一忽儿很低。他带着她飞行。为了视野更开阔一些，他们开始往云层上面飞升。为了能看清人间，他们又穿过云层，往下飞。当飞到一块巨大的陆地的东部海岸时，曾女看到了一条大江的入海口，那里有举世闻名的涌潮，她看到了几座锦绣、繁华的城市。曾女对那里似曾相识。她忽然想起时间深处的事情，但它们像飞雾一样飘忽不定，她感到自己还没有全部的记忆力。

张如果在天空中告诉她说，那底下是人间天堂，是你的家乡。曾女在那里逡巡，舍不得离开。她看见了那座城市的一个熟悉的操场。她想起了过去。她似乎还认得那里的那些人，似乎还想得起那些人的那些声音，但很飘忽。她看到操场，听到地面熟悉的铃声，一些孩子进教室了，不再在空地上玩，不再在空地上欢腾……

飞翔谷是一片蓝色的世界，到处生发着蓝色的幽光。一切都很清晰，都很透明。石头能看得清它的内芯，树能看得到它里面的纤维，野兽能看得到它身体里的骨骼。所有的少年们都睡熟了，而曾女，一个永远没有瞌睡的生灵，可以一生不睡觉，永生不睡。她能清楚地看到别人的睡眠。她的世界没有梦，也许，她整天就在一个大的梦里。她同情那些周期性的需要睡眠的动物，笑它们。曾女希望人们和自己一样，可以无休止地玩，希望世界可以不以夜晚作为界限，希望夜晚来临，人们不用回到床上或合上眼睛。睡觉，实际上是很无聊的事，人们在睡梦里错过了许多有趣的故事。

曾女知道，这里从此将开始喧闹。

经过了一个夜晚的睡眠之后，清早，曾女对那些醒过来的少年说：请大家去自选翅膀。每人选两副，一副是训练时用的，一副是真正飞翔时用的。大家"呼"的一下奔跑向翅膀自选超市。然后，每个人带着两副自己喜欢的翅膀出来。那些比风筝还漂亮的翅膀，瞬间把飞翔谷的草地装点得无比绚丽。有些是碧蓝的，有些是洁白的，还有各种各样形状的翅膀，都很鲜艳夺目。

啊，我真高兴，飞翔谷来了这么多人，我又当了老师！曾女在心里自言自语。飞翔谷充满了生机，飞翔谷也无比美丽，这是飞翔谷几千年以来的盛会，曾女的千年寂寞一扫而尽。

大家都很刻苦地训练，一直到晚上。晚上，曾女又去逛灯火通亮的飞翔超市，那里有人在修补自己摔坏的翅膀。白天，大家不知疲倦地练习飞翔。看到有一个人分明是饿了，他在吃三份飞机模型快餐。仔细一看，是魏温州。

所有的人遇到曾女，统统都叫：嗨，曾女好！他们不再对她有敌意和误解，都和她打招呼，曾女要不停地向每一个人回礼。魏温州被摔得鼻青脸肿，但他的眼睛很亮，满眼都是新奇和兴奋。他的胃口特别好，他的身体也长得特别健硕。好健康的小人儿！曾女心想。但，为什么你就是个男的，我就是个女的？谁给我们做的区分？

有时，曾女头脑里有许多关于人间的奇怪念头。

曾女有义务帮助那些夜晚练习飞翔的人。夜晚，整个飞翔谷是蓝色的。他们手里提着翅膀，像是夹着帆板一样。像是出海去打鱼，像是去学皮划艇。曾女又看到一个人坐在一块空旷的草皮上，她是何吖卤。

天上有星星，她一个人坐在那里。曾女以为她在想心事，可她一个人在发愤飞翔。她想飞上去，正在弯腰捆绑自己，她要上天去。她从包中取出折叠式滑翔翼，组装起来，一个人静静地准备在星光下进行新的一次试飞。她已经失败过许多次了。她是一个刻苦的练习者。好几次，她都不成功。她解下脖子上的丝巾，站到一个高处，测一测风力和风向。然后，她又跑到山丘顶上，戴上防风镜。接着，她就助跑，从一个山坡上冲出去。

曾女希望她能上天，然后飘飘欲举、自由飞翔，但经过一段时间的滑翔以后，她还是落到了地上。这一次她摔得有点重，她以为她的脖子断了，但是没有。

好渺小的人类。曾女想。

值得高兴的是，何吖卤发现了曾女。何吖卤发现了她，就走上来，和她亲热地拥抱。曾女感到了她的友好，就顺势起动，带着她上了天。她们翩跹起舞在谷地上空。一股神秘的气流在曾女的翅膀下涌动。曾女在幽蓝的高空中借着微弱的蓝光，检查她的伤势。她们轻盈地飞过星空，曾女带着她，飞得很高。她们感到四周有一种歌声，或者就是一种圣乐，无比抒情和甜美。

何吖卤搭乘在曾女的身上，跟着她，一道安全地飞行，飞行，飞行，在广袤无垠的宇宙天空，以及更远的太空，飞行，飞行，飞行，一直到回来，回到飞翔谷营地的灯火密集的上空。

落地前，她们飞了一个大轮环，翅膀倾斜，超过了她们所能承受的程度。曾女在低空加速，何吖卤像一只落单的飞鸟在叫。一路上，她都在叫：啊，好恐怖，曾女！啊，好爽，啊，好快，啊，我不敢了，啊，我要醒了，啊，这梦好害怕……她有一阵没一阵地叫着。她是一个活泼可爱的人。她永远一个人独自练习，她特别有颖悟力，她是一个善于学习的人。以前她们在一起时，她就特别聪明，她是在班级里最吊儿郎当的，但她有一个特性，一生气就做作业，一生气就认真地做作业，一考试就很能超过别人。由于她顽皮，生气的概率很高，结果，作业和考试成绩，也能远远超过别人。曾女喜欢她，不是因为她成绩好、脾气坏，是因为她们是好朋友。

落地以后，何吖卤问曾女：我自己可以飞了吗？

曾女说：你试试。

何吖卤顽皮地说：我要是飞到太空了怎么办？小女子没有大志，只能在飞翔谷玩玩。

曾女说：放胆！有危险我救你！

何吖卤就开始独立飞行，她一起动，就飞起来，在幽蓝的天空，自由飘动，像是一股暖气流带着她，她可以自由舒展地做任何姿势。啊，好爽……她在空中喊叫，但她的声音很远很远，像一只可以被忽略不计的冲天雀的叫声。

……

其实，刚才曾女已经把飞行技法通过意念偷偷赠予了她，自己的好朋友。

（30）

　　某一天，何吖卣醒后，轻快地跑来，说：喂，永远不睡觉的曾女，能借你的身体在飞翔谷飞一趟吗？

　　我的身体？

　　是啊，曾女，你的和我的不一样。我想感受一下你的飞翔。

　　不懂。何吖卣，我是什么样子的？

　　曾女，你看不见你自己吗？

　　看不见。

　　曾女，你很轻盈，很优美，很抒情，很完美。

　　曾女摇头，对曾经的好友何吖卣认真地说：谢谢，但是，我不能借你。

　　为什么？

　　不为什么，就是不能，因为我爱你。你不能死，只有我，才能这样飞。

　　什么啊……什么啊？你爱我？你是女的我是女的，我们可不能玩基友哦，哈哈哈哈……我是异性爱的。

　　别贫了，我没有身子。我死了。

　　不，曾女，你有。

　　我现在有形体了？

　　有，但和我的不一样。

　　何吖卣，我最近才拥有记忆的，有一个人在荒凉的飞翔谷启发了我，在这之前，我什么都忘记了，我不是像你那样的人，也许，我现在身体发育了，但我的身体还没有发育好，不能借给你用。对不起。

　　没关系，我只是借你的身体飞一趟，去找一个人，看一眼就回来。我现在想和你玩的，叫交换生命。只有我变成你，你变成我，我们才能彼此更加亲近，我才能懂你的一切情感，你也会彻底领会我。我知道你给了我飞行技法，我们的脑连接接口已经打通，谢谢你，他们还在挣扎，而我已经能自由飞翔。

你是说回人间一趟？

是的。回去之前我还想一个人把飞翔谷完整地看一遍，我喜欢一个人看完一个地方的全部，便于记忆。

好吧，你这么聪明美丽大方仪态万方，那我允许你在若干天之内，以我的口气说话，以我的翅膀飞行，以我的脚走路，以我的身份去见你想见的人。

好，曾女！不过……我有一个疑问，别人会不会怀疑我就是曾女？

关于这个，你去问别人啊，不要问我。

还有，当我说话、飞行，都变成了你的方式以后，我会不会真的变成了你？万一……变不回来怎么办……

这个也不要问……你换，还是不换？

好奇、聪明的何吖卤睁着白痴一样美丽的眼睛，不知道如何回答。但她们瞬间交换了，何吖卤进了曾女的身体，曾女走进了何吖卤的身体。

过程很简单，就像一个递送，她把一根棒冰给我，我递一个蛋筒给她。

何吖卤有了一对生长出来的翅膀，在天空中飞巡，她飘飘欲举中，瞬间就到了飞翔谷高空。

有一万束光线投向她，她在空中快活地嬉戏，自由自在。

所有人都惊喜地看着第一个能自由飞翔的人，无比羡慕。

曾女则立即感觉自己很渺小，趴在飞翔谷谷底，如井底之蛙，想飞却飞翔不起来，身体很浊重。

而何吖卤在享受，她的动作很舒展，似乎飞翔谷刚存在的时候，她就在飞翔谷。这是一个错觉，一个美丽的错觉，一个错把别处当故乡的错觉，似乎，她就是此地的初民。

曾女，这样飞起来真是愉快，爽，好爽……她在空中喊叫。

她看到了树木高山，神兽太岁，看到了渺小的曾女，也看到了一个巨大的——大脑——沟回，整个飞翔谷原来不是飞翔谷，而是一个巨人的大脑的核桃体沟回！

她向遥远的地方飞去，飞过飞翔谷平原，峡谷，海峡，高峰，无水的河流，从上面看一切，和从下面看一个地方，是完全不同的感受。

……

匆匆飞回来后，何吁卤对曾女说：啊，曾女，我好怕，我刚才看到了一只头颅，一只大脑，你知道什么是大脑吗？整个飞翔谷就是一个人的大脑，你懂我说什么不？

曾女摇头，迷惑不解地看着她。

何吁卤聪明地说：啊，曾女，你又变白痴了？我知道了，我现在终于知道了，飞翔谷不是一个地点，它是一个人的一场盛大的梦境，它是许多人共同筑造的一场盛大的梦境，这里的梦，像水汽一样飘浮，铺天盖地，从上到下都是梦，飞到这里的人，进入这个梦境的人，无限多，这神秘的梦境是一个开放的地带，所有与张如果有关的人，都可以进入，他给我们发了准入证……曾女，请教一下，彼此关心彼此理解的人，真的可以进入彼此的梦境吗？我们现在都在张如果那张巨大的梦网里？刚才我看到的那头颅和沟回，是他的？

曾女说：我怎么一直没看到？

你试试。何吁卤说。

她们又完成了一次生命交换。

这次，曾女又像往常那样飞上天，但这是稀松平常的，她到了天空后，什么也没看见，她努力地想要看到何吁卤看到的东西，但没看到什么大脑和沟回，她不知道大脑的结构和形态。

何吁卤还在理解那遇到的一切——那只硕大无比的头颅。

她不知道张如果为什么要花这么大工夫做这么大的一个梦？她不知道他为什么要布置一个这么盛大的场景？她也不知道自己是第几个到达这个梦境的人。也许是千万分之一。

何吁卤说：啊太神奇了！这是一个神秘的疆域，不能用人间的词来理解这里的一切，不能用人间的概念来解释这里的一切。神秘的事，真的不是能与人语的，神秘的事，也不是能随便让谁看见的！

曾女迷惑地说：到底是什么？我怎么没看见？

何吁卤说：啊啊，那我就更不能和你说了。

曾女说：求你，何吁卤小姐姐，求你告诉我。

何吁卤说：傻瓜，这个对你太简单，只要用我们地球人的知识来理解我们地球上的一切，就可以了。求你，我还没有回家，再交换一次生命吧，等我回来，慢慢跟你讲。

……

31

张老师，还认得我们吗？我俩是你许多年前的学生。我现在是一个操盘手，他是一家基金公司经理。我们俩合作但不狼狈为奸。你可能忘记了，我介绍下……他叫……他以前是穷得很有志气的那种人，成绩比我好，不过他对财富非常蔑视，呵……不是蔑视，简直就是仇视，他整天阅读反对财富的文章，喜欢那些出身非常穷苦的名人言论，却又非常瞧不起街头乞丐，说他们没用。现在，他成了赚钱机器，比我有钱，现在我们都活得不错。老师啊，您也好吧？如果缺钱跟我们说一声就行。

老师，千万不要听这个小子信口雌黄！这小子你晓得，以前就不是什么正经东西，他一直比我有钱，我以前经常拿一元硬币四处找人换十个镍币去玩游戏，这样可以分十次投币玩，他哩拿十个硬币找人换一张纸币，折成飞机，往天上扔！就是他，刺激了我赚钱的欲望。我大学毕业时，他已经在这个世界上混几年了，我口袋是瘪的，有次我请他吃日本料理以巴结他，他说，日本料理怎么吃得饱？我吃一片鱼就是吃你一张钱，好了我不愿意蹂躏你了。我说没关系，你吃我五百会还我一千。不过亏得我们是老同学，每次都是他买单，哈哈。

老师啊，他到今天还没结婚，整天在天下猎艳，我儿子今年都 14 岁了，我想把他送到你这里来读书，老师，你不晓得，我好想你啊。我以前很顽皮的，我儿子可不是我！我儿子比我好多了！

张继人：我已经不教书了，已经退回给天地，是一个天地人。

哎呀，这样啊？那我们白来一趟了。那老师，告诉我怎么回去吧。

自己找回去的路。

好，老师，缺钱花跟我打招呼。

好。不过，钱是何物？

等他走远后，那个操盘手踽踽独行，又回来。

这次他很失落，说：老师啊，你不晓得啊，我和他成仇人了。我好难过。现在我们一句话也不说。刚才是在梦里，我们才在一起……我给他赚了很多钱，但这小子太不江湖，给我分成很少。老子特别鄙视他，我们分裂了。钱，真是这个世界的祸水啊！

张如果说：钱是公平之物，钱是度量衡，钱让世界各归各位，钱是验证朋友和敌人的利器，不要骂钱。

啊，不过我还是好伤心啊。我该骂人吗？都是你一样教出来的东西，为什么我这么洁白无瑕，他那么龌龊肮脏？

答案是，我该死。

老师，您……考虑到他那么坏，您确实。现在我和他是仇人，不能见面，他想灭了我，我想灭了他。

这无关钱的事，已经变成另一桩事。

什么事？

如果我能让你们大脑里的意念连接，你愿意吗？

我拒绝，我和他不能互相谅解了。此生已经结仇。

那然后呢？

没有然后了。你死我活！他甚至派人来刺杀我的儿子！

是我教的？

……

又来了一个人，他是一个人来的。落落寡合，一人行走。

不经意中，碰到了修剪花草的张如果。

啊，张老师，没想到在这里遇见您……张老师，我是……我是你的学生。你不会忘记我吧，我就是那个……等我东张西望一下……这里没外人……我就是那个……偷东西的人，贼，惯偷。我偷过你的衬衫。偷过许多人的许多东西。高中三年，我偷过许多人……说实在的，能毕业，真感谢你。我真希望你忘记我了。那年我从你那里毕业后，我就在心里发誓，这一辈子都不来看你，永远不来看你，没脸啊，我要到远远的地方工作，再也不回到家乡……我没脸见你……我没脸回家。我做了那件事，给你脸上抹黑了……那次亏你放了我，我很感激你。但在心里，我一直不敢和你打照面，我怕。我不想见到你，我怕见到你。我也不敢见到同学。我没脸。……但我经常梦见你，我忘不了你。当年要不是你在学籍档案上抹去我的过失，我根本上不了那么好的大学。……现在我要走了。我走了。老师，对不起，我走了。我就是想来说一句谢谢的。不过告诉你，我后来做人很正派，很对得起你。真的。人家对我印象也很好。……我希望……你不要想起过去，不要想起我，永远别想起我。……我现在也年纪大了，开始想你了。以前好傻，不过当初偷你衬衫，是崇拜你。……我出租房里偷那么多衣服，也不是为了穿，不是为了换钱，就是为了获得成就感。那时我真怪，夜晚就想出去偷人家东西……这和今天那些整天想着赚钱的人没有什么不同，人生真的应该轻盈啊，我那天偷听了你的轻盈训练，对不起我今天好激动，没想到在这里遇到你……我走了老师。我一直想找一个偏僻的角落遇到你，现在遂愿了。

他似乎流着泪走了。

张如果看着他的背影，把剪刀一直拿在手上，朝他挥手。他的身影，让他回忆起过去。许多细节，重回大脑，比如他每天从锈塘过来，从自己住的小屋前经过，跟着人流，走进青砖平房的苏式大教室。那时，自己还和一个英语教师好着。

……

又一个黑点在游移。它接近，又消失了。

她是一个女孩。她本想来玩一玩，可忽然很懊恼，匆匆走回去了。

她必须回到教室，去面对一张试卷。

我再也不能疯玩了，我已经玩够了，我再不用功就没时间了。

她念叨着。她是一个漂亮无比的青春女生，体态丰满，腰细如蜂，腿上充满弹力，嘴里比别人多了一颗虎牙。她无数次地发愤，无数次地放弃，现在终于要对一张试卷发愤了，这不能怪她，世界上有许多充满惊喜的事。她永远不知道，知识可以简单输入她的大脑，就像她吸食一杯奶茶一样，而她就能考满分。不过她那个时代，鄙视众人智商的人，在鄙视链最高端，还没有出生，那个古老的时代，上天只喜欢看苍生挣扎，是为发愤。

科技的进步注定会改变一切，包括鄙视链，大脑里的疯狂观念。

……

飞翔谷的海边，有两个移动的黑点。是两个人。

一大清早的，他们就像绅士一样，走到白雾弥漫的海边。海边迷雾的颗粒都清晰可见，但看不清他们的脸。他们的脸都经过了伪装。他们用某一种表情做了伪装。

海边，大雾流走。他们是两个黑色的身影，有时隐没，有时显现。大雾弥漫。大雾在急速行走。有时稀薄，有时像绸布，把一切都包裹。

……啊，他们要决斗！那里风云激荡。

两人对站在大雾流走的海面上。雾走得很急，一片迷蒙。二十米外看不见天和海。四面都是雾。人身上都湿了。他们两个人站在相对十米的地方，脚踏着湿滑的栈道木板。辽阔的大海在波动，就在他们脚边。那里除了海，就是天。天很辽阔，但很阴沉，根本看不见晴空万里。他们的架势剑拔弩张，今天必有一个要死。

一个男人，长着鹈鹕嘴。

鹈鹕嘴开枪时，他有点紧张，竟发现自己没带枪。于是，他慌慌张张地去摸枪。原来刚才的稳重是装的。决斗时居然忘记带枪！后来，他慌慌张张地回过神来，奇怪了，他又发现自己带枪了，而且那枪就在他的手上。但他开枪时，扣动扳机，却没有子弹击出。清晨，只有扳机的喀嚓一声响，是机械的响声。

天气太美了，凄凉的美。随着那一声枪响，无数个朝阳已经出来，红的，在天空中，但一点也不炽烈。海面上太寒，太忧郁。永不止歇的雾，飘不散，也流不尽。

临到对方开枪了。对方的枪口喷出细火，却也没有打中对面的人。奇怪，十米之内竟打不中对方。

等到鹈鹕嘴打第二枪时，枪响了。子弹打中了对面那人的额头。那人感觉额头那里火辣一下，接着有热的东西流出来。红的，鲜红的，甚至看上去有些黑。他被一股力量冲倒。他随即半卧着，倒伏在湿滑的栈板上。

对面的鹈鹕嘴把枪扔到汹涌澎湃、漾动不息的海水里。他的第一反应是撒腿跑掉，但他又转回身，冲回来，抱住那人。他的脸无比凶恶和丑陋，牙帮嚼动，他仇恨地看着那个处于弥留之际的人。他喊着说：你不要死啊！让我杀你第二次……你他妈的真没用，你为什么不打中我？老子比你还想死啊！

躺在那里的人，看上去是死了。就因为他打偏了一枪，他自己死了。失误就是失败。

可是，情况忽然发生了变化，那个倒地的人在微微动弹，他的手里还攥着那把决斗的枪。他很冷静，他慢慢地睁开眼睛，他恢复了理智。顷刻间，他举起了枪，枪口对准了近距离的鹈鹕嘴的前额，"砰"的一声。

这次没有看到火苗，鹈鹕嘴被强大的火力推动着，他倒退着腾空，哗啦跌落到冰冷的海水里，海面溅起很大的水花。

他腾空落水的一刹那，他的风衣还在空中飘拂。他要么死了，要么是去捞自己的枪了。

真精彩，像是一场熟练的演出！

就在他们决斗现场的旁边，一个风华绝代、气质高雅的女子，扶着廊柱，在等待那场决斗的结局。看她的脸，鹅蛋形。看她的眼，是杏眼。她很美，很高贵，她的穿着雍容华贵。她一直伤心、害怕地等着，没有人比她更伤心，因为人类规定，只准一个男人喜欢一个女人。她惊恐中，露出了一颗虎牙。

……听到第一声枪声，她扭头就跑，一口气跑了许多地方，她提着自己的裙摆在跑，她也不晓得跑了多远。可到最后一声浊重的闷响传出时，她又来到大雾弥漫的海边，睁着恐惧的眼睛，想看到那场决斗的结局。

她是三七。死去的是杨开。

打死杨开的似乎是夏天清，或者是魏温州，或者是别的什么男人。

张如果在老远的地方看见了一切。他没有制止。在飞翔谷，人死了还能活过来，大家尽可以在这里练习凶恶和残暴。

曾女吓得叫起来了，心怦怦跳。她怪自己怎么没去制止他们？怎么坐山观虎斗？她看了一眼张如果。他也看见了，但他很漠然。难道他已经能不为任何外事所动？

曾女想去捞那个掉到海里去的人。她说：张如果，那个人怎么能装死再去击毙别人，难道决斗的规则允许这样吗？我想去捞那个死人了。他犯规，你怎么没制止？难道你想他们中间的一个死掉？

她想去，但又不敢，怕看到那个飘浮在海水里的荡漾的尸体，怕冰冷的大雾弥漫的海，她喜欢待在晴朗的飞翔谷谷顶。

在飞翔谷，人是可以死而复生的，这里已经取消了生死，人可以在这里充分暴露自己的本性，人可以在这里死一次死两次，然后又活回来。这是飞翔谷的一个特殊设置，是关于时间倒置的，也是关于人的本质的，在技术上很复杂。这里是人生的靶场，不是真刀实枪的。

海面上的雾已经转移到了森林里，海边清晰起来。

曾女飘飘摇摇飞过去，漾动不息的海面上，并没有飘浮的尸体。

在海边森林里，她看到一个少年，下巴支撑在桌子上，正一个人玩孤独的旋转游戏。他用下巴作为支点，正在旋转自己的头，不停地旋转。那里很平静，什么也没有发生。他的桌子上放着一张很大的白纸。白纸上印着许多题目。旁边还放着一支笔。他用下巴做支点，把自己的头旋转起来。他龇牙咧嘴地做旋转游戏。他的眼看着几厘米远的纸张，盯着不动。

男孩感觉曾女靠近他了，立即拿起笔，夹在手上，向右边吊起左膀子，开始书写……

曾女笑死了，有人来时他就开始书写，没人时他就玩旋转游戏。

回来以后，曾女把这个笑话告诉张如果。

张如果说：这个小子，后来官运亨通，青云直上，做了很大很大的官。当然，这有一个前提，他老子也是一个官。

何吖卤气喘吁吁地跑来了，说：张老师，曾女，看到这里有热闹我瞬间穿越过来了，告诉你们，我验证了，和杨开决斗的，不是魏温州，不是夏天清，不是季节，是一个我不认识的男人，我好奇怪，他和三七有关。他是谁？

张如果说：何吖卤，别急，一切都在控制中，不过我也不知道那人。那人重要吗？在这里，你也和在人间一样聪明。

32

夜晚，飞翔谷里动物横行，虎，兕，狮子，熊，鹰，兀鹫，都在走动、翻飞，横行无忌。很多人都把自己身体里的凶猛的走兽、凶猛的飞禽放出来。即使不放，它们自己也会跑出来。他们睡觉的时候，那些动物就跑出来了。

蜈蚣从土里出来放松身体。蝮蛇出来捕食小鼠。蝮蛇为了练牙，咬了一口树，那棵直立的树就干枯了，变成干花一样的干树。它又去咬一头兕，那头丑陋凶猛的野兽立即丧命。

蜈蚣从蝮蛇张开的口腔里爬进了它的喉咙，轻松地进去，吃掉了它的心，又召唤更多的蜈蚣，来嚼烂它的肚肠，喝它的血。一只雪蜘蛛从飞翔谷顶放一根细线下来，笔直地，然后它从天而降，来到谷地，寻找猎物。它的唾液可以转化为毒液，遇到什么就毒死什么。

张如果知道每一只凶狠、邪毒的生物是谁的灵魂，他能对得上号。

无数的小鼠和虫子，他也能认得。这些强者，弱者，都是他的学生。只要把他们放在一起，就免不了互相竞争，当然也有依偎和友爱，还有相濡以沫。张如果对来到这里的少年，无条件地允许他们张扬自己的恶。

他说：恶是呕吐，呕吐是表现，体内的恶臭东西一定要吐出来，人才能善良，善良了，才能飞翔。

这些夜晚出动的隐藏在少年生命体内的隐性动物，以少年为宿主，以他们的生命为食物，为自己的隐蔽物，它们寄生在他们的生命里，而宿主无所知觉。但到时候就会凶猛地冲出来，破坏一切。

张如果的灵魂是一只苍鹰，夜晚就去安抚那些虎，兕，狮子，熊，鹰，兀鹫，蜈蚣，蝮蛇，雪蜘蛛。不是用锋利有力的鹰喙，而是用翅膀柔软的尖头。

夜晚，阴影里有阴影，飞舞里有飞舞。

苹果是狐狸，也是蜈蚣。

杨开是一只鹈鹕。

魏温州是咒。

夏天清是兀鹫。

尤其是雪蜘蛛，又是蛇。

曾女是蝴蝶。

三七是多情的旱地落单鸳鸯。

现在，三七孤苦的灵魂飘到张如果跟前。一个美丽的盲人，双眼空洞，空前绝后。灵魂高洁，如霜后草梗。

张如果，我好怀念少女时代，人那时最纯情，那时，天下没有什么比情更重要的东西，但是，有些人却视若无物。后来，后来，后来我们就不晓得怎么混的了，在人间，为工资，为物质，为工作地点，为功名，为荣誉，为家人，厮混，奋斗，这就是一辈子，这就是一个完完整整的人生？哈哈，你不觉得好笑吗，丢了最纯真的东西。

你是说少女时代的爱情，是最纯真的东西？

是啊。还有什么比这个更美？

还有别的。年少时候的一切，生命，包括错误，都很美。……三七，欣欣现在很好，她一直很可爱，像你当初一样。

我没有说她，我是说我。

你后来在外地很顺啊，飞黄腾达的，荣誉满天的，我晓得。

不稀罕那些，只想回到以前。

回了又怎样？

不晓得，就是想回去。

不能了。

张继人，你对我太不好了，你把许多时间倒置的机会给别人，为什么不给我？

生命倒置，对有些人理解人生意义，很有用。不是用来逆天的。三七，你的生命很成功，你的青春激情给了欣欣，这已经很公平，那是很美的东西，你没有什么悔恨的，我……也很高兴。

我要感激你的残酷，不过到现在，也无所谓感激不感激了，在人间，我们曾经伴了一程子，这就是最好的了。告诉你，我的生命，我的眼，我的角膜，后来捐献给了另一个小女孩，她叫白芷。我捐献了我的眼睛。我什么也没留下，我把我全部奉献给了人间。但我对欣欣是不是很残酷，我的女儿，我当然想她，我唯一有愧的，就是她，我的至亲，我的女儿。

欣欣后来长大，去幼儿师范读书的时候，她说，有一个人总莫名其妙经常给她东西，还有钱。那个人还在莫名的地方看她，她始终感到有一个人存在。我说，你感到的，一定是三七，你妈。她说，不是。我说，没有旁人。

我说出来你会不会伤心，欣欣会不会伤心？那人，不是我。我没有工夫，那么远，我又很忙。我在黔东南，苗寨，赶回来又那么远，所以，不是我。那些年为工作的事，死忙。但我经常会一个人独处的时候，想起她，想起你们。

三七，你相信人能分身吗？就是俗话说的分神，走神，人可以有许多，一个在这里，而另一个在另一个地方，或者说你的一部分在这里，一部分在别处。我说的是，你的意念到达了欣欣身边，她感觉到了。这是现在我们竭力捕捉的东西。

或许吧。

三七，看到欣欣，就会想到你……欣欣毕业后，在钱塘小学当老师，白芷，你捐献角膜的那个孩子，恰好就是欣欣的学生。这些，你都先拥有资料的？

我一生里，永远想的都是欣欣。你不会领会我欲爱不能的苦的。生下欣欣时，那个男人的妈妈在我身边，她说，这个女伢子没有眼睛，扔掉吧。从那一刻开始，我就鄙视他们一家。

欣欣眼睛很好啊？他们家为什么那么说？

是啊，那不过是他们的说辞，一直希望我打掉，扔掉，我理解为诅咒。欣欣出世后，一度，始终不愿意睁开眼睛。他们一家，其实也喜欢我，我也爱过那个男人，是一个高干子弟，他们其实想要一个男孩。如果是男孩，我就可能永远和他在一起了。世人为何那么痴恋男孩？但他们不知道我这个人的脾气，我若不喜欢你了，你就是对我再好，我也不和你玩了。当初我生下欣欣后，床头边没有孩子，听他妈妈那样说，我吓死了，我以为我真的生了一个瞎女孩，我一下就被他们骗了，但我说，我不要扔，你们给我，我带走！好在他们没有溺死女婴。

那一程子，你好辛苦。

是的，后来多亏你。

我也开心。

我是不是太任性？

现在看，人，在人间做的一切，都可原谅。他们是俗人，我们只能原谅。

我那时整天想的就是无眼死婴。他们骗我，说，孩子已经死了，好几天不让我看。我说，我一定要看，不许送走，不许埋，不许火化！我朝他们吼。他们家族好高贵，怕我去闹，后来妥协了。后来的后来，他们说实话了，但我还有点恨他们，他们怎么能咒我的孩子是无眼死婴呢？不过，我现在无眼了，这是报应吗？

没什么，三七，你还是你，我喜欢你这样的性格，我说了一辈子谎话，现在敢说真话了。

可我已经不再是那个纯情少女了。你能在我们的故事里，允许时间倒置吗？

三七，飞翔谷的时间倒置设置是给那些坏蛋的，他们可以重新来过，给曾女的，她可以找回过去，而对你这样成功的人生，是不需要倒置的，倒置了会违反天规。

为什么这么残酷？

如果给一个成功人生进行倒置，他们会尝试做恶棍的，因为他们一辈子唯一没有体验过的，就是干坏事。

这就是你的时间倒置的混账理论？

优秀的人生不需要重来。机会给遗憾的人生吧。

……

33

两个世界在延续，它们没有交点，它们是平行世界——深夜了，魏温州在飞翔谷到处暴走，不知道他在寻找什么。他依然是一个桀骜不驯不懂世事的少年的样子。

而在人间，他西装革履，步履匆匆，从高铁站到机场，从西班牙到纽约，从北京到东京，奔波行走，签订大单，喝咖啡，打高尔夫，品尝红酒，神采飞扬地搂着美女，然后去上总裁班的课，嘴里含着笔，认真听讲，年少时，可没好好听过一节课。

尤其和何吖卤在酿诗，她们两个少女在神秘的飞翔谷四处行走，勾着手，张望，吃惊，找感觉。

而在现实世界里，她们天各一方，一个在非洲旅行，脸上画满了色彩，穿着草裙，张扬的性格依然如昨日；一个在安静的欧洲实验室，白色大褂，平静的姿容，内敛的性情，内秀的过往依稀看见。

曾女是飞翔谷的飞行保安，要保证所有人的安全。她在他们上空飞巡。

张如果负责所有人的心灵，打点、安抚那些突然暴烈奔突的野兽，他已经成了一个灵魂师，一个驯兽师，他虽然永在飞翔谷高卧，但随时准备出动，关注着飞翔谷发生的极端事件。

一块开阔地上，杨开正在和夏天清摔跤。他们之间永远有打斗。周围围着许多人。魏温州在大喊：加油加油。

夏天清被杨开摔了一个狗啃泥，但他穷凶极恶，再次扑上去，凶狠地咬了杨开的肩膀一口。杨开张着很大的马嘴在叫，他疼。苹果冲上去帮杨开，她朝着夏天清的惊悚的脸吐了一口唾沫，然后，迅速躲到魏温州的身后。

夏天清气急败坏地冲过去，他已经变成了一个亡命之徒，眼睛红了，拼命了，从魏温州的身后，一下把苹果的随身听扯走了，扔到了空中。那随身听在空中画出一个丑陋的弧度，线和机体分离，又牵挂着。

苹果躲在魏温州的身后，瑟瑟发抖。她的眼睛在睫毛里颤动不止。

那时，杨开也拼命了，他突然把自己上身的皮夹克脱了，从他的身体里露出了一只眼睛。

两个暴徒！

夏天清见了，无比害怕。杨开随后拿出了裤腰上插着的一把长刀。他的动作有姿有势。长刀在蓝色的夜晚里寒光一闪。众人都惊叫起来。夏天清跑了几步，就不跑了，他跪下，像条癞皮狗，开始求饶。杨开冲上去，说：你不跟俺求饶还好，你跟俺求饶，俺偏不饶你！说着，他嘴里咔嚓一响，手起刀落，似乎夏天清的人头就落了地。

杨开又把刀藏好，把皮夹克穿上，然后风度翩翩地走了。

他们的游戏结束了。

众人都吼叫起来，狂奔着，说出人命了，跑到灯火通明的营地去报告。

张如果被许多人簇拥着来到了现场，杨开站在他的对面。杨开好像什么也不在乎，他的牙齿不停地咬着，腮帮那里一鼓一鼓的。他很丑陋，但他正在做出很勇敢的样子，他的鹈鹕嘴越来越像鹈鹕嘴了。

张老师非常血性地冲上去，一巴掌把杨开打到十米外的地上。然后，杨开在地上爬，挣扎。张如果发抖，虚弱无力地问：杨开，你知道你做了什么？

是游戏，我没杀人。

夏天清做错什么了？

他是一个卑劣小人，人人鄙视他，苹果不理他，他总是骚扰人家，然后说出的话又让我恶心！

为什么有杀人的念头？

不晓得。包括你，老师，我也想杀。

那是因为我对不起你？

不是。看你不爽就想杀你。

之后，后悔吗？

不后悔，一命偿一命。刚才我一时来气，是他先要来真的，我就来真的了。我要他认错，永远不来纠缠苹果，他和我玩语言游戏。我讲不过他。

死亡是什么？你体验过。告诉众人。

死亡就是把一口恶气吐出来，什么都没有了。没憋在心里，很痛快。

没有仇恨就杀人，凭一时意气杀人，你怎么变成这种先行动再思考的草包，下次出门，先写好遗书！把别人弄死，就是把别人的人生斩断了，太残忍。你在重号病床求过我，你还记得不？脾气上来连家人也想杀，你就是一个畜生！

杨开把腰间长刀拿出来，递给张如果：你杀了我吧。

张如果把它当啷扔在地上。

杨开说：夏天清是一个小人，一个贼，他诬陷过曾女，他偷了我们合办的贵族学校，他通过魏温州到了我们贵族学校，将我们财务室现金洗劫一空，我抓住他，他还抵赖，说是在找何吖卤的学籍卡，他专偷熟人！

夏天清的人品老早我就清楚，但我依然收留了他，养他，否则他爸爸不要，社会不要，他会成为真垃圾，他和你成色一样，是兄弟。你后来不是也有一个好未来吗？

我怎么和他一样？我是钱塘贵族学校的董事，他是一个小混混！

本质上你们一样。

我和他不一样，他对欣欣做了什么你知道吗，他对同住一屋的欣欣要流氓，欣欣有一次哭着对我说的，我早就恨得要杀死他了，他是人渣！

那你到人间去控告他啊，不要在这个世界报复啊！

我不分这里那里，我只要解气就行。

血性是需要的，你动手前，要让他知道他的罪，他的恶。他的恶，值得用命偿还吗？

魏温州走过来，一掌推开杨开，说：大哥，你过分了。

然后，他去把夏天清拾起来，猛力一碰，又像扔稻草把子一样，把他扔到十米外。

夏天清活过来了，站立了。

兴奋起来的魏温州朝张如果招手，喊：大哥，来，我们来一个示范，格斗，KO！

很多男生来围观，季节舞着双节棍来了，高尖端从空中像导弹一样飞来了，武超来了，雅皮波波来了，吕品唱着嘻哈来了，夏天清在，杨开在，朱香榧在，大汉在，有战斗力的几乎都在。

一场暴力游戏就要开始。

女生听说要上打架课，呼啦一下全来了，她们最喜欢看的就是男生打架，打球，游泳，比赛，决斗。

张如果说：好，今天我们就来上一堂角力课，是关于男儿和血性的课。血性是需要的，特别是对我们积贫积弱的中华民族来说，几十年来，我看到男孩打架，总是会观察。事后看谁更正义，更有理。我发现，往往是无理的一方胜利，有理的一方，却是失败者。我们这个民族，从没有打出去过，没打过人家，人家却总来欺负我们。血性，是我的所爱，也是我要给你们的。我喜欢运动。魏温州一遇到我就兴奋，是因为我们在一起比试过武力，我教过他。我要他一定超越我，战胜。杨开也喜欢打斗，杨开的爸爸更是一个血性男儿，他一个人带着一支部队，全员战死在一个高地上，成功掩护大军进取成功。他爸爸是一个烈士，也是一个浑身血性的英雄。但力量之剑，要赋予正义，割破敌人的喉咙。力量的锋芒，不要和龌龊、卑劣为伍，不要为邪恶战斗。每一个男儿在战斗之前，都要有清醒的判断力，你为谁而战，为什么而战？现在我给你们表演我用连续十二招攻击魏温州，如果不出我的意料，他会连还手的力气也没有。

还没有说完，张如果就开始攻击了。他一米八五，魏温州一米八三，体重远轻于张如果。所以远景看去，魏温州像风中飘叶，节节败退，被打得落花流水。

张如果的攻击具有教科书式的经典性，他完整运用了自己的肘部，膝部，肩部，翻转后脚蹬踢，双拳天雷轰趴，大力远射踢腿，飞跃勾腿蹬踢，单拳直攻心窝，连续十二击印堂，这些招式，他以前没有教过魏温州，所以魏温州傻了，只能应付，退却。

众人喝彩，大家其实见识过张继人的排球比赛，他的单臂扣球，把排球击破过。

足球场上，他是进攻性的后卫，总是在前场勇猛作战，而且总能破门。当然，如果那天前卫足够厉害，他就永远在后场。他还会轮滑，是轮滑高手，能一边轮滑，一边舞双节棍，俯身冲击时从不摸地。

夏天清激动不已，喊：打啊打啊，不要停手。

魏温州连续喊了十二声大哥，喘粗气，最后说：兄弟，你不能用陌生招式打我啊！我不知道怎么还手！

张如果说：敌人用敌人的招式。没有什么熟悉的，陌生的。我没有招式，全是头脑现编的，我完全根据你的身体姿态，编出下一个招式。我总是攻击你的弱点，所以，你总是失败。谁还愿意来试试，季节，杨开，夏天清，高尖端？

季节笑着过来了，说：张老师，学生请教了。

季节后来是一个武警，他的排打功无与伦比，而且他的力量是班上公认最大的，张如果比不上他。

张如果说：我需要一个头套。

季节笑道：我不打你的头。

张如果说：是不是遇到歹徒你更勇猛？

季节说：遇到朋友只是手谈。

他们一边说一边过招，没有人看到他们在打架，他们的手、腿，身体却在不停地动弹，躯体几乎笔直，保持正人君子姿势。忽然，张如果笔直倒地，被季节制服，强制转身，双手被季节反扣在身后，比试结束。

夏天清过来了，说：季节，怎么没看见你的招式啊？

季节说：没有招式，全是头脑现编的，就是看你瞬间反应能力和瞬间组合动作的能力。

夏天清说：就是说，打架更要用脑子，用眼睛看敌手，然后再决定动作？

季节说：兄弟，你开悟了，不过不要干坏事。

张如果爬起来了，对所有人说：看到高手了吧，还有更高的。现在，这一节课的高潮来了，下面由高尖端对阵季节，其他人各自穿戴好道具，配合就行了，随便参加哪方，女生更要防护好自己，等一会将展开的是你们意想不到的星球大战。

众人激动，纷纷去穿好防护设备。

季节说：我哪里能战胜高尖端，不是一个级别的，没有比较价值，我们集体对阵，也打不过他。

这时对面空中已经出现了一个钢铁铁甲战士，巨大的，越来越大，一步一步走过来，从空中走过来，它打开身体各部位的铁板，通风，热身，抖擞，显示威风。

　　它向四面八方发射了无限多的红外线，迅速捕捉、锁住了此空间所有目标的外部轮廓，内部结构。它的机器芯在迅速运算，工作，等待高尖端的指令。

　　高尖端的手指按向一个按钮：改变敌人的攻击意识。

　　……

34

......

苹果在梦游。她不睡觉,一个人在飞翔谷到处乱逛。身后露了一条长尾巴,像狐狸,像她的影子,又像是她的魂,合不到一起去。那躲藏的狐狸始终跟着她。苹果那月光色的脸,能把方圆三十厘米的草照亮,从没有见过这情景。苹果梦游一般的乱逛,梦游一般的听音乐。她也唱,但听不懂她唱什么。她从一个地方走过去,又走回来。从别人头上迈过去,而人家并无发现。她始终栖栖遑遑地找什么。

曾女说:苹果,你为什么不睡觉?

苹果发出苍白的声音:现在是白天。她的意识完全不清。周围来了许多小精灵,陪伴着她们,它们只会飞舞,永不停息地飞舞。

曾女又问她:苹果,你在听什么歌?

苹果冷冷地说:你不懂。她的经历比曾女长,她的过去也比曾女长。所以,她说曾女不懂。她还没说完,身体里就冲出一条狗,朝曾女凶狠地叫起来。

她又转到刚才杨开杀人的地方。苹果从魏温州身后冒出来,扒开人群,阴阴地走到中间,走到地上躺着的夏天清尸体和站着的杨开中间,冷艳地说:无聊,杀人最无聊了。我也杀过,无聊。

然后,苹果就走开了,也不围观,一个人往别处走去,继续听歌。她看到了那人圈里所有的人。杨开站在那里,脚下像生了根,他一动不动,等着张如果发话。众人也没有指责他,他就那样不知所措地站着,像一根桩一样,站在那里。杨开心中的野兽跑出来了,是并不凶猛的鹈鹕,只是样子很丑。

苹果一个人已经跑得很远,她跑到了飞翔谷的边缘。

曾女去追她。可是，再怎么和她说话，她都听不见。她依然在走，但她已经睡熟了。她的面部表情很安详，完全是在睡梦里的样子。她一边走一边睡。我也杀过人，杀人，最无聊了。她喃喃自语。她的睡眠像波浪一样，有时浅，有时深，起伏不定。

曾女不知道她要到哪里去。

梦境里的她，是一个正常的人，需要爱，需要帮助，需要同情，需要怜悯，需要床，需要陪伴。但是曾女却在她的生命里，追看她的杀人故事。

曾女很胆寒，她想杀的居然是她的妈妈，在江边……那里她们在激烈吵架，几乎就要发生杀人命案。苹果的悲苦的生命里，有铿锵激越的杀人剧情，而这里，她在梦游。曾女看清了一切，从她的形态里，从她的生命里。有人说了妈妈不好的话，苹果正在指责妈妈，痛斥妈妈，妈妈不还手，苹果手像刀斩……

飞翔谷并不存在什么夜晚，有时光线暗淡下去，会发光的人就会发光，会闪烁的人，总在不停地变换自己。灵魂的状态总是稀奇的，情丝附着在上面，更其飘忽。他们存在，他们又不存在。他们飘忽，他们又固定。他们在场，他们也不在场。所有的魂魄，都为找不到自己而苦。有些四处哭喊，有些哀怨无声，有些急急奔走，但他们还是他们，还跟着自己的本性，在走，在做事，在杀人，或聊天。

转着，走着，苹果走过了一个山冈，竟然和张如果一起，坐在了一座蓝色的山头上。

那周围无比安详、宁静。他们的背后，有些神秘的光影照着他们。

曾女轻轻地歇在他们旁边，听他们两个说话。

苹果幽幽地说：……张如果，我一直在找你。

我知道。

我从你门前的一棵树上出发，一直找到这里。

但你在做一件没有意义的事。

你怎么知道我做的事没有意义？我做的事，就是我所要的意义。

但你是错的，你用自己的全部生命来做一件错事！

我没有错，我想搞清楚的事情我会不惜血本的。人家说我妈坏话，我找我妈对质了，把我妈吓跑了。你走后，我也更恨你了。你以为我找不到你？我就知道会找到你，你跑到任何地方，我都找得到你。

苹果，你这是何苦？你坚定地执行你的生命意志，你太我行我素，这就叫固执，你为什么不关心自己，不把你的生命打理好？

我做的都是对的。

你应该相信人，你应该更多地相信别人，而不是自己。你的固执是对的，你的念头是错的。

苹果突然开始愤恨起来，她又开始吐唾沫，还找了一颗小石头，朝近在咫尺的张如果脸上丢去。她说：张如果，你好卑鄙……我恨你恨你恨你一万个恨你！你逃你逃你逃啊你逃到天涯海角我也要找到你！我在网络上向所有城市的聊天室求助，我和你身边的人通电子邮件，我在全球通缉你，我还到了你所在的城市，可是，你又卑鄙地逃走了……我之所以想找到你，就是想表达我对你的恨。我恨你恨你恨你一万个恨你！我鄙视你，我不许你离开我，你要跑，这就说明你错了。

我没跑，我在飞翔谷等你。

说谎！是我找到这里来的，不是你等的，你是逃走的！

不是。你想杀死我吗？

苹果遐想着，追思着，激奋着。她又说：张如果……我不应该读你的笔记和日记，我也不应该读我妈的日记，为什么我家这么四分五裂，为什么我这么痛苦和不幸！当我知道了你和三七的事后，我特别恨你……我恨你一万个恨你……你不配当一个老师，我第一眼看见你，就知道你不是一个好老师，你没结婚，却带着一个孩子，而且还是女学生的孩子，你算什么老师？你算什么东西？你亵渎了人间最神圣的老师的称号，我爸也是老师，我妈也是老师！作为你的学生，我感到羞耻，所以我选择了自杀，你舍不得死，那我就选择了在你的门前树上替你死。

那不是自杀，是你要吓唬我，是你的一个念头。人的念头，都是可以取消的，无成本取消。苹果，你知道我和三七的事，其实并没有什么，我和她一次爱也没做过，我们很干净……你不应该胡思乱想，不应该神志迷失。

我没有神志迷失，我头脑清楚得很！

我知道你不会罢休的，我知道你的执迷，所以，我逃了。不过，我逃走是帮助你。只有我逃了，那个世界才属于你。

你把三七弄哪里去了？

你关心自己吧，不要查三问四的了。

我的幸福与你无关，我到这里来是要杀死三七的。你把三七藏哪里了？你想瞒天过海？

苹果，不要激动，你和三七之间没有仇怨啊。你们认得啊，你以前抱走网一，吓坏过三七，仅此而已。你们是两个女子，可以互相理解，不宜互相仇恨。无仇而恨，空穴来风啊。

我想杀她就杀她。这次我带了两个杀手过来，一个是杨开，一个是魏温州。哼，你就等着吧。

好了，苹果，不要闹了，我和三七的事是我和三七的事，与你无关。

哼，什么叫与我无关？既然让我知道了，就与我有关。

又是一个变态的念头，我一定要让人脑互联，彼此达成更多的沟通，消灭没来由的仇恨。

想得美！本姑娘孤家寡人，不和人沟通。以前就是沟通太多，把我的青春期泡汤了。现在老娘愿意变态。

35

随着全球直播的深入，梦网铁粉们疯狂了，开始了无休无止的人肉搜索。全球搜索张继人，包括他梦境里反复出现的曾女，三七，苹果，杨开，还有张继人的前女友。搜索，搜索，人肉，人肉。议论，议论，议论，八卦，八卦，求证。张继人的学生和熟人都不得安生，但他们荣耀而又兴奋。他过往的许多学生也加入疯狂的行列，悉数乖乖就范，来各个梦网虚拟空间报到，接受各大媒体专访。据梦网粉丝统计，张继人的学生总和竟然高达八万之多。张继人教过的学生受宠若惊，四处讲述张继人的故事给天下人听。

一个一个的次中心形成了，了解张继人的人，都成了社会名人和媒体追踪的网红，他们在全世界发布张继人的信息，解释张继人的梦境。他们的讲述，似乎是真实的，可信的。至少对完全不知道张继人的人来说，是可信的。零零星星的信息提供，组成了一个一个逻辑链。全世界都在分析，判断张继人这个人。各大媒体又陆续提供新挖掘出来的信息，他成了全世界最重要的信源中心。

张继人，还是张继人，那个捐献了自己一生所有意识的人！大家在讲述他的故事，大家也弄懂了他的一些故事，不过，还是冰山一角，不过这样更刺激，刺激人类的求知欲，探寻更多。

可是，疑点太多，不可分析的部分太多，冰山下的部分太大。叙利亚问题，难民问题，脱欧问题，石油问题，黄金问题，美元问题，冠状病毒起源问题，马斯克问题，比特币，脸书改名，蚂蚁上市，甚至詹妮弗·劳伦斯、宋慧乔、李嘉诚、朱莉娅·罗伯茨全部让位，他成了全世界的话语中心。

梦境，张继人，成了两个最热的热词。搜索，搜索。每天搜索出的关于张继人的信息高达几千万频次，张继人迅速蹿升成了全球最负盛名的名人，一时间全世界所有的信息都是围绕张继人衍生出来的各种关于他的梦幻信息的解释，他成了话语中心，他的交往，他的梦境里出现的人物，成了世界上最神秘的文学艺术和绘画。

他的梦，成了世界上最神秘的三维空间。人们不能不说他，不能不求证。他的梦象太突兀太无稽，对别人来说，是那样神秘和不可捉摸，但又有连续性。人们在地铁、公交站点，在微信群里，在所有的社交网站，不停地聊天，聊他的梦象。他在梦中哭一天，全世界就有许多人跟着他哭一个礼拜。

人们不知道他为什么要哭……现实已经被超越。超越现实正在上演。梦网越来越壮大，它的用户已经超越任何一家互联网公司。世界各地的梦粉们纷纷到梦网来储存自己的梦象，就像以前我们把照片、文档、视频放在电脑上一样。

现在，大家来把自己的一段梦境存放在自己的空间里，开放给一部分人看，和自己的小伙伴交换梦境，大家开始玩梦，大家开始保存自己的生命。大家都在研究自己的生命，重新发现生命是什么。

生命是连续的波动的，生命是表象的，也是下意识的；生命是显性的，也是隐性的，生命是各种隐性事物的外在表达。大家发现以前人的生命就是物质，家庭，金钱，名誉等，而现在发现，生命是一系列性灵生活，是一个一个念头，一系列念头的组合。

对，性灵生活！精神，意念活动。

梦网粉们看了自己的梦，都在惊叫：啊，原来我这样啊？白天我为什么那么装啊？

然后第一个人哭起来了，说：只有晚上，我的灵魂才能找到我的性灵，我才能找到我，我才知道我的真爱，真讨厌的，真感到无趣的，真欢喜的。

旁边一人说：啊啊你不要感伤了，白天就是一场盛大的喜剧现场啊，没什么不好，我们都玩得好嗨哦，我喜欢假面舞会。

但是，更多的人从此开始在夜深人静的时候，仔细看自己的梦象，研究自己真正的趣味和喜好，研究自己灵魂行走的轨迹，研究自己性灵飘忽的方向，他们都沉默起来，他们都觉得白天那个无限暴走的人，不是自己……

梦粉们还在惊叫：啊谢谢梦网，多亏有这个存放梦境的地方，若我死了，我的梦还在，人们还可以到这里来吊唁我……

当意念存放到一定的亿兆级时，梦网拥有的人类储存的精神数据就非常可观了，他们能聚集各种精神流束，形成主流和非主流、次主流话语，作用于世界。梦网是个体的，也是整个人类的。

36

梦网粉丝们困惑不解的是大主角张如果的一次失踪。他的人生经历忽然中断了，戛然而止。梦网呈现的影像，在逻辑上掉链子了。

本来，张老师看到魏温州身体素质好，为魏温州联系好了杭州陈经纶体育运动学校，想让他去练中短跑，但他爸爸从北方开着宝马来了，一口气开了十二小时，车停在学校一棵树下。他说，张老师，听到消息我一路飙过来，我自己一生没有文化，现在只有一个心愿，就是一定要让儿子有知识，上名牌大学。

后来，魏温州住到了尤其家，由做小学老师的尤其的妈妈看护他。尤其过生日那天，魏温州送了礼物给她。他没有在家里送，而是带到学校在班级送，他说是用他自己的钱买的。尤其问他多少钱，他说不知道。问在哪买的，他也说不知道。尤其知道是别人替他买的，问是哪个替他买的，他也说不知道。尤其问他给别人多少钱了，他说五百。

就在第二个星期，张老师忽然离开他们走了。一大早，学生会的时老师来到班上，威严地等大家到齐了，然后正式宣布：从今天起，我就是你们的班主任，你们欢迎吗？大家全都惊呆了，根本反应不过来，也没有鼓掌。时老师解释开了：你们没有欢迎我，这没有关系，我能够理解。……因为特殊原因，张老师离开学校，到别的地方工作去了，我知道大家会很怀念他，我也很想他，但……这是没办法的事。

他答应我们不在学期中间生孩子去的！肖雅皮大叫。

啊？他他他他他他怎么跑了？他和我的约定还没有完啊？何吖卤大叫。

时老师说：什么约定？

何吖卤说：忘记了！不想告诉你。张老师为什么要走？到什么地方去了？为什么不和我们打招呼？

我想，也许他会和我们联系的。等我知道了我会告诉大家的。

何吁卣说：你不告诉我们真相，我们会一天上不好课的。大家的情绪随着何吁卣的话而发生改变，纷纷也都说是。时老师说：好了，何吁卣，你可以坐下去了。何吁卣，我们打过交道，你是不是不欢迎我啊？

何吁卣说：我没有说欢迎你。我们都没有说。他办公室的东西搬走了吗？我可以去看看吗？

全班同学都看着时老师，而时老师竟然冷静地说：可以。

何吁卣走出了教室，全班同学都静默下来，等着何吁卣从办公室带回消息。过了几分钟，何吁卣从张老师办公室出来了。她进了教室，什么也没有说，到了座位上，趴在桌子上，头伏在胳膊上，肩膀一下一下地抽动，就再也不作声了。全班同学都知道：张老师真的走了！许多人在心里泪雨纷飞。大家情绪不稳定了好长时间，大家都不看别人，大家都学何吁卣的样子，把头埋在胳膊里，大家都不知道别人有没有在昂着头哭。好长好长时间以后，大家抬起头，看到时老师正将自己的身子从墙壁那边转过来，这个彪悍的男人，居然也是两个红眼窝，这给了大家一点点的好感，否则他会很惨的。

刚才好长一段时间班上好特别。不过没有人计时。

尤其那天回到家后，看到妈妈翘首以盼地在等待，要他们换拖鞋，把书包放在指定的位置，要他们去洗手。尤其忽然讽刺妈说：妈，人家老师都在学校里忙得很迟才回家，你为什么这么早就回家了？

别人家的孩子和自己家的孩子，我还是能分得清……有些教师当了一生的人民教师，可自己家的伢儿成绩比任何人都差，十分让人瞧不起！

那你对我的成绩满意吗？

我正在拯救你，我花的力气比美国人登月还大，你现在的品德出现了严重问题，你和我说话的态度不对，你的成绩也在下降，你的注意力被乱七八糟的东西所吸引，尤其，你现在一定要听我的，只要你听我的，我就保证你一生无往而不胜！

是不是你去提意见，让我们张老师走了？

是不是你们张老师走了？

魏温州说：走了。

尤其说：你成功了。你一定高兴了。

尤其的妈妈叹了一口气，说：……你们张老师当政，你们班群魔乱舞，成绩下降，事故不断。作为一个班主任，他是有责任的，他的什么教育实验，也是失败的。他完全是为了曾女，才到这个学校的。他不单纯是一个老师，他有许多投资的。他在，你们学校你们班就有灵异事件，如果我女儿不在他的班上，我看个热闹就好了，在，我就不会善罢甘休。提意见的有很多，不光我一个。学校也对他有意见。都到初三上了，明年就是中考，还这样不抓成绩，那你们一个班就要集体泡汤……学校认真考虑了我们家长的意见，是对的。

他是辞职的，不是你告倒的。你真卑鄙！

魏温州在边上怪笑了一下。

以前可以公开在班上进行的许多活动，现在都转为地下的了，比如午休时听广播、讨论时尚话题、下棋，原来张老师特为大家枯燥的初三生活发明的课间五分钟的"打闹时间"等也取消了。现在所能做的，就是一心做题，提高成绩。

尤其跑去找梅子。梅子说：我以前就听我爸说过张老师的事，我知道他迟早要走的。尤其拉着梅子和何吖卣，到了校长室。校长接待了她们。尤其说：校长，我们想知道张老师到哪里去了。

校长说：你是尤其，是吧？听说你对你妈很有逆反心理，听说你的逆反心理是很有名的。你妈给我打过电话，说你不愿意跟她沟通，是不是这样……以后我欢迎你经常来找我谈心，好吗？

尤其没有接受校长的邀请，气愤地说：我妈是一个小人，我知道她到学校来说了许多张老师的坏话。

校长说：张老师有更重要的工作任务，给他了。他不属于地球。你们对他，还不够了解。哈哈，去年，他不是说过了吗，要你们找一个不存在的外星生物人？

何吖卣尖叫起来：啊，校长你也知道啊，那是我的主意，是我让张老师那样说的！

尤其和梅子都失望地看着校长，转而十分夸张地看着何吖卣。校长被看傻了，她的语气有点缓和下来，说：我知道你们难过。我知道你们的心情。但是，你们张老师，真是一个外星人，他有重任，他是来拯救地球的，他给你们丢了一个超级大的悬念。

何吁卣说：能剧透一下吗？

校长说：他要赤手空拳，办一所你们想不到的学校，现在去跑一张批文。

从校长室里出来，梅子拉着尤其的手，三个人在操场走了一圈。梅子说：何吁卣跟张老师的女儿是好朋友，我们去捉张老师的女儿，网一，欣欣，能进一步知道张老师的去向。

下晚放学的时候，她们去捉张老师的女儿，把她"绑架"到了操场的大柳树旁。何吁卣拉着她的手。她像个小犯人，什么也不说，都是她们在问她：喂，你真的连你妈妈在哪都不知道……你爸每天晚上会回家吗？他情绪怎么样？他不会想不开死掉吧……你们家以前住什么地方？他是不是到全国去做巡回演讲去了……他的真名字到底叫什么？网一一直不说话，以致她们都觉得她可能是很难过。她们安慰她。不过，当安慰她时，她莫名其妙地哭了。

不要哭，我们都很喜欢你爸爸。

别哭，你爸爸和我们说过你俩在家吃糖藕的故事。

女孩终于说话了。网一说：他不是我爸爸。

何吁卣大叫：啊？那你是谁？

女孩说：我不是他女儿。他收留了我。

不知道为什么，梅子听了，突然泪如泉涌起来。她放开了尤其的手，跑到一边的白玉兰底下去流泪了。尤其想跑去照顾她，但又放不下这头。

网一又说：……我很快也要离开这里了。

问她去哪里，她说不清楚。

过了很长时间，网一问：你们中间谁叫尤其？

尤其一下激动起来，举起手说：我就是！

她说：我爸有一个小笔记本，要我带给你。我明天带过来。

第二天，尤其拿到了一本工作笔记，就是以前张老师天天拿在手上的那个小本本，牛皮纸封面上面写着几个字：飞翔俱乐部（1999—？）尤其翻了翻，上面都是张老师的一些手记。扉页上有十个字：为天地立轴，为未来造魂。

尤其看了，有些纳闷，找到何吁卣，对何吁卣说：张老师说他一直想编一个戏叫《飞翔谷》，这上面他写了一个开头，他是不是要我们来接着编下去？何吵卤说：那我们就接着来编。

她们头并头地把张老师的《飞翔谷》笔记读完，里面有许多零零碎碎的章节和段落，还有些张老师随手记下的笔记或想法：

在飞翔谷，四面都是天空。山上的石头在飞。树在咆哮。大雁在玩穿岩游戏。鱼在天上尖叫。这里是自由的乐土。这里没有一个事物是中心，但又谁都是中心。这里山清水秀。所有的人都是 14 岁。永远 14 岁。

山坡上，排列着无数的蛋，数也数不清的蛋。俊秀无比的蛋，一视同仁的蛋，没有差别的蛋。它们没有队形，但又站立得很整齐。从任何一个角度看，都是一条笔直的线，它们随着地势起伏，却仍然毫不变形。它们在天空底下，居然都是蔚蓝色。在一个不能确定的时间里，所有的蛋都被啄破了壳，它们朝上空露了头，蛋壳空空如也，那情景就好像是一场万人歌唱大会的万千人的喉咙。可所有的蛋都没有宿主。

飞翔谷有很多很多的飞行器。样子奇形怪状。有的像是一个滑翔板，有的像是一对鸟的翅膀，有的则是一个飞舟状的东西，有的竟然就是朴实的石头或姿态各异的树，真让人难以置信。它们怎么能让人飞起来？

世上没有人来过这里。平常那些陆生的动物，一旦到了这里，都可以飞；而可以飞的动物，到了这里，就开始走。

并不是每个人都可以抵达这里。那些在地球上被称为优秀的人不能，那些在地球上被称为蠢蛋的人也不能。这里只是某一些人的翔集之地，他们来了，来了就是 14 岁。永远 14 岁。

曾女早先就在这里，她属于这里的原始居民。我们不知道她怎么和飞翔谷开始相伴的，也许她在初一时生病后，就到了这里。

……并不是每个人都可以到飞翔谷来。飞翔谷是一个中性之物，是一个矫正之所。好少年永远进入不了，一些不够坏的人也来不了……魏温州不够格，夏天清可以入住，何吵卤其实很单纯，这里不收留，梅子更不用说。尤其应该进来，因为她成绩好，人们永远不把她当问题女孩看。

飞翔谷的主打人物是这些：一、曾女、杨开；二、三七、苹果；三、尤其或者夏天清。

尤其、梅子和何吖卤为飞翔谷里的人物争吵起来。她们不知道谁是杨开，不知道谁是三七，但知道张老师在班上朝夏天清发火时曾经吼过"杨开"，又曾经把何吖卤唤作过"三七"。

当尤其看到苹果时，她吃惊死了。她不知道张老师写的苹果是不是自己的笔友苹果。

何吖卤在那里思考她的问题，她说：为什么不让我去飞翔谷，难道我不够坏吗？但是可以见到曾女。

梅子在翻看。那本子上写的东西太杂乱了，什么都有。

……到了飞翔谷，所有人的道德都要回到零状态。……然后，才可以重构。

……飞翔谷有一个标志性雕塑，那是一个巨大的翅膀的展示。飞翔谷还有一些实物，一架巨大的翅膀陈列在那里。那是一件非常洁白的物体。它是真实的。但它一直到整部小说终结，都没有被启用过。

再往后面翻，她们都读不懂了。全是关于她们不认识的那几个人的片段。

当她们想进一步了解张老师的情况时，张老师的女儿转学走了。

时老师在班上朗诵道：同学们，现在我们已经到了初三的关键时刻，我们的主要任务是考好中考，不能为不重要的事吸引注意力……说实话，我也很佩服你们张老师，我佩服他，是因为……他……一直没有结婚，却收养了他一个学生的女儿。……我知道网一不是他的女儿。……他……一生没有家，他这个人，有他的高尚之处。

他竟然朝大家鞠了一下躬。大家都觉得意外。

　　何吖卣高中能上贵族学校，完全是她老爸硬撑着死要面子的结果。她爸一个濒临倒闭的小小玩具厂厂长，哪里有足够的钱赞助这所奢华的学校，他扛了一根家里的屋梁去交学费，又把她妈的首饰盒拿去交给校长。

　　那有胡子的白面校长还是没有说话，摇头，她爸又跑回家，把何吖卣小时坐的第一辆婴儿车扛来，啪地摔在校长室里，校长打电话让一个校工来，把那些东西全部扔到了垃圾箱里。

　　校长一直没说话，他手里拿着一本何吖卣在初中三年写的随笔本，在翻啊翻，后来，校长对她爸说：你回去吧，明天让你女儿来上学，我决定收她了。回家以后她爸就病了，他是积劳成疾，也是大功告成后心理上猝然放松所致。他跑这所学校跑了二十三趟，严重败坏了这所奢华贵族学校的声誉，以一个农民工的形象扛了许多东西跑过去，有一次他蓬头垢面一只脚丢了一只鞋，被门卫挡住，他和门卫激烈吵架以后才进去的。他扛的屋梁把通往校长室和校董事会办公室过道的墙打坏了。何吖卣跑去给老爸喂药，他说：小鬼，老子让你上这所学校，家里尽全力了，老子此生对你的义务已经完成了，我让你上贵族学校，就是要你认识那些富贵子弟，那里是最好的师资配备，最一流的设备，以后就看你的了。何吖卣用手摸摸老爸的额头，说：老爸你病了。

　　开学第一天，何吖卣是最早到班的，班上的空调开足了冷气，她坐在座位上像一个乖乖女，等待未来三年的同学一个个入场，那场景有点像奥斯卡大奖颁奖大会。他们一个个像生猫，很安详很谦虚，对新环境有几分惊喜几分胆怯，有些人不敢正眼看她这个先来的，遮遮掩掩，倾斜着半边膀子走进来。

　　左边有一个无比肥大的男生。认识一下，我叫大汉。他说。

啊，我叫何吁卤。

后来，吕品来了，像小流氓一样走进来，黑不溜秋的，跟初中时一模一样，何吁卤的兴奋度一下提高到了顶点，在这个新环境里有一个熟人相伴，此生已无他求。奔上去就想和他拥抱，但何吁卤的意志告诉她，决不能跟这厮亲热。她冷静地说，还有谁认得？答曰，还有魏温州。

这时，魏温州那厮暴走来了，直冲到班级里面的墙上，一头撞在板壁上，可哼也没哼一下就退回转了一个九十度，顺过道狂走到班级的最后，又一头撞在后墙的板壁上，许多人都有礼貌地忍着不笑。他打了一个闪后，站在那里东张西望，什么也没看见，包括何吁卤和吕品。他沉默着，思考着，最后，啪地把书包撂在最后一张座位旁的地砖上，十分无趣又懒散地坐在一个空位子上。他永远觉得自己应该坐在最后一排。

班主任菁菁进场了，她什么也没说，面部表情优雅，朝大家微笑着点头，不是一个一个地点，而是一打一打地点。她的微笑表情里带着遣散民间活动的凶险，大家各就各位，乖乖坐下。她是班主任兼语文老师。外面的橱窗上有她的介绍，市优秀园丁，获得过全国教学大赛一等奖，破格评选上了高级教师等，长得像郑秀文。

上午老师一个一个地来自报家门，上午很快就过去，何吁卤一直听到身边的大汉在喘气，他的眼睛瞪着老师时他在喘息，他的眼睛像两个大铃铛，他一个人待着时也喘息，他的桌子随着他的气息微微漾动，估计他一餐能吃一头老母猪，二十个汉堡顶多也就够他打牙祭。

半年以后，家长会如期召开，直到此时，何吁卤才发现一个惊天秘密。不过开会地址几经转换。起先有家长提议到省人民大会堂旁边的花信风大酒店去开，但学校觉得不妥，后来，还是在大汉联系的疗养宾馆召开了。家长会前，何吁卤对大汉说：我老爸是绝对不来的，他正在美国迪士尼考察，还要跟人家签订非常重要的合同，但到时我会来参加家长会的，我会把家长会上所有情况一五一十报告给我老爸的。既然何吁卤以学生身份参加这次家长会，之后，她就和大汉帮助菁菁老师张罗这次会议。这次家长会要讨论的事非常之多，涉及钱塘教育集团未来发展等宏观问题。校长本人会来参加，校董事会成员全部出席。大汉爸爸当然不会来，他站在那里，俨然就是他爸。他们两个穿着校服，还是同款的。

长胡子的校长来了，委婉地和家长们汇报，何吖卣一直盯着长胡子的校长看，觉得声音也熟悉，恨不得跑到前面仔细看灯光下他的胡子。偏偏那天打向他的灯光不够高亮。他说：学校和教育局正在动议搬迁事宜，要搬迁到新造的校舍去，要和世界隔绝起来。江那边的新校舍，已经造好八分之七了。未来，那里将出现一所全新的学校，人类史上无前例的学校，未来学校。

何吖卣说：菁菁老师，我们校长是谁啊，他是不是叫张继人？他那胡子是真是假，他为什么那么神秘？

菁菁老师说：何吖卣，你很聪明，不要打听这个，跟你无关，这种学校的股东、控制人、校长，都是有来头的。我也是生猫。

何吖卣张大了嘴，头脑里急速地想着很多的事。她说：菁菁老师，这个校长我认识啊，他是我老师，我要找魏温州，吕品去，告诉他们，他是张老师，我的老师！他怎么养起胡子来了，把自己伪装起来，我的天啦，不会认错的，我该上去和他说话吗？

大汉说：现在最好不要，他是校长，给家长们说话。懂事，乖。

何吖卣说：我控制不住自己的，我们找他许久，他跑这里来了啊，他怎么当了校长啊，我爸说校长是看了我的随笔本才答应接受我的，啊，我晓得了我全部晓得了，晓得我怎么进入贵族学校的了！

大汉说：既然进来了，就不要啰唆了。

何吖卣说：可我家没钱！

大汉说：你家有企业，还不一样？

何吖卣说：我要冲去找他了，我到前门堵他去。别想躲我！

等到很晚，家长们离开了，何吖卣才看到疲惫的张如果和"郑秀文"。她冲到张如果跟前，惊喜地说：张老师啊，你是我们校长啊？

他一本正经，把何吖卣吓坏了。

何吖卣还在转，在他身边转，看这个人是不是认识的那个人。转了一圈，他没有反应。"郑秀文"笑了。何吖卣喊：张老师，为什么你是我们校长不告诉我！你这胡子是真的吗？

他把手抬起来，说：你说呢？

是假的！

她看到了他的眼神，那个以前讨厌过，害怕过，熟悉的眼神。他不是一尊神，是一个熟悉的人！

何吖卤说：老师，我能摸一下你的胡子吗？

他说：好吧，何吖卤，你太没礼貌了。

何吖卤说：老师，你这黑边镜框，还有这胡子，啊啊，校长，你是不是卖喇叭的啊？

38

寂寞的飞翔谷岁月，我数星星，星星数我。人间则热闹非凡，云遮雾绕，大气环绕，偶尔清廓一下，就一览无余。从飞翔谷朝下看，穿越许多万年的太空和云霭，居高临下，可以看到一世一世的苍生走马灯一般转。城市，村庄，树木，河流，峻山。人。人。人。舞台，灯光，激光束，荧光棒，蚂蚁一样簇拥的小人。

曾女……你和你们那一拨人一拨，我和你爸你妈那一拨人一拨，苹果、三七和杨开他们一拨，这就是人间，这就是时间的刻度。长江后浪推前浪，新的老去，旧的死去，未来的新生，循环不息，人间就是这样，遵守他们的规律，可你还不知道时间的深刻。

时间是什么？

时间就是成长，死亡和新生。

时间可以倒流吗？

或许能。这样我们就能找到前世。或许还能向未来奔进，这样我们就可以遇到未来的自己和来世。

是不是一个世界一种时间，每个世界的时间不一样？

曾女，你觉得呢？你觉得世界上有许多时间吗？

我不清楚。

你觉得飞翔谷是一个世界吗？

是的，这是我画过的世界。但我从没想过这里有时间，我看到的都是少年，包括你也是，都是透明的，骨骼轻盈。

大家到了这里都一样大，集体遵守一种时间。所有来飞翔谷的人，都悬停在一个年代。曾女，这是你设计出来的啊。还有我，我也参加了。你爸也参加了。

不过飞翔谷是一个游戏场景，我可以白发苍苍，也可以俊如少年，只需简单装扮一下就可。你在飞翔谷形态也有好几种，唯独你在人间的形态才是真的你，他们认识的你。你还没找到你在人间的形态，虽然你和何吖卣交换过生命，在人间，一个生命只能经历一次人生，每个人都不一样，命定了，就不能改，杨开，三七，苹果，夏天清，魏温州，梅子，还有季节，尤其，何吖卣，都是……曾女，地球在旋转，看这里，是落叶，那叫冬天，满地湿黄雪白。地球另一半，是夏天，树木茂密碧绿盛大。看，在旋转，在飞行，和我们，要么越离越远，要么越离越近……我们飞翔谷在飞，地球在转，宇宙里万事万物都在飞，我们交集，或者永不交集，如果我们不交集，那他们待在他们的时间里，我们待在我们的时间里，老死不相往来。

我有点懂了，好想回去。但我不能，好多次，好多好多个夜晚我都痛苦挣扎，一个人努力，想蜕变成他们，但不能。我一个人在草坪上哭，我伤心。我好想像他们一样自由飞行。你知道我很伤心吗？难道我罪孽深重得连做一个人都不可以吗？

你不是因为罪孽，是因为别的。

是什么？

善良。还有，是飞翔谷和地球的交集点，是两股时间流的交集点，我们找不到，你找不到。曾女，人是能复生的。你的父母非常爱你，想你，他们正在通过你的DNA，复制曾经可爱的曾女，他们是怀旧的，他们认为你是唯一的。他们可以再生一个孩子，但他们只要你。但是，现在出了一点小差错，何吖卣上次跟你交换生命，是我的主意，但你上次回家，他们没有认出你，把你当成了何吖卣。看来，是那个交集点没有找到。

我也没认出他们。我在意念深处，跟着她去了。当时，我没对他们表达出恰当的情感。何吖卣已经嘲笑过我了。

曾女，现在的你并不是真正的你，并不是原来的你，而是一个和你年龄相差很多、能弥补你父母对你思念的一个新人而已。技术上，我们人类现在也能利用梦网上传以前你的思想，情感，梦境，话语，甚至能模拟你的行为逻辑，但这是一个非常艰巨的任务，同步很难。让灵魂和行为一致，很难。复制出一个一模一样的心灵来，很难很难。所以，我们还要练习。

我很伤心。但也无所谓。我只想像别人一样开心快活。

这个已经能达到了。我们现在难达到的，就是让你和以前一样。

每个生命里都藏着一个过去的自己和未来的自己……和以前不一样，又有何妨？

大家以前认为你是鬼，死后还到班级偷大家的钱。你被诬陷，我被栽赃，这就是人间。人间是不完美的。

许多人说人间就是一个嘉年华现场，你为什么不和他们一道快活？

好深刻啊，曾女，我们是两个哲人在天地间交谈吗？

告诉你，当初我们班许多人知道你要做我们的生命档案，都说，太可怕了，以后什么也不跟你说了，把我们什么臭事都记下来，这样的人还是死去吧。许多家长也坚决反对，说你太缺德，就该一生不育，做太监。

诅咒得好。

谁都不愿意被监视，被记录，被整理，我们活着也不欠你什么，你干吗要那样对我们？我们要自由，我们要快活。

但我当时很"杜甫"，忧国忧民忧苍生。

我们活着是要快活的，不是要被你分析研究的。你逞什么能？

我犯了天律吗？

你违背了天理。

但我把一生都奉献给了这个事业，我在做一桩无用的事，我一生交了白卷？

人间一切都是短暂的行程。

上天的设计错了？没有永恒？

上天故意设置的，让他们快活，让他们做点坏事，所有人都像烤箱里的面包，烤熟了，刷上油，就可以被吃掉，早死早投胎。

曾女，是天让你来告诉我这些的？但人间的人，多是偏执的，美其名叫执着，我最辉煌的时候，最成功的时候，最得意的时候，最自大的时候，在全国很有影响，好多媒体都来推广我的教育经验，每天采访我，说我做的事很有价值，同时，我也在全国各地做报告，这强化了我的观念，许多场地都是几万人的大场子，推广我的做法，我飘飘欲仙。舆论纷纷说我是一个了不起的教育家，说我珍重生命，研究学生个体，不把学生当一个类称概念，把教育精确到每一个人，说这才是真正关注每一个生命的教育，我也很善于言辞，而不注重本质，每次发言我都给大家意外。我很会表达，俘虏人心。……但是，在西南某地，当我又说到一个高中女生，生了孩子，丢给我时，有一个成熟的女性，站了起来，立马离开了会场。……我看到了她。……她穿过许多听报告的人，默默地走了。……我不能肯定那是三七，但我猜是她。她临走时，回头看了我一眼，我看到了她的眼神，里面有责备，至少是她不愿意再听下去了。……事后我很失落。联系她，但没联系上。……从此以后，我再也不出去做什么报告，再也不去翻来覆去说我的几个故事。……现在，我又提出了一个观点，人性本善，人性也本恶，小孩也有大邪恶处，恶童是存在的，世界上是有恶童存在的，比如夏天清。这个观点引起了轩然大波，整个社会强烈反对我。甚至后来我和学校彻底闹翻，学校坚决反对我的见解。

你真应该被千刀万剐。

曾女，你骂得好犀利，好痛快……你已具有憎恨情感了，你也有判断力和见解了。

你犯了众怒。

是的。我自省了。

我们所有人不过是到人间去一趟，你何必那么计较？你为什么不和世人一起说和做？

我错了，曾女，我没把人间定义为快乐，也没把人间定义为修行，我把人间定义为研究。后来，我转向到技术。观念、主张，总是漏洞百出。

我们不是被你研究的，我反对。生命是享受的。

曾女，你的生命里从没有出现过恶，你应该重生，但你投胎重生的路，为何如此漫长？……

设计错了，我被你和我爸设计错了。

我给了你许多知识，情感，我给你一个"生"字，给苹果一个"情"字，但我都告失败。

你这样说，是不是不想和我玩了，抛下我一个人在飞翔谷？

不，我割舍不下，我们彼此互访，深层交往已经到了灵魂的份上，但是我没料到塑造一个生命竟然如此之难。躯体的，灵性的，观念的，记忆的，遗传的，好多好多难题，复原一个地球上曾经存在的生命个体，改造她的生命体征和态度，是我们梦网生命研究的重要部分。

我被复原？……我是不是也该做一次坏事，比如上一次就不该回来，永远以何吖卣的身份赖在人间，让她成为精灵？

若那样，她怎么办？

在飞翔谷做幽灵陪你啊。

我不要任何人陪，我的心还在人间跳动，我只是在一场巨大的睡眠里，我的意志是清醒的，但我的躯体失去了知觉……我在另一个科学研究里，关于脑科学，梦网的，生命再造的……曾女，你还不懂邪恶，修炼为人比修炼为神还要艰难！……曾女，你还得守住一千年的寂寞，还得听我说另外一些你不知道的事……

你其实比我还爱人间。

当然。

让我一个人永远在广寒里吧，让我永远孤苦地哭泣吧，没关系。

不。

张如果，我什么也不是，我成不了人的，你召唤那么多人来陪我，让我不寂寞，但最终他们还是走了，你让这里有黄昏，有黄昏是为了他们能回家，但我的家在哪？我不会成为人的，让我绝望吧，让我永远孤独吧。

曾女，你的全身都是善，现在找到另一半，恶吧。也许我是对的，人本半善，人本半恶，你还需要另一半。我改变设置了。

怎么能这样，让我学坏？

你可以不去作恶，但你要知道什么是恶。这是世界的另一半。

哇，好难啊。

梦网启动了人类史无前例的宏大生命工程，现在是最艰难的时期。我们不能放弃，只能前行，我一个活体都献身了，你爸也在赌这项伟大的研究，他和杨开、朱香榧、大汉，都在努力。

……

39

梦网执行总裁朱总读初中时，有一天，上社会课，朱香榧举手回答问题手突然放不下来了，去扳也扳不下来。一开始大家以为他在搞笑，不过一想，他一向是一个好学生，平时比较严肃，不是班里的谐星，就歇了笑，认真地看那社会女老师一头汗水地想方设法把他的手弄下来。老师是见习期的，是校长带的徒弟，一个严肃的人。班里闹腾得厉害。夏天清武超他们都要看热闹，有人提议给他点穴，被制止了。后面的半节课不晓得是怎么上的，反正这位年轻的女教师一头汗跑来了，来找张如果，张如果以为是着火了，可听后就不笑了。

张如果摸了一下朱香榧的脸，朱总没有表情，他不是橡皮人，摸那一只笔直戳在空中的手，他也让摸，但那手好像失去了知觉。目光转向了校医。女校医说，正在观察，如果两个小时还不好，准备给他家长打电话。

朱香榧手笔直地举在空中，第二天上课，还是那样。

你的左手这么举着，不影响学习吗？不影响，我用右手写字。那你穿衣服呢？我妈妈给我穿。你愿意永远这样吗？当然不愿意。你要锻炼锻炼，争取早日放下来。谢谢主任，我正在锻炼。

造谣者夏天清可热闹了。四处编造谎言，说曾女回来了，说他知道，只要张如果不在班上，曾女一定会还魂人间，重生人间。现在找朱香榧了，附体了。啊好恐怖啊，老子要转学了，哈哈哈哈！

有一天，朱香榧的妈妈把他接回去了，他的家庭一直在努力，找许多专家在诊治他。那时朱香榧已经很有影响。学校里面就不用说了，社会上也知道了这事。有好事者打电话来问，学校开会布置对外口径，推搪过去。

朱香榧再次回到学校后，引起了轰动，震源深度 650 公里。他到北京治疗后，不光手没放下，反而是搭了一个很显眼的金属架子回来了。北京方面为他举着的左手特别设计了一个灿烂的吊架，路上还动用了敞篷车，那吊架是金属质地的，外层不知镀了什么，被阳光照得闪人眼，比姚明的头还高，他人走到哪，那吊架就跟到哪，有悬挂绷带从上而下缠住他的左手。那个造型太有派了，太酷了。很多低年级孩子来看热闹。他一从敞篷车上出来，就吸引了众多眼球。

班上，朱香榧不顾戳在空中的支架，一人置身事外，认真地做落下的作业。他右手奋笔疾书，左手依然惊天动地地举着。边上几个小童乐意地给他打下手，递笔、递本子，翻作业、翻书。

所有孩子情绪受到感染，不再敢举手回答问题。班级气氛也发生了变化，后面的举手记录没人登记了。高尖端说：朱香榧这是在接收上天的信号，等接收完了，手就放下来了，他的手是雷达。

家长千方百计找到了外出的班主任张继人，张老师在电话里面问诊。

朱香榧，如果你这个病好不了怎么办？终生举着怎么办？我劝你啊，朱香榧，能不能放松一点？游戏态度一点，不要太认真，你的成绩都那么好了，你为什么还那么发愤？你……难道……不想让别人活了？

老师，我不是书呆子，我很上进，我积极参加社会活动，参加数学竞赛，我学编程，我和小队成员一起开展社会调查，我积极和同学交往，我从小学就这样，我知道这些对我以后申请国际名牌大学的奖学金很有用的，老师，我是一个综合发展的人，不是我的认真学习和表情严肃导致了我的举手病。

朱香榧，你的理想是做什么，你将来想干什么？

我会做一个政治家。

还有别的吗？

没有，就这一个，我很坚定。

坚定可不是什么好事，为什么不能多确立几个梦想？

我不确立梦想，我只确立目标。我是脚踏实地的人。

你知道曾女的爸爸是做什么的吗，以前我说她爸爸在做一个伟大的实验，只有你相信我，我很感谢你。你不要相信夏天清的鬼话，沸沸扬扬满天飞舞的灵异说只会加重你的心理暗示。

我不相信，但也无法阻止。

人类总是被语言欺骗你知道吗，人类总在用语言说谎你知道吗，什么时候什么工具能让我们彻底摆脱语言的造假，直接寻求生命的真实？

哈哈，我不知道。不过张老师，我有点懂你的意思了。

晚上张继人到了朱香榧家。有一个著名的心理学家在座，还有一个病理学家在座，还有一个玄学大师。朱香榧的妈妈一看到张继人，就高兴地说：又来了一个教育家，可以会诊了。张继人说，我是教育人，不是教育家。他妈妈笑着说：张老师，你的教育观点很锐很潮很前沿，你也很有名，可现在你当了著名中学的校长，大家都说你保守了，只有我不同意这个观点，认为你更稳重了。

这时，忽然，朱香榧跑来，对他妈妈说：妈，我忽然想当科学家了。

……

曾女，许多人相信是你作祟，让朱香榧手戳在天空放不下来的。现在，你已经知道是谁编故事了，编了一个关于你的灵异故事，而且还是系列的。其实也不是编，是怀疑，大家都怀疑，虚构，用虚构来求真相。人类是会编鬼故事的。他们有权利进行稀奇古怪的精神活动，这是人类最可贵的地方，也是人类最无耻、无能的地方。我们的脑联网的任务就是还原真相。

曾女说：我想杀了他们。

谁？

诬陷我的人。

不可。

为什么？他们的诬陷和诅咒，让我不能变回成人。……我不平！难道一个人死了，就可以什么脏水都倒她身上？我是多么可爱迷人美丽大方无邪的美少女啊，他们是多么肮脏邪恶龌龊毒辣无耻的人渣！

人间因为有人渣而有趣。

张如果，你脑子生病了？

没有。世界是个阴阳符码，合起来才有意义，不合起来就不是一个完整的世界。曾女，甚至，如果你没有怨毒情感，你就不能还原成人。现在，你愤怒了，你暴跳如雷了，有七情六欲了，会恨了，就好了。

你让我学会怨毒？好，那我该怎么去劈了他们，砍了他们？

你先砍了我。是我告诉他们你要重生的，我说，曾女活过来最重要的是灵魂复位，这个最艰难，所以他们就瞎想。也许他们不是瞎想。……曾女，对待人间的事，首先不是动手，是动情感。你要不敢恨，不会恨，就不会有正义感，不会成为人，更不会主持人间正义。但你有了全副情感以后，不是去复仇的，而是来理解人间，帮助人类的。

那你说，同学可以说同学的坏话，朋友可以说朋友的坏话？

他们不是说你的坏话，他们每个人都想成功，都想逃避责难，他们做出解释是想获得更多人的认同，人类常是好大喜功、规避风险的，这是人类的弱点，据说只有深蓝儿童才能拯救人类。

我气愤啊，他们不能为了自己得逞而去侮辱别人。

这都是好多年以前的事了，现在时间已经过了很久很久，风平浪息了。

那我清白了？迟到的正义不是正义。当年他们说我偷钱，班贼是夏天清，贼喊捉贼。是他栽赃给我的。

是的，是他那样说的，还蛊惑无知的人相信。

为什么真凶不被揭露，为什么坏人不得报应？是不是我该化一道怨气，去铲除真凶，消灭流言？

你只能消灭一个，人间有许多的怨恨和歹毒，你消灭一个就像杀一只蚂蚁一样，可另外的怨恨歹毒还在，如无数只蚂蚁。

我只恨诬陷我的那一个。

人间正道是沧桑，有诬陷的人，就有主持正义的人，以正视听的人，曾女，要相信人间有侠客。

40

猴年马月的一天，曾女发现飞翔谷还有一个人，她欢快地跑去，授予他飞翔谷第三个公民的称号。他是一个长得很高大的小人，仪表堂堂的小人。他在张如果的梦境里，不停地走近张如果，不停地喊老师好，但张如果却始终不理睬他。他的外表非常端正、美丽，但他就是让张如果不齿，还没有一个人遭受这样待遇的。

曾女从张如果的记忆库里寻找影像，看了很多数据，最后发现，他无耻地盗用别人的智慧，然后恬不知耻地在一个堂皇的讲席前宣读自己的重大发现，被热烈鼓掌，被拥戴，被欢呼。

第二次，他又像贼一样，在张如果的梦境里偷他的创意。第三次依然。

第四次，他被张如果一脚踢在嘴上，从此不能说话，只能一个人孤独地行走。但他一走就走到张如果跟前。张如果一睡熟，他就想窃取他的梦象和创意⋯⋯

他窃走的梦象，就以虚拟现实的形式，在飞翔谷谷底上演，在世界各地传播，被观看⋯⋯有一方透明的空中荧屏，始终行走着，呈现着，里面风云激荡，或死水微澜，呈现的，都是张如果的梦象，剧情，故事，段子，而他不知道，这个衣冠楚楚的人还在偷。

全息投影在播放。曾女好奇地穿透它，它依然存在。它是一个光影的存在，不是实体的存在。里面有许多熟悉的场景，熟悉的人，曾女都认得，都是张如果生命里的，精神世界里的。

有一次，曾女终于出离愤怒了，走过去，对那个仪表堂堂的家伙说：你谁啊？你怎么老是偷张如果的精神世界里的东西啊？你有资格吗？

他说：哈哈，曾女，我是朱香榧，我需要他的梦象，也需要你的，很高兴我们有交集，幸会，我们在这里相逢了。

曾女说：是你啊，朱香榧啊，大咖啊，不过我怎么老觉得你是贼啊？

朱香榧说：不是，我不是贼，我只是在捐献者无知觉的情况下取走他的梦象，我们在做一个伟大的梦，我们在创造一个叫全息梦网的东西，我和张老师，还有你爸，都有合作关系，我们是合伙人。人类活得太清醒了，需要荒诞无稽的梦象来补充。不过曾女，你真的有异秉啊，一般人是看不到我的，我是后台操作人员，今天是我，明天是别人，我这样说你懂吗，就是你不光看到了大餐，还看到了烹饪。

曾女说：那张老师怎么踢你啊？

朱香榧说：那是他的本能反应，谁也不愿意把隐秘给人。曾女，你对真实情境和梦境现实，还不能够区分，需要一个转换关系公式，我会给你，梦境永远是扭曲的现实，不是对等的现实，就像时间会弯曲，空间会变形一样。

曾女说：不懂，我在你的全息梦网里吗？

在。不过你和我们不在同一个时间段上。你不是实时的曾女，你是曾经的曾女。你永远在说着过去的话。否则，地球人不理解。不过，我们不在同一个时间流里也没有关系，我们复原了许多历史人物，我们能一起共存，我们正在创造历史，这个全息梦网很有趣，很好玩，它同时也是一条巨大的历史隧道，李清照啊，张爱玲啊，几百年前喜马拉雅山上的登山者啊，秦始皇啊，商鞅啊，我们都在一起，我们都可以出现交集，但我们未必能谈得来，需要融合，需要融合和互动公式。

我能在那个虚拟现实里，见到我想见到的人吗？

当然可以啊。事实上你已经被我们设置在里面，因为是全息的，所以你的感觉就和现实一样。不需要登录，不需要头盔，不需要任何笨重的硬件，芯片技术已经植入并和我们的大脑、手足关联，我们人类已经从物的奴役下解放，开始彻底地寻找性灵生活、精神生活。

飞翔谷是全息梦网基地吗？

真聪明，曾女！

……

虚拟屏幕里，一个女生，每年都来跟张如果要生日礼物，张如果都会满足她，因为她离婚后男人走了，只剩她和一个孩子，她每天每时抚养孩子。她落寞地说：张如果，一年又过了，我还是一个人，送我一件礼物吧。

张如果就会送她一只手镯，或者一件她心仪的新款羽绒衣……

曾女感到她的贪婪，有点责怪张如果，对朱香榧说：他怎么永远无休无止地满足她，你越让她得逞，她越是得寸进尺，越是要得厉害！是不是作为男人，都不会拒绝一个女人的请求？

朱香榧欣喜地说：哈哈，曾女，进步很快。

但是曾女并不知道朱香榧说的进步很快是什么意思。

……

一个男子在哭。他用泪眼看一个美丽的绝世女子，梳洗得非常干净，妆彩也上得非常生动迷人喜庆，她今天很欢欣。他眼睁睁地看着她梳妆，上了轿子，要去做别人的新娘。她是自己的最爱，是没良心女。他非常爱她，以前海誓山盟过，但她现在快活地变了心，愉快地扔掉了一只烂山芋。

他在哭。他说：我要去改命，我太卑微了，她要嫁给一个有钱人不是她的错，是我的命太卑微，我要去改命。

张如果走过去，安慰他，说：你不要哭了，也不用去改命了，还是做你自己吧，你完全可以在情感上很强大，气场上更牛，让她成为别人的媳妇，也是你做的一桩善事，她既然忘记你了，就不值得你爱了，情感的事是两情相悦，命运的事是三生拴牛桩，你不要为一辈子而去改三辈子的命。

……

曾女问：命是什么？

朱香榧说：恕我浅陋，不能回答你。

……

曾女又看到张如果的往事。张如果住的老小区，一个敞开的门，走进去就是一自行车棚。这天傍晚，他刚回，就发现一警察。那警察喊张老师。张如果睁着带雾的眼看他，对方又说了一声他是谁，张如果才想起他是自己的学生。他站在那里，笔挺地，一个很帅气的小伙，精明强干的，不像杨开，到了任何一个地方，都是一只螃蟹的样子，哈着膀子弯着腰。

张老师说：你怎么来了？

警察说：来看看您，想您了。

张如果说：嘴巴挺甜。

然后一起进屋，张如果准备做一点饭，因为等一会欣欣要回来了。欣欣从上学起，就自己走回来，穿过一个街区，这在城市里是很少有的，别的孩子都要大人接送。

那警察说：我现在是警察，我这次还是公务，看，这是我证件。张老师，我需要你跟我走一趟，我们现在找不到杨开了，知道你住这里就来找你了，这次不是要逮他进局子，是他置地的一笔巨款收不回来，到我们那里报警了，现在有了点线索，但他本人不知在哪里，我特为此事跑过来找你。

张如果说：你等一下，我去打一个电话。然后张如果就出门去打电话了。那时欣欣回家了，把书包往自己的小桌子上一摔，就拿出作业本来歪头写字。

过了一会，天已经黑了，张如果回来，说：我们什么时候动身？张如果把隔壁一个来自东北的年轻女教师叫过来，让她晚上陪欣欣歇，照顾她吃点东西，然后抓几件衣服，提只包就走了。

……

时间的躯体里，发黄的案卷里，有许多故事，曾女永远也看不完。

曾女说：我们现在看到的是真实，还是虚拟现实？

朱香榧道：是往事，是昨日情境重现。

曾女说：当我的过去重现了，是不是我就重生了？

朱香榧说：不完全是这样，你看到的是张如果的往事。我们也可以看到你的影像，你的往事，但你的生命，还依然没有完成。

曾女说：那我爸把我复制到哪一步了？

朱香榧说：还在起步阶段，很难，难得我们都要放弃了。曾女，3D打印机是可以打印出3D打印机的，但新生的3D打印机要工作，是另外一件事，完完全全的另外一件事。

曾女又问：捕捉梦境，是不是就是捕捉灵魂？

朱香榧说：是的，这是我们的企图。但灵魂栖身多处，藏匿多处，我们梦网，就是针对性灵的。我们会努力的。但我不知道生命的尽处，就像不知道时间的尽处，宇宙的尽处一样。不过有一点可以告诉你，曾女，我们都很想你。我们正在复制你。

曾女说：我能看看我的过去吗？

朱香榧说：这个完全可以，但是我们不能同时呈现你的今天和未来，我们只能呈现一态，假如人有往生、今生、来生三态，我们只能给一态，否则就违反地球人的认知规律了。这里也许藏着宇宙的大秘密，就是我们人眼的特性，我们只能看到一态。再者，关于你的今天和未来，我们只能推理性地假定你的行为，遇到事情怎么反应，怎么判断，怎么生活，我们还不能把许多数据和你的大脑建立准确的关系，也就是说，我们还很蹩脚，不过我们正在努力。

我该失望还是高兴？

你该等待。

……

41

飞翔谷。谷顶的大石锅被搬到飞翔谷训练基地。这里更平旷。锅旁边，还有一些米，不过那米一摸就粉了，随风飘散。米早被风化了。石锅周围还有一些粥块和饭粒，非常坚硬，怎么抠都抠不下。煮熟的米，就如此坚硬？米袋子里，还有一本书。那书被撕成了半本。可能就是书上的字，被拿到锅里煮了。还有蝴蝶标本，非常非常多的蝴蝶标本。张如果为什么要研究蝴蝶？一只蝴蝶，主要就是两只翅膀，他研究过很多蝴蝶翅？

张如果把课程安排得十分紧凑，他似乎在赶生命进度。他对少年们说：……今天我们学习反向操纵。在飞翔谷这里，说向左就是向右，说前进就是倒退，这和你们头脑里所习惯的指令正好相反。这种训练，能把我们头脑里已有的观念转换到零状态，再转换到适应飞翔谷的具体情况……好了……经过了这么多天，我们的训练就要结束了，现在，在最后的时间里，我要对你们说，飞翔谷并不是一个真实的存在，等你们学会了飞翔，飞翔谷就会消失，我也将消失，而曾女，会跟你们一道飞回去……现在时间已经很紧了，让我们来倒计时吧。我们都要努力……从现在开始，我对你们说的每一句话，都是遗言了。

他给大家看一副巨大的翅膀。他说：……这副洁白的翅膀是我的。它的存在，本身就是一个悲剧。它就在这里，为我预备着，但一直到今天，我都没怎么用过。这是一种遗憾。它永久性地闲置在这里……每个人都有翅膀，但关键是，许多人终生都没有飞起来。我已经过了飞翔的年龄，我只能把遗憾留给这失望的翅膀了……不过，我在梦中带着曾女飞翔过……我所能告诉你们的就是，飞翔其实很简单，飞翔的基本原理是原谅你应该原谅的事物，完成你所承诺的话语，弥补你感到抱歉的事，这样，你就能飞翔了……只有让你的生命轻松起来，你才能飞翔……我的孩子们，天空不是用来盛放大雾的，它是用来飞翔的，天空中虽然充满着各种危险，但我们没有理由不去飞翔，天空也是最安全的地方，天空是我们的路，不是死亡谷……我们不要永远地渺小下去，如果我们永远待在地上，我们思想的高度永远也不会超过大气层。我们注定是地面生物吗？不是。是我们对待事物的态度决定了我们的渺小。我们连一只鸟都不如，又怎么能观察到思想和宇宙的活动呢？我们不了解生命，所以我们才荒谬地对待生命。我告诉你们，天空就是无数条路，飞到天空里就什么都有了，就能看到自己的生命……飞翔的关键是无邪。一个少年只要无邪，就能飞翔升空。当人的心灵无邪的时候，面对浩渺的宇宙，他就毫无畏惧；当人无邪时，即使他犯错了，他也能改正。

可是，迷蒙的透明少年还不知道什么是轻盈，什么是无邪，大家只晓得玩。有些少年永远是落单的，独自行动的，他们不在队伍里。

在张如果讲话时，有一个少年在旁边独自玩遥控直升机模型，他是一个高手，手在操控，眼睛看着半空中一只旋转并嗡嗡嗡嗡发响的直升机。他让那直升机一忽儿冲天一忽儿返回一忽儿逆行一忽儿倒飞。倒飞的时候，虽然螺旋桨在下面旋转，但也能支撑住机身，保持住平衡。他的高水平就在这里。

这时候，来了一只小小的飞翔谷小蜻蜓，它看到这儿有一只"大蜻蜓"，以为是妈妈，就飞过来。而模型操控少年看到真蜻蜓来了，忽然兽性大发，他操控着倒飞的直升机，用螺旋桨急速的切割面———一把扇形的锋利的刀，轻而易举地一下切断了那只小蜻蜓。

大家全部惊叫起来。啊，猛，痛快！高人啊，高手！绞死小蜻蜓了，啊，好残暴！

飞行真的是好东西，可以在空中玩许多奇妙绝活。飞行训练也是少年们喜欢的课。倒过来疾飞，螺旋桨在下。头在下，脚在上。如果所有少年都可以飞行，可以自由穿梭，那又能玩出多少花样来？

听张如果说话的少年队伍中，许多人在观看绞死蜻蜓的现场表演，他们啧啧称赞。

又一个景象吸引了众少年。飞翔谷崖顶，魏温州凌空飞下，像一只黑色的人鹰，穿着翼服，贴着山谷、树木飞行，越来越大，飞到张如果说话的地方，打开降落伞，蹒跚落地。曾女曾教他用飞翔谷的方式飞行，他总不理，说自己带着装备来了，就是这套人间的翼服。

众少年又一起惊叹。

随后，大家又跟着张如果来到个性分析中心。个性分析中心坐落在一座矮山的背后。色彩鲜艳的抽象派绘画涂满了四壁。置身在穹隆形的隧道中，人会产生轻度的晕眩。在这里，人在各种扭曲的镜面里，似乎能看到自己身上的一切卑劣和高尚，并把它们呕吐出来、放置回去。这个过程很让人反胃。若干年前，所有的少年都被进行了去个性处理。现在，张如果带他们来"去去个性处理中心"。改变了尖刻讽刺坏习惯的少年，同时也丧失了进取心，没有了个性，不会发牢骚了。所有的人都变了，变成学校生物，不机敏了，学业还不错，但不捉弄人了，也不聪明了，没有生物性了，没有攻击性了。是时间让他们发生了变化。时间在空中默默无语，表现得很有修养，但它对一个生灵和一个社会来说，是非常残忍的。人必须恢复身上的本性，然后再在正确认识自我的基础上，学会飞行。

去去个性治疗，情况不像当初去个性那么简单，要先观察一百个小时，再用当初三倍到四倍不等的时间来去去个性，并且，一次治疗的效果很有限，半年内还要来复诊。飞翔谷的去去个性处理中心门口还有个牌子，是铜字牌匾，上面写着魏碑的"道德的零状态处理"几个字。

张如果说："这里是去去个性处理中心，将取消你们头脑里的各种后天学习的条规和道德，这里要恢复你们的本性和个性。要知道，个性是飞翔的活力之源，飞翔训练绝不是一个让我们平庸化的过程，它的目的是要让我们各行其是，让我们以不同的姿态去装点天空，让世界生动，让天空绚丽多彩，让个性生命丰富多彩。"

大家五个一组五个一组地进去。从一个门帘处，进一个洁白的、真空环境下的六边形大厅。然后，五个人被等距离隔离在五个拐角，相距二十三点六米，又被安置在一张倾斜七十五度的大椅上，头上戴一个罩子，身体同时被许多塑胶管接通。有一根插了他们的食管，有一根插入他们的肛门，有一根接通心脏，有许多铜片贴近了他们的大脑沟回。接下来，大椅子被徐徐放平，人和地面平行。声音被消除了。每个人眼前都出现了一个巨大的显示屏，显示屏上显示的是自己的心脏在带血工作。而六边形大厅的正中间，出现了每个人的生命。那些生命活蹦乱跳，在跳跃。

张如果的工作很投入。他很忙，他只有空来对曾女说一句话：曾女，你快来帮我，他们的道德状态都是有问题的。他们这些少年在人间觉得什么好玩，就跟着学什么，然后又被学校强迫塞满了各种戒律，我们现在要把他们头脑里的所有东西都卸空。你过来，帮我格式化他们。前面的东西，不需要备份的，统统扔掉。

　　曾女乐意打他的下手。因为曾女知道，和他在一起的时间不多了。魏温州来了，张如果说：你不需要去去个性的。

　　魏温州说：为什么他们都做，我不让做？

　　张如果说：因为你还是本来的样子，你没被改变过。

　　……

　　飞翔谷永远在飞动，奇崛地飞动，无法理喻。充满着阴冷的故事和诗意，充满着内在的激情和暴动。荒凉的地表下，也有另外的事物。飞翔谷，永远有着你看不到的神秘事件发生。深夜，张如果和飞翔训练少年学员住在一起。一个成人，睡在一片 14 岁的少年之间，但他在群体活动中找回了乐趣。他看自己是一个成人，而别人看他，也是 14 岁。他精神饱满，充满活力。如果没有他们这些少年，他将孤独成一头动物，或者成一块石头。大家并不把他当老师，大家玩兴奋了，照样不理他。王力宏也变成了一少年，周董也是……甚至滨崎步、宝儿也在。这里像是国际娱乐大本营，都在玩《飞行吧兄弟》之类的综艺节目。有了这些少年，他的生命也因而生动起来，不过，这是最后的生动了。

　　飞回过去，飞到未来，都是简单的事，这在飞翔谷是很容易做到的。可回到人间，时间又是永远向前的，你必须遵守人间的时间法则和游戏规则，到了那里，你就成了那里的凡人。集队后张如果说。

　　这时候，魏温州踩着一只飞轮匀速滑动过来，说：吹牛皮！夏天清趋炎附势地凑近魏温州，看那飞轮，叫起来：哦，好赞，这是什么动力的？

　　许多人凑过去看。魏温州说：钱的。

　　夏天清又说：我是说，锂电池，还是核能的？

　　魏温州翻眼，说：钱做动力的，白痴！

　　张如果没有理睬他们，说：大家都回到队列里，看我玩一个，让你们开开眼。然后他忽然戴了一个闪光的金属头盔，全身也披挂了变形装甲，成为一个钢铁侠，然后，他一声呼啸就上了天，他飙起来的速度超过了刚才魏温州一万倍，他绝尘而去，在遥远的天空彪悍地划了一个大弧度，然后又急速回来，在许多人的惊乍声中稳稳落地。

他由大到小，由小到大。一切都是一瞬间发生结束的。

回到透明的众少年跟前，他的人气立即爆棚，大家都目不转睛地看着他。而高尖端在操纵他，他们约定好了。

他说，少年们，你们身边有许多男神女神，王力宏，周董……滨崎步，宝儿都在。大家找找。

大家在找，许多惊叫声。众少年发现这些大名鼎鼎的人都在安静、谦虚地听张如果说话，满身装备，认不出来，也就按捺了躁动不安的心，崇拜地看着张如果。

张如果说：现在我让你们看一个更酷的，我能让你们每一个人过去的生活呈现在我们的眼前空中。然后，张如果敞开胸襟，那里有一排一排密集的按钮。他说：我只要按一个，一个人的过去生活就会出现。

他又补充说：这就是全息梦网，你们想看吗？

想！大家喊道。

张如果说：你们看，大家看，大家看空中，现在，这里，魏温州的高中生活将会呈现，他后来上了一所贵族学校，我们之间的故事在那里展开。一切真实情境，将会像电影一样播放，不过，这些都是历史了。

飞翔谷空地上，立即凭空放起了电影，全息立体的影像，人间生活的回放。人间生活无条件地呈现，声音影像全部真实，所有人都熟悉的人间场景出现了，所有人都惊叹。连魏温州也在看自己。

（幻化）

……东海，钱江贵族学校，牌子昂贵，高档，大气，土豪金的。一所特别牛的学校，牛人办学，所有人趋之若鹜上这所贵族学校。报纸、电台、电视台长篇累牍地播放它的招生信息。

开学第一天，何吖卤最早到班。

一个无比肥大的男生坐到何吖卤旁边。认识一下，我叫大汉。他说。

后来吕品来了，像小流氓一样进来。

魏温州那厮暴走来了，他直冲到班级里面的墙上，一头撞在板壁上，可哼也没哼一下，就退回转了一个九十度，顺过道狂走到班级的最后。

何吖卤终于忍不住了，跑过去，准备和他打招呼，可他伸直了两条长腿，看着空气发呆。何吖卤说，啊，魏温州，我和吕品都在等你。

他盯着何吖卤13秒，算认出了，又看吕品，盯了11秒，然后，他忽然一下站了起来，把他们的肩膀搂着，说，小兄弟小妹妹，在这里遇到你们，真高兴。

吕品立即开始了他的嘻哈说唱：你妈还好吗你姐还好吗你妹还好吗你哥还好吗……

那时校长走来了，他摘下脸套，变成了张如果，他进场了，把这三个人吓得眼珠子都掉出来了。天啦，这是天上还是地下，怎么在这里遇到了失踪的张如果！何吖卤是一个非常容易激动的女孩子，虽然读高中了，但她依然冲动，她一直在嚷嚷：张张张张……如果……老师啊老师啊，我们找你找了好久啊，你怎么在这里啊，啊啊啊我激动死了。

张如果看着她，冷漠异常，不苟言笑。等一切妥当，班级安静了，张如果掷地有声地说：我，是这所学校的校长，也是你们的老师，这里的一切，都有规则来定。我们的董事长叫杨开。你，我不认得，他，我也不认得。别叫我张如果，我不是以前的我了。我是校长。以后遇到我，要弯腰，鞠躬，但不要三鞠躬。张如果冷冷地说。他的话似乎在零下233°的冥王星上冷冻了一千万年。

……

（幻出）

啊，张如果，你是神还是人！

飞翔谷到底是什么地方？怎么什么都看得见？

佩服死了，我给你跪了。

只是给少年们看了一个片段，所有少年就开始崇拜张如果。他们没想到他有这么大本事，他们没想到飞翔谷如此神奇。而他的手里，竟然连一个遥控器都没有。许多人找播放设备却什么也没有找到，神了。只听魏温州威胁张如果说：不许播放我后来杀你的镜头。

大家又一次惊呆：什么？你杀死了张如果？

许多高科技爱好者，包括那个模型直升机高手高尖端都在四处找影像设备，在飞翔谷谷地找，在山崖找，在张如果身上找。他们乱点击，发现了一些神秘的链接，但点击的结果是来了一万只天猫，又来了一万个游戏广告，要他们注册下载登录，要他们去恋一个少女，要他们去和英国美国美女一起经历二战。他们不知道神奇的飞翔谷还能用屏幕显示真实的生活，而且，肯定还将有什么更出格的神奇之处出现。

夏天清跑过来，说：张老师，你能让我也像子弹一样飞吗？

魏温州说：妈的，像子弹射出去，也没有我这样穿翼服飞起来爽！

夏天清不屑地说：去，你那太小儿科。夏天清又巴结地说：张老师，求你，你能帮我把我放在我家窗台上的笔筒拿来吗？那里面有我偷来的钱，啊不，我捡来的。

张如果决定要装酷到底，坚决成为他们的男神，他立即把自己弹射出去，很快就变成一枚咪咪小的子弹，消失在众少年眼前，但等彻底消失后，有人发现从飞翔谷另一边，出现了一个小小的影子，然后那黑影过好久来了，大旋转，盘旋，稳稳落地。他回来了，手里拿着那只笔筒，递给夏天清。

夏天清喊：哦，跪了，我真给你跪了。夏天清在里面找钱，但他忽然停止了寻找，喊："我晕，我不能让你们人赃俱获啊是不？"

聪明的何吖卤跑过来了，对张如果说：老师啊，刚才你让我们看到的是虚拟现实，是梦境，还是真实的物理世界里的现实？

张如果说：应该属于非虚构，叫量子变形，我弹射时着装是碳纤维材料，防高速飞行自燃，落地前能减速而缓冲，不过这些你们应该问博士朱香榲，我在他的全息梦网里，我是被试。

许多聪明的少年扭头去找朱香榲了。

没有。

42

　　按照张如果的飞翔训练计划，少年学员毕业前还要做一次行军。出发前，他动员说：……未来什么也没有，未来空空洞洞。但是，我们现在所要做的，就是对未来进行空头承诺，就是和明天签约，就是用我们的头脑来建设一个不存在的明天。你们一定……要知道，要相信，一定要相信：就是你们这些人，明天要当工程师、医生、导演、主持人、商人、主席、总统、总理、联合国秘书长、省长、市长、家长、队长、科学家、艺术家，你们完全可以不当流浪汉和罪犯，你们会控制飞翔谷，你们会回到人间，也会回到故地，把这里建设成少年国！……你们要把我的话当遗言来听，这是我给你们的最后遗嘱。

　　他给他们打气，为他们描绘一个美好的未来。之后，他们一人领了一头牛，大家骑着牛，上了路。

　　许多人开始崇拜他，因为他不是大家原先认识的那一个茹毛饮血之徒，高科技在他那里不过是小菜一碟。他是时间之神和空间之神。他简直就是神啊。

　　他给大家准备这样原始的装备，是为了大家更好地回到自然状态。一半人骑着水牛，一半人骑着奶牛。少年们都很开心，说笑着，大家关心身下的坐骑——永远也不能飞翔的动物。摸它的背，把自己的屁股放在它的背上，坐稳。

　　少年们高兴地说：我们是从屠宰场把你们解放出来的。

　　飞翔谷的许多动物都来为他们送行。低空中有许多熟悉的精灵来歌唱。

　　每到一个休息地，张老师就在路边给他们上一种不叫课的天课。他上恋爱课。他说了许多经典的恋爱故事。最后，他说：恋爱是生活的基本技能，不要谈虎色变，也不要盲目自学。但可惜的是，有些人……一生没有恋爱过。我在人间，经历了一系列的失败，惨痛的失败，深痛的失败，我对人间的记忆就是关于我一生的各种失败。

听到这个话题，三七恢复了过去的活泼生动模样，她尖叫起来，说：不是的，你有恋爱，但你却从不敢承认！

他说：对。我有过爱恋，是我的同学，后来，她和我在一起教书。再后来，她离开我，走了，成了一个外交官，也成了一个外交官的妻子。

苹果说：不对。不是这样的。你撒谎！

三七站到苹果跟前一起击掌结盟。三七继续说：张继人，你说了一小部分真相，最终你还是说谎，所以，你不会有幸福。你也没有资格给我们上恋爱课。

大家面面相觑，疑惑不解，激烈争论起来。张如果说：那么，三七，你来上。

三七说：我更没资格来上恋爱课，我一辈子只生了一个女儿，没有难以忘怀的恋爱，我是不完全的人。

没有人愿意来分享自己甜蜜的恋爱。

张如果看着苹果，说：苹果，你吃下的爱字，起作用了？

苹果立即逃遁到土里。

又行军到了前面一程，他给少年们上道德课。他数说自己一生干过的坏事，一桩桩、一件件地数，他忏悔。他说他在新华书店偷过一本叫《人道主义问题讨论集》的书，他说他那一天应该被抓住，应该当场出丑，因为按照正义的原则应该这样，但他没有被抓住。于是，他就发愤看那本书，并把那本书里的知识运用于实际，整整思考了一生。然后，他数他所认识的熟人干过的坏事。他没有点他们的名字，他用某某来代替。他说：每个人都是上天咬过一口的苹果，每个人都有缺陷，不过每个人都应该追求完善，每个人都不要隐藏罪恶，隐藏就是堕落的开始。

接着，他又上生命课。他说：……我对这个世界的态度是悲观的，我之所以从事教育，是因为对人感到悲观，觉得人需要改变。我之所以一直从事教育，是想改变我自己的灵魂，仅此而已，不是为了别人。

他开设漫画课，而上课的人居然是苹果。

苹果用树枝在水面上画了许多画，在天空中画了许多画。他则在旁边做旁白，解说道：漫画把我们这个世界漫画化了。漫画很卡通，它对青春期的你们是很美好的，它给你们提供了另一个世界，那个世界是简单的，开心的，漫画站在真实的对面，而真实的世界，是不一样的……但是，你们也要知道，你们所看到的漫画世界是虚假的。

他带少年们上钓鱼课。他拿着竿，讲着水温、早晚时间和鱼群游动的关系，还说鱼的习性，鱼饵、飘浮沉降以及什么时候起竿的学问和技巧。然后，他在飞翔谷垂钓，一竿一竿提上来的，都是一个一个活蹦乱跳的少年。

少年们惊呆了，看着空中一个一个的少年。他钓啊钓，不停地钓，所有钓上来的少年，在飞翔谷站稳以后，都立即欢欣鼓舞地进入少年兵团。不用商量，也不用解释，他们知道自己到哪里去。他们像企鹅一样簇拥着，围着张如果。

空间会稀释时间。又不知道经历了多少年，飞翔谷里，张如果在摆摊卖小孩。许多小人，许多少年，无数少年一样的小人在他面前，像秦俑一样，整齐无生命体征地排列着。他坐在地下，并没像小摊贩一样叫唤。从宇宙各地来的出差到飞翔谷的，游玩到飞翔谷的，都在问：小孩多少钱一个？

人间钱币，一块钱一个。

这么便宜，那买一个回去玩。

买回去，他就是你的。

飞翔谷还买卖奴隶啊？

他每天跟着你，可能会变成你。你也可能会变成他。

啊？那不要了。

随便。

老师，你哪里来这么多的小孩？

别人生的，我钓的。这中间随便一个到了你们星球都能主宰那里的一切。

这么厉害啊？为什么？

不算厉害，只因你们那里太逼仄、狭隘……

你去过？

我从那里来。

这些少年你卖出去了多少？

到目前还一个没有。

……

行军回来以后，大家又发愤练习飞翔。少年们的飞翔本领一天高过一天，张如果也一天憔悴过一天。他知道自己的生命就要完了。曾女也知道。他给少年们做的最后一桩事是让他们画画。他让每个人画一个属于自己的神秘之物。那个神秘之物必须是大家为自己设计的，又必须是自己为它命名的。以后，那神秘之物就会像自己的坐骑一样，伴随着大家，始终，永远。

　　曾女画的神秘之物是六只角、一只眼的惊。她把它叫作惊。

　　苹果画的神秘之物是无形。那东西无所不在，全身是眼但又无眼。

　　杨开画的神秘之物是青面獠牙兽。

　　夏天清画的神秘之物是倒吊的蝙蝠。

　　三七画的神秘之物是飞翔谷的愉快小精灵。

　　肖雅皮的神秘之物是一匹神马。

　　魏温州没画。

　　当大家把那些作品铺陈在张如果面前时，他仔细地批阅它们。很快地，张如果就让那些神秘之物复活了。它们在少年们眼前活过来，从纸张上直立起来，飞动起来。然后，一个一个找到宿主。它们在飞翔谷飞行了许久，然后，潜伏到每个人的生命里去。

　　张如果像一个大魔师一样，用咒语让它们出发。它们，那些神秘之物，开始听从主人的调遣，到他们的过去那里去，承载着某一种使命，去消除曾经给别人造成的伤害；它们还到未来那里去，带回宿主未来生命的有关信息。

　　大家已经学会了飞翔。

　　天空中五彩缤纷的，都是能飞翔的人。

　　张如果说：……我真高兴，你们都会飞翔了。现在，跟着你们的神秘之物出发吧……你们不用再管我了。我，已经没有用了。曾女，我好累。人类因情感而累……三七在南方得了绝症，我想去找她。她离开我后，我其实再也没见过她，我，没有忘记过去。现在她要死了，我想去找她。但找她，要抛弃你。我知道她不会结婚的，现在，她在人间，已经处于弥留之际，我想离开飞翔谷，去找她。我好急。此前我找到她的医院，三七躺在病床上，瞪着我熟悉的杏眼，朝我摇头。她虚弱地说，迟了，已经没有意义了。她决定捐献自己身上的器官，她说了几句关于欣欣的话，她在疲惫中看着我，然后说，我飘飘摇摇的，要走了。一个社会名人，许多媒体来采访她，而她只想做一件事，就是把自己身上的最漂亮动人的角膜给一个女孩。也许，她希望自己在人间还留一双眼睛。我失败了，心里打满补丁……曾女，我该不该去，我不回飞翔谷，你一个人在这里会伤心吗？

张如果已经习惯把曾女当成倾诉对象了。他知道语言对于自己的意义，知道倾诉对于自己的意义。如果没有语言，他早化成尘土。他在语言中复活。

曾女不想他走。曾女说：你走了，我怎么活？飞翔谷的大业谁来主持？

正好，飞翔谷发生了鸟战争。从海边飞来一群梭子鱼，到空中，就变成了飞鸟，铺天盖地，把飞翔谷遮得阴云蔽地。这边，从飞翔谷土地里，千岁、万岁、太岁全部拱动，大叫着说，老子在地球上可是皇帝，不可一世的，你们小小的鱼类也想和老子斗！然后双方发生了战争，千岁、万岁、太岁的魂灵变成了黑鸟群，双方对冲决斗。众少年仰望天空，观看从没看过的异国景象。

张如果告诉曾女，说：这不过是两股时间流，弄混了，两个世界的动物，发生了交集。他双手摊开，在空中做一次抚平，时间就被重新梳理出秩序，群兽飞禽花木鱼虫各归其主，空中也不再有战事。

许多少年惊叫起来，嫌不过瘾，喊：张如果，让它们斗啊，我要看，刚才好精彩啊！

张如果说：你们不愧都是来自人间的，真是浅薄，永远都是人间之眼，永远喜欢莫名其妙的争斗。

曾女问：我也是人间之眼吗？

张如果看着曾女，曾女已经越来越有人形和人的神魂、情思。他说：你和他们不一样，你们方向是反的，他们要到飞翔谷来，你要回到他们来的地方去。

许多天才少年在飞翔谷建立了许多标志性建筑，有灵界 CBD，让所有灵魂无归宿者有归宿。那里成了魂灵聚集地。俗称水晶 18 层天。如水晶空中楼阁，玉树临风，戳在云天上面。人们分层行走。灵魂在空中。那巨大结构是透明的，空心的，骨骼轻盈的。世界上再也没有这么秀气的建筑。

一个灵魂师，捧着一颗星，一颗尘世之心，走进那 18 层天，从地下一层，走到最上一层。他无数次穿越往返。所有飞翔谷少年都去那里玩过，他们会找到自己的位置，然后又下来，到谷地练习飞翔或玩乐，他们不愿意把生命放置在一个六方体的空间里。那里有一些奇怪的铭牌。

曾女，0-14。

三七，0-38。

苹果，0-25。

张继人，0-51。

这些建筑都是少年们自己建造的，他们做了许多科学实验，把人类生命里的许多东西进行重组改造，有些失败了，有些似乎很有效。一群年轻科学家想把苹果头脑里的焦虑拿走，他们打开了她的头骨，对她的焦虑那个区域进行切割改造。

苹果失去了焦虑以后，梦游时，依然独语：……蟋蟀是靠哪个部位发出声音的？星期一，忘掉自我，关注人类。星期天，忘掉人类，关注自我。啊，月亮，冷雾，湿润，我不知身在何处……张如果被魏温州杀死的？我为什么要杀死我妈妈？夜啊你好空灵。夜雨声，风声，蟋蟀声，好空灵。……妈妈。……是江水带走了你，妈妈。如果你变成了鬼，会恨我吗？啊，我做事是不是很干净，没有一个人晓得？……时光千万不要倒流，我有罪吗，飞翔谷可恶的全息人间电影，讨厌死了，不要播我的罪行……张如果，我最后要做的，应该是杀死你？是你自己置你于死地的，别怪我，哥哥。我如果杀死了亲妈，再杀死一个亲哥，是不是一样的死罪，不过，这样做，是不是太残忍？我为什么有这些不洁的念头？

……

苹果独语后，一个风韵女子出现在她跟前。她楚楚动人，蓝洁芬芳。她气度高雅。她也荧荧发光。

她说：苹果，说出你做的一切吧，妈妈原谅你，你的大脑已经被处理，感谢飞翔谷，它让你灵魂轻松，说出你做的一切吧，去，对你哥哥说。不要再在原来的轨道上思考问题了。我不怪你，你是用东方式的道德杀死我的。而我学的是西方艺术。

她用手指示苹果去一地方。

那里江水哗啦哗啦冲刷。那里是人间荒洲，但芦苇碧绿，那是绝佳的野外运动基地。1985。时光倒流。许多艺术家，教师，评论家，蓄着长发，都簇拥在快活、放浪、享受的年轻妈妈身边，她血肉丰满，谈吐优雅，高卢人体貌特征。一群人，儒雅地在江边荒洲上野餐，看天空流云，叹人生短促。妈妈和一个年轻的艺术家走进一片繁密的芦苇丛，找到一块光洁的土地，惊飞几只鸥鹭。

苹果偷偷从蛰伏处出来，跟着她，看到了一切，脸红心跳，冲过去，激烈地指责他们。那个男人和妈妈很熟悉，也到家里来过，苹果应该认得，苹果恨恨地看着……

……

妈妈又说：苹果，我的女儿，你为什么不享受？你的血管里有我的血液。

呸！不要脸！

苹果，你错怪我，妈不怪你，苹果，现在我们不在一个时空，苹果，等你长大了，一定要像我这样快活，享受人生。

去死吧你！

告诉哥哥一切，既然你已经找到了哥哥，否则你将沉重一辈子，你将生病一辈子。说吧，说出来。说你爱哥哥，也爱妈妈，说你和妈妈在河边洗澡时，妈妈不小心溺水身亡了。让他也打断痴想，不再徒劳找我了。人间的道德，都是一些观念，生命才是真实的存在，要对得住自己的生命，自己的灵魂。灵魂通过肉体来快活！你为什么这样看不惯我们的生活方式？我错了吗？人有选择生活的权利。

她瞬间消失了。妈妈消失了。

苹果在飞翔谷，穿越水晶 18 层天，找她，一层一层地找，找得好苦，却找不到。妈妈好像在和她玩躲猫猫，她始终找不到，但她又似乎在招引她……

……

而遥远的地方，张如果在看着苹果的生命里、梦境里发生的一切。

黄雀的黄雀后面，曾女在看张如果生命里、梦境里发生的一切。

（43）

……

　　经过全球无限量级的人肉搜索，排行榜连续十年进入前十，大家终于清楚了张如果人间的基本情况，张如果的谢幕表演在贵族学校，他彻底败在这里了。他败了。不过，原址上，未来学校诞生了。他那时具有双重生活。一个是办教育，享有盛名，成了本土最著名的教育家，一个是和杨开、曾女的爸爸他们合伙投资，涉足互联网等诸多科技行业。贵族学校涉嫌募资融资，脱离民众，违背了教育宗旨，被叫停，收归国有，他们迅速改弦更张。

　　那时张继人名声很大，是一个教育强人，创造了教育神话，媒体把他粉饰得天花乱坠。人间太喧嚣了，人无法平静下来。在贵族学校，他做校长，杨开是董事长，幕后还有若干人。那是一桩很成功的创举，在东海边引起了轰动效应和后来的轩然大波。整个学校都是他创制的，运作也全部由他来负责，杨开他们只是投资……这是他生命里最热烈的时刻，但一瞬间就消逝。也许这叫事业，也许这叫抢劫。人间的事，就看你怎么理解。他后来果断地捐了，全部捐了，用于公共事业。

　　当年城市迎来巨大的人口高峰汛潮和城市化迅速扩张期，普通学校很快一个年级 4 个班扩张到 14 个班，一个班级由 30 人扩张到 55 人，你想想，一座大中型城市会有多少少年？一年一年的少年蜂拥而来，像蝗虫一样张着嘴要吃东西，教育资源太有限了，发达的乡村富裕子弟迅速拥进城市，嗷嗷待哺，所有学校满员，超负荷，再多新办的学校都不够。政府鼓励民资办学校，还是不够。就这样，张如果蠢蠢欲动，他的人生也发生了很大变化，他在公办学校旗下创办了私立学校，他洞悉国内教育市场变化，有敏锐的社会思考能力，拥有非凡的市场卓见。社会称他为教育家，他说自己是实业家。他迷失了，变成了另外一个人。

这是他一生最迷乱的时期。他忘记了父亲和母亲，他们一生恬淡为人，做了一世教师。父亲在老家门前种过一棵樱桃树，当年他们一起期待那樱桃树能结出樱桃来，但那是一棵樱花树，这是一个致命的错误。不过他父亲没觉得，他不是生物老师，奇怪的是，父亲死后，有一年张继人回去，樱桃结出来了，红红的，灼灼的，亮亮的，结在樱花树上。这是张如果一生最成功也是最失败的时期，当地教育行政部门给他荣誉，给他称号，社会大力宣传他的教育理念，政府把他当人才，他自我膨胀，也有很高的知名度，电视台经常请他去做一些访谈，他只是太忙而不能去，全身心扑在贵族学校和未来学校的打造上。他做梦也没有想到，一所老牌普通中学忽然变成一个庞大的教育集团，在他手里急剧膨胀，每年给教育行政主管部门的上缴收入都是巨大的，他成了创收大户，和省成人教育培训机构媲美，他变成了许多人眼里的各种英雄，社会名流，各种称号，待遇，水到渠成，汹涌而来。

直到有一天，何吖卤来了，她是一个机灵的高中女孩，她到校长办公室来，找到他，说她很想念过去的班级，说特别想念——曾女。她问：老师，想念一个过去的人，反复想念一个不存在的人，这会是什么征兆，我有病吗，会有什么情况？

她提醒了张如果，把他从一种迷失的状态里拉回来了。

何吖卤又问：老师，我会变成曾女吗？

他摸一摸她的额头，没有发烧。她清醒着。她又说：我想到飞翔谷去，到幻想国去，这一定要借一个不存在的人的身体，才能到达吗？我是不是该去看心理医生？

而张如果已经忘记了最初的许多事，当时只关心学校每学期滚动而来的大笔钱款，银行要高息揽储，新办的实业要投资，还要炒股做期货，有了钱可以玩转世界，有了小钱可生大钱，有了大钱可以买下整个世界……而现在，一个高中女孩，在问他一个严肃的问题。她又说：老师，你说过，心灵是可以交换的，一旦交换了心灵以后，就可以用对方的思维想问题，用对方的口吻说话，彼此就能很好理解，不再有隔阂，就可以交心，成为一生的朋友，是不？

张如果想起了这话，像是前尘往事。

这话是他说的，但他忘记了。她又提醒了他。他已经忘记了许多过去的事。他沉思良久，毕竟是资深的教育从业者，他很快回到过去的思考上来，只有少年不用货币来思考事情，只有少年能拯救世界。

然后，他对何吁卤说：何吁卤，我和你交换心灵吧，让我返璞归真，用一个少年的态度来看世界，做事情。你来做校长，我做学生。为期一年。

她愉快地答应了。

他又一次有了一个人间少年的单纯心地。张如果很快就开始了对曾女的思念，又恢复了过去的理想，很快就获得了过去的朴实情感，又对自己的学生充满了爱意。他扔掉了头脑里的许多泛泛之爱、概念之爱和报表数据之爱，以及金钱之爱、荣誉之爱等，不在乎贵族学校的事了，又想起了杨开、三七、苹果和曾女，这许许多多的生命，具体的人，还想起了夏天清、魏温州、尤其、季节他们……想起已经死去多年的曾女。在人间，忙碌可以让你忘记一切。

曾女一笑，还是一嘴细嫩的洁白的整齐的牙齿，虽然戴了牙箍……想起她，就重新痛心不已。

她在人间还没有发育齐全，就死了。在人间最没有罪恶的年龄里，死了……而我，在人间堆积贪婪的欲望，野心和罪恶……我可以赚钱，但我不能昧良心啊，是不？

张如果和何吁卤交换了身份，她来做校长，他去上课，坐在班级里，当学生。人只有坐回到班级里，才会想起过去的故事。

他请教何吁卤：在飞翔谷世界，什么是等价交换物，是货币吗？

她说：什么啊，不是！肯定不是货币！要不那个世界不也和我们这个世界一样充满铜臭味了？

那是什么？

智慧。

何吁卤，你想建立一个什么样的人类社会？

没有金钱，没有尊卑等级的社会。

那办学，学校的走向，你怎么打算，学校董事会开会，我能列席吗？

何吁卤很大气：需要你的，我会叫你。

贵族学校创办第二年，社会知名度极高，全国各地的学生蜂拥而至，家长带着孩子冲锋，漏夜排队，冲着这个舆论大肆宣传的社会品牌而来，冲着张如果这个教育改革家而来。那时，他开始真的想做一点教育的事了，因为盆满钵满之后还将财源滚滚，他又找到了良心。人类有两个良心，一个是本来的良心，一个是有了钱以后的良心。他新拿到了两个重要课题，一个是国家项目，许多专家来论证并肯定过。他在新的一个阶梯上，开展全新的教育研究，各大媒体充分肯定他的办学，称这是真正的教育家办教育，风光无限。懂得人世游戏规则的人都知道，这是巨大的宣传效应啊，一个人一旦有了一个好的起点，后面一切都是水到渠成、得心应手的。

政府又批了地，新校舍启用了，在气吞山河的钱塘江喇叭口，大海边。学校里都是一些重量级的学生。第一个人就是大汉。何吁卤座位旁边就是大汉。

独角仙魏温州在崭新的省人民大会堂前开走了人家的宝马车 X5 所引发的一连串的事件，让这所贵族学校大白于世人耳目前，引起轩然大波。

这不能怪媒体，只能怪独角仙太狂妄。他开走人家的宝马，在高速路上飙车八小时，后在一加油站前被生擒。被生擒时，他非常兴奋，毫不沮丧。后来，他被警车胜利地护送回来。当时警方和媒体联手，动用了所有最先进的通信手段，开展了卫星跟踪和图像实时传播。各媒体连续追踪报道，图文并茂。二十四小时不间断报道，加上电视台的实况转播，这样，所有的民众都看到了这个歹徒，一个脸上没有劫持犯该有的表情的高大的少年犯，他正在享受着犯罪的快活。追溯历史，以往只有两个抢劫银行的劫匪拉了一个小孩做人质驱车开往上海时，才享受过如此规格的直播待遇。

独角仙被抓以后，人家问他叫什么，他说他叫魏温州。问他性别，他说男。问他是哪所学校的，他竟然不知道自己学校的名字。人家以为他不说，就坚持问他，要他从实招来。他想了半天，还是没有想起。

这样，媒体当天就对这一现象进行了有趣的报道：一个高中生，竟然不晓得自己学校的名字。第二天，人家依然问他这个问题，他发火了，他发现这个世界上的人是如此啰唆。然后，他说：就是我们这里最好的学校！

人家说：是什么最好的学校啊？哪一所？

他大怒，说：最好的学校就是最好的学校！

然后，人们开始猜疑，开始让他做一种排除游戏，人家一个一个地说，让他一个一个地排除。一中？不是。二中？也不是。三中？不是。

他觉得这个游戏比较有趣，就悠闲地坐在那里，和人家做电视答问节目，还面带微笑。他的镜头感特别好。一个女播音员说，还有 5 秒钟，请回答。他看着女播音员，像个花痴一样，可爱地笑着，却又答不上。

后来，换了一个剽悍的男播音员，也是著名的节目主持人，他一走到魏温州跟前，魏温州就闭上了嘴，拒绝回答。

学生校长何吁卤在学校里看直播，看到了他的这个细微表情，说他有恋母情结，一定要有年轻女性来审问他，他才肯老实地回答别人的话。

当地所有的电视节目、电台节目、报纸和网络新闻，都在同一时间进行了这个窃车少年的即时报道，时间精确到秒。

随后，这座城市里，所有的人都从电视机和电台前走出来，走到大街小巷里，开始了一场几千年不遇的交头接耳，盛况空前，万人空巷。

群众的眼睛是雪亮的，群众的耳朵也是雪亮的，大家说出了问题的要害和症结，大家没经过任何人的允许，就做了一个准确的结论。

公众对一件事情做出了应有的反应。于是，这所贵族学校被曝光了！于是，这所贵族学校面临不可避免的解散！

校长何吁卤找到了学生张继人，说：老张啊，现在有一桩棘手的事要烦劳你了。

张继人说：明白。

独角仙这个车狂，终于做了一件轰动一时的事。他爱车爱了多年，最后出事也在车上。他曾经吹牛说，他一生下来就开车，大家大惑不解。他说他平生开的第一辆车是婴儿车。自他爸发财后，他就开始疯狂地消费车，一学期下来，一般会消费十辆自行车，都是名牌高档车。凡是带轮子的，他都喜欢。有时他会去买旱冰鞋，在街上滑行。有时他会买三轮车和残疾人车去玩。凡是不需要身份证就可以自由买到的车，他都买过。有次他在班上大叫起来，说要回家砸保险柜，买一辆坦克和一架飞机。这是一个为车而狂的家伙，是一个失去理智的家伙。他为了到上海看赛车，看明星们的车，无缘无故旷课一周，回来后还制造了出走假象，害得老师像保姆一样，向他的远在外地的爸爸妈妈道歉。

张如果、杨开最后栽在他手里。

接魏温州回来的路上，马刀脸杨开和魏温州动手，两个男人在车里打起来。杨开大战魏温州。

到了学校以后，张如果找魏温州单独谈话，说：魏温州，我们之间的事，还没了结。

那时这所贵族学校已经解体，走到了可悲的境地，校园里很荒凉，许多教师和学生已经走人，所以魏温州如同一个孤儿，没人来接。他们留在一间办公室里战斗。这一场戏是魏温州 VS 张如果。具体内情不清楚，因为没有摄像头，没有录影，没有实况转播，但后来，张如果爬着出来了。

办公室锃亮的地面上，充满了血迹和爬痕。有一个高大少年孤独地坐在沙发上，伸着他老长的腿。

杨开发现了，立即把张如果送到医院。

魏温州说：记住，第二回合，在三桥，不见不散，赢者为王！

第二回合又以张如果大败而告终，杨开接到了电话，赶到了出事地点，把人事不知的张继人送到了医院。

……

一所贵族学校转眼就不存在了，学校化为乌有。校园被重新征地，按照一个新的蓝图要重新建造成一所人民的学校。这是一次矫枉过正。而张如果，彻底地从这一座城市消失，从南中国的教育史上消失了，虽然钱塘贵族学校最初就叫未来学校，是他构想的，贵族学校不过是鸠占鹊巢，借用场地，但贵族学校现在已经臭不可闻。谁也不知道能不能在这个臭气熏天的地方，拔地而起一座辉煌的未来学校。何吖卤等是送了计划上去的。就在上一个月，还有许多国际国内的大牌教育专家来，大家在一起举行了一个国际教育盛会，充分肯定他的一系列教育动作。只是有一个熟人把他拉到了江边，吹着冰冷的江风，他说：张如果，你把你的教育理想依附在这样一所贵族学校的躯体上，是不是鲜花插在了牛粪上？你能走多远？风声紧了，要穿棉衣。

张如果说：我晓得，但我回不去了，我懂，我们正在脱胎换骨，我又画了一个更大的泡影，会报送一份到你那里的。

44

　　一个白色的世界。一个男人睡在病床上，胡子拉碴，头上敷着冰。护士手拿着温度计在甩，看，读，43度。昏迷。弥留之际，张如果在高烧中做梦。

　　男人在自己的意志里，他正在一座高山顶上，往上冲，一波一波地往上冲，山顶上似乎有诱惑。他一次一次愉快地冲锋，没有疲劳，没有痛苦，有的就是快活。意志成了他身体里唯一最活跃的部分，也成了他的生命动力，他在那个世界里主演自己的大戏，没人观看，但他自己在演，激情地演出。谵妄的意识里，出现了许多奇怪的景象。他看到了两个人。一个是苹果，苹果亲热地说：哥哥，你上来，我带你去找妈妈，妈妈在河边。

　　忽然来了另一个男人。驼背，很丑，来了就凶狠地说：走，跟我回家拉二胡去。他不再一波一波地往上冲，停止了那既不是冲浪也不是滑雪的冲空气运动，乖乖地跟在这个畸形男人后面走了，他们来到一座古旧暗黑的小校园里一株阴森的树下。

　　然后，在他空灵的二胡旋律里，一袭白衣的成熟女子从芦苇丛中出现，始终在前面跑，飞，招引他……

　　……

　　这一天早晨查房的时候，杨开笨拙地替张如果剃胡须。主治医生来了，说：杨总，你好孝心啊。又对身边几个白大褂说：这是我的老师，你们看护好。旁边一个值班医生说：主任，这个人什么也没有，没有姓名，没有身份，没有公费医疗，没有本地户籍，也没家人。主治医生说：没关系，有我哩，他有许多学生，我就是他儿子，杨总也是他儿子。

　　重度昏迷，一天一天。永无止息。

魏温州来了，哭，说：老师，你起啊，你醒啊，我们还没打完哩……你醒，来啊，继续，come on，来打。

昏迷。

第十天，张如果有些清醒，但还意识不清，他对主治医生口述生前遗嘱：我要死了，最后，为我找几个送葬人，我数，你记。一个，欣欣，还有……杨开，还有，夏天清，还有，大汉，还有，何吁卤，还有，梅子……

主治医生仔细听，记下名字，但不能确定是不是准确，他的口齿太模糊了。随后，他又昏迷过去。有时他会清醒，伸手抓笔，抓纸，还大喊魏温州什么的。护士会递给他，但他随后又昏迷过去，手里紧紧抓着笔，睡过去。

输液一直没停，营养液在维持他的生命。他很幸福，他不知道自己怎么了，但他很幸福……

他的梦象太乱了，太跳跃。时间和地点完全不能阻遏梦的活动。三七在遥远的他乡死后，张继人奔过去了，完全没有距离的障碍，他崩溃了，在哭，在伤心。这段跨越一生的畸恋终于结束。就像两根互相支撑的人字形木头，随着一根的倒塌这一根也从山巅跌落，急速滚落。他遍体鳞伤，心神疲惫，茶饭不思，徘徊不定，失去了方向。葬礼，路途，奔走。他疲惫地归来……

三七的网络个人空间已不再更新，时间在那里戛然而止。那里成了一个空间墓地，一个祭奠场所。张继人的脚印依然在，他和女儿欣欣留在那里的话语，成了和亡人生前的稀疏交流。

这三个人在人间构成了一个故事。三七留在那里的最后一句话是欣欣，女儿，你好……就这几个字。然后是一串省略号。她没有提及张继人。对他，没有一句嘱咐。她只对自己的骨肉，说了淡淡的一句……

……

接着几天，张继人在极度昏迷中努力寻找自己的十个送终人。他一阵一阵清醒和昏迷。他物色过去的学生和现在的朋友，他说不愿意像三七一样孤独地死去。他希望至少有十个体己人来为自己送终。他在梦中四处寻找自己的学生，想和他们有个约定，约定有人来给他最后的安慰，让他觉得人间不寂寞。他感到孤独，旷世旷古的孤独，从没有过这样的体验，这人生的厚重况味在他生命最疲弱的时候忽然来到他的感觉里，意识里。

他昏迷，他感到自己病了，第一次感到真正病了，要飘了。

杨开守候着张继人，给他过去的学生打电话，唯有他听得懂他的呓语。许多人在国外，都在自己的事业里忙碌，如日中天，有些已经很大牌，他们为忽然来电而寒暄，对突然发生的意外吃惊，都不知道张继人现在真实的凄厉、惨恻的处境和心境。他们在异国他乡，听到他在谵妄里的迷糊声音——

你能在……我死的那天……来送葬吗？

能。硅谷那边的孙悦悲酸地说。

我要把我一生的意识……捐献……给你的脑研究。

谢谢。我一直想找一个我十分熟悉的人做模型。

他的表情很安详，他日复一日地躺在那里。这个植物人像天下最乖的孩子，连厕所也不用上，茶饭不思。不用安排什么人间事务，不用上班开会，不用恋爱伤神，不用打架动气，不用思前想后，不用再去想着怎么教育人。

某一天凌晨，护士发现了他深夜写的几行字：

本人志愿捐助我的所有器官，所有意识，用于医学研究。——张继人

字写得歪歪扭扭，但他人又昏迷在那里。也不晓得是深夜什么时点写的。

第七十七天，主治医生正式宣布病人张继人植物死亡，脑非完全死亡。他对杨开说：老师幸福了，他可以永远躺在这里，维持生命体征，保持他那神秘的意识活动了。

杨开问会躺多久，主治医生说：也许我们死了他还躺着，在自己的大梦里，而且，他永远不会变老。

欣欣正在北京参加奥运会志愿者活动，赶回来看他。张继人几乎是竭尽最后力气写完那个捐赠志愿书的，欣欣来，他仍然处于谵妄状态，他已经处于彻底的幸福状态，认不得任何人。欣欣为他哭泣。欣欣似乎知道他要去找谁。

他什么也不知道，他的意识里有许多人在飞，有各种念头，全部杂乱无章地出现和组合，他很愉快，没有逻辑，他跟随着自己的意志到处穿越，飞行，停留，歇息，活动，奔突，冲浪……他认不出身边的任何人。他以前说过的话他也无法记住了。

欣欣一度恨自己的妈妈三七，但爸爸对她说：世界上所有的关系都不要处理成仇人关系。

不过，他可能也不记得了。

他对欣欣说过，有什么不快活的事告诉我，因为我也不快活。

他也可能不记得了。

那些他嘱咐来临终送葬的人来了，来看他，虽然现在不需要送葬的。他也不知道。他平静地躺在病床上，好像一个完好如初的人。他在自己的意识里穿梭……

而他的主治医生，他的一个学生，已经接受他的遗嘱，正在和一些著名的科学家研究，和硅谷的脑意识显示专家孙悦联系要不要取用他的意识来进行科学研究。他们知道，他会永远这样像婴儿一般的躺着，比后来人还要长寿。

晶莹剔透的灵魂塔。水晶18层天里，有许多透明的小飞人在飞。飞。飞。飞上，飞下。自由穿梭。从塔里飞出来，如一粒飘蓬，落在飞翔谷的山上，草上，海边，森林。他们到了暗黑的地方，显得更白。然后，他们又自如地飞回来。数量太多，数不清。也没有秩序。一种灵魂的状态，自由的状态。飘。飞。……少年张如果从青天坠入谷底，他愉快地坠落。从地狱冲上太空，他兴奋地高蹈。他两手空空。迅速地被抛起。他身不由己。他尝受一种失败，又尝受一种虚假的成功，又归失败。他在空气里，被空气淹没。他在水里，被水激起。他没有婚姻、没有情侣、没有子女。没有荣誉、两手空空。荣誉曾经呼啸而来又转瞬即逝。他重新变成一个一无所有的男人，不再拥有学生。气浪带着他，他冲浪。大悲大喜。在死亡面前，一切都无所谓。

不知何年何月何日，他飘飘摇摇，抵达飞翔谷。如一粒飘蓬，一颗尘埃。张如果变成14岁。他变成一少年。青葱少年。血肉丰满红润，骨骼发育健全，动作灵活机灵。爬树敏捷迅速，掏鸟窝干净利索。他在树上，和一只母鸟战斗。一个女孩来喊他。

他下来了，就遇到魏温州。他迅疾跑起来，魏温州疯狂地追逐他。他们在玩一个少年的游戏，只有他们自己知道规则，旁人只能看热闹。后面是接触，打斗，哼哼哈嘿。然后张如果手搭在魏温州肩膀上，两个人一道走到一条大埂上。

张如果说：杨开，其实我最喜欢你们这些坏东西，才跟你们一起玩，因为我一辈子当老师，不能坏，这是我的遗憾，所有人都认为我必须好。

魏温州说：我不叫杨开，我叫魏温州，你走！然后魏温州就走了。

剩下张如果一个人在大堤上吹风，曾女飘来了，说：耶，你是谁？

我是张如果。

不，你和我一样大。

曾女，来，我带你看人间那个大游戏场。看，那里在狂欢……你看，好热闹。

我看不见。

那就听我的语言。人间有生和死，有妇保医院，妇保医院里都是婴儿出生，殡仪馆里，都是人死亡。

你真的是张如果？

我是啊。你认不出？我死了？哈哈！但我很兴奋，我到了飞翔谷。我在体验生和死，研究怎么才可以飞。

他一定不知道自己变成了少年，他张狂的样子和少年如出一辙，他还在哼哼哈嘿地显摆武功，在云游，在神游，在回归生命之初，他唱一样地说，说一样地唱：我乃少年张三丰，我张如果，张继人，像鸟一样飞，现在我没有钱包，没有存款，没有学校，没有追求，我不知生死，自由飞行，乃一鸟人……

曾女看到张如果那样，不知道是哭还是笑，以前老成持重的他怎么一下变得这样无聊和幼稚。

曾女说：你管一管飞翔谷的事吧，动物暴动以后，又暴发了禽流感，现在飞翔谷到处都是卑微的感染。

曾女，我现在已经和你一样无知，我不懂得时间不懂得生命不懂得人生，可我很快活，我在飞行，我在太空，我在地狱，我在青冥，我在海沟，我在南极，我在北极，我在飞翔谷，我在宇宙，我在地狱……我的意识全部捐献给人类研究所了，我的大脑沟回已经被无数个二极管三极管接通，芯片连接了芯片，显示连接了显示，别人，许多人正在一个一个屏幕上读我，啊，我是少年，我是少年张三丰，我在飞……我从哪里经过，又到哪里？我不晓得。我就是飞。我可以永驻人间，永享快乐。时间已经弥散，已经一万年，我肉身已经弥散，不再聚拢，只有意念在飞。

你成了这样一个疯疯癫癫的少年，让我曾女情何以堪？

我只是做回当初的我。

45

……一枚巨大的核桃。大脑沟回里，无数少年在爬，爬那迷魂阵一样的核桃仁里的沟回。他们淹没在里面，像无数个蚂蚁。他们在做一个集体游戏……整个情景就像万千蚂蚁在吞噬一只核桃，看了让人肉麻，头皮发紧。好多好多的蚂蚁，好多好多的少年，那巨大的核桃也不是核桃，而是一个人的大脑。那个人在飞翔谷已经存在几千万年，人间的事，离他也已经有几千万年，早就在风尘中变成飞絮，化为乌有……整个飞翔谷就是一个人的大脑。大脑会生出无数念头，情感，想法……

大脑连接着梦网……一个老者，从人间走过，阅人无数，一名乐师，听万曲而知音，一名舞者，旋转一生，才懂各种舞步。张如果的头颅在空中，巨大的头颅，空中的飞地，在旋转，飞行……一个人认识的孩子有一千个，就会懂得什么是少年。只需把若干个生命从头看到尾，就会懂得什么是人生。青春就是没事找事。少年轻狂理所当然。少年不狂难道要等老来狂？人生幸福没多少，儿童时候的无知和少年时候的率真，是人生最写意的。在手臂上刻一个"恨"字，完全因为鸡毛蒜皮小事好勇斗狠，这就是少年。

夏天清在喊，少年们，我们暴动吧，反了这个狗日的张如果！他每天管我们，我们还要不要自由了？我爸都不管我，他有什么资格管我！

他的身边聚集了许多少年，一万粒米大小的少年，在听他号令。他成了领袖。他在聚众演讲，他说，老子昨天好快活，他管得着吗？哈哈，老子要的就是快活。

来的都是一些嫩鸟，一个一个露出脾性：嚣张，乖戾，胆大，妄为，激动，冲动。

张如果记忆里有一千个少年，眼前有一万个少年，全部在他的大脑沟回里爬，走。

　　轮子少年魏温州还在飞翔谷暴走，他现在用的是轮子，他的翼装已经收起来。他飞快地滑到一个一个少年跟前，什么也不说，就滑走。他出身于暴走族，家里有的是钱。

　　夏天清喊：魏温州，我们一起暴动吧，反了那个狗日的张如果！

　　魏温州只轻轻地说了一声"你妈"，就走了，不理睬他。

　　曾女跑到崖顶高卧的张如果跟前，摇醒他，慌张地说：不好了，他们要暴动了。

　　张如果睁开千年睡眼，跟着曾女，站在崖顶，看到了一个巨大的少年集体暴动的场景。一万粒米暴动！他们想出去，想离开飞翔谷，在集体游行。他们高喊，还我自由！我要回家！我们要飞出飞翔谷！还有：张如果，你不能以爱的名义囚禁我们！我们不要被辖制！砸死张如果！摧毁飞翔谷！

　　魏温州在最前头滑行，所有人都跟着他，少年意气，意气风发，他们都很兴奋愉快，而张如果这时候变成一个白胡子白眉毛白皮肤的万年老者，他瞬间就衰老了一万岁。他轻捷地来到夏天清跟前，说：夏天清，你刚才说你昨天做什么了？

　　夏天清睁着一只眼睛说：我说我在做什么，你管得着吗？

　　张如果说：那你现在在幻觉里要领导他们暴动？

　　夏天清说：我很快活，你怎么知道我在幻觉里？我要反抗你，我们要暴动！

　　张如果说：你不是撒旦，你不能领导他们跟着你去堕落！

　　但是，一万粒米开始汹涌动弹，如波浪一样要淹没可怜的张如果，张如果威风扫地，迅速逃离现场，回到飞翔谷崖顶。他颤颤巍巍地站在崖顶，和他们对话，他说：少年们，你们想飞到未来，还是飞到过去？

　　我们要回去！

　　他说：你们要回去的那个地方，到底在未来，还是过去？

　　不知道。少跟我们啰唆，让我们走就行。

　　你们可以自由地来，自由地去，我没有囚禁你们，你们的行动是自由的。

　　那我们到底是死了，还是活着？

你们自己知道，一个人生死是自己的事，人可以死掉，也可以重新活过来。

不许和我们绕，不许欺负我们年少无知！

许多凶猛的石块飞向崖顶，全身白色的张如果一次一次被密集击中，但他的身体依然故我，巍然耸立，少年们知道他法术高，少年们又让所有身体里的猛兽和怪物冲出来，冲向崖顶，撞击张如果。但是，张如果如数照收，把那些猛兽和怪物全部降服在自己脚边，让它们一起蹲伏在飞翔谷崖顶，它们被乖乖驯服。他没用多少力气，就收服了那些进攻武器——各种凶猛动物或温驯的动物。

最后，底下的少年，全部还原成什么本领也没有的少年，连投击出去的石块也没有一百米高了。他们回归凡庸，不再会飞翔，再怎么扑腾，也不能上天了。从飞翔谷崖顶看下去，他们越来越渺小，成了狂躁的小蚂蚁，真正的一万粒米。

但一万粒米，还在暴动。魏温州成了他们的偶像，他踏着可以急速移动的飞轮，比常人速度快。但随着所有少年恢复凡庸，他那轮子也越来越慢，电池快没有了。有几个热心的少年又问他动力是什么，怎么办。他停下来，拼命地塞钱进去，还横眼，要别人给他硬币。但是，那轮子很快停止了工作，戛然而止。

苹果走了。尤其没理睬他，也走了。尤其告诉所有凡庸的少年，说：我们是经由梦来这里的，我们只能经由梦回去。

众少年恍然，但又不相信她，宁肯相信暴徒夏天清和魏温州。

夏天清说：我们走不了，大家就跟着我一起快活吧，老子现在在酒吧唱歌，夜夜笙歌……什么老子没享受过啊，我们来找他这个东西，我们一辈子还有什么快活，他是要我们做苦行僧的。魏温州已经加入我们，我们的力量更强大了，是不？

魏温州去拖来自己的翼装，让自己穿上。穿戴好后，无法从平地上起飞，无法飞向飞翔谷崖顶谈判。那套装备只能从飞机上或高处跳下，然后做鸟样飞行。千千万万个少年一起给他助推，发力，也不行。他还是站在原地。

……武超忽然开着一辆洒水车来了，他大声唱歌，快活得直哆嗦。他新从一个梦境里到达飞翔谷，身上斜背了一支重火器步枪，浑身戎装。他没看见集体暴动失败的万千少年，一个人开着车，洒水而去。

尤其喊他，他像失聪一亿年的聋人，没听见。他狂喊，他在唱：啊，爽，爽呆了，洒水车，给我洒，千年等一回，啊，爽，啊洒啊洒啊……

……

在飞翔谷崖顶，曾女对张如果说：你真的还了他们凡庸？

张如果说：曾女，凡庸是所有人最需要的，凡庸才会给他们现世快活，我曾经为这个哭泣，我想让他们穿越前世今生，可这只能添加他们的痛苦，何必？你也是，回归凡庸，才能成人。他们反叛我，未尝不可，未必不是对的。

武超第二趟开着洒水车来到了，他还在梦境里狂喊：啊，爽，爽呆了，洒水车，给我洒，千年等一回，啊，爽，啊洒啊洒……何吓卤大叫，不许洒人！梦境里的武超还是那么大条，还在那里唱着叫着洒着，笔直地行进，陶醉在英雄梦里……

……

魏温州这时跳出来，说：我们来跳楼。他扔了自己的飞轮，翼服。第一个来到了飞翔谷边缘。一万粒米跟着他。夏天清也跟着他。他朝飞翔谷下看，青冥浩荡不见底。他懦弱起来，不敢跳。

一万粒米又跟着他回到了飞翔谷谷心。标语还在，大地艺术还在，气球还在，飞翔基地还在。暴动的人非常弱智地跟着他，刚才已经扔掉了所有武器，现在都赤手空拳地集体震动在一个他们不能主宰的世界里，无意义无目的地震动，震动……

众少年又一起蜂拥跑向水晶 18 层天，那里空空荡荡的。一具巨大、秀气的骨骼，众少年拥上去后，发现那上面写着"世界电信"几字，瞬间又变成"世界移动"几字，也不晓得搞什么鬼，是不是张如果收了广告费。他们不顾，开始从一层一层里跳下。许多少年从水晶 18 层天里缤纷跳下。一个一个从楼上跳下，当是消防演习。水晶 18 层天好像在下雨。

缤纷的少年雨。

……

张如果悲天悯人地说：好可怜，好渺小啊他们，我可以一块钱一个把他们卖光。但是，没人要。他们攻陷了脑联网的服务器，偷了脑联网的连接设备，但是我们很快驱离了他们。

曾女看一眼张如果的脚底下，壁立千仞的悬崖上，居然出现了一颗人头，在蠕动。仔细一看，是大汉的贝多芬头颅。曾女对张如果喊叫起来：我的个头啦，他爬上来了！

张如果说：不要惊扰他。

张如果和曾女一起轻快地飞越巨大的飞行训练基地，飞过万年无人的沼泽，飞过十亿年空旷的戈壁和沙地，飞过美丽的大地艺术下的草地，他们在熟悉的飞翔谷上空穿梭，看那些暴动。那一万粒米暴动的威力越来越小，越来越不值一提，越来越没有意义。张如果说：人类不会飞，永远匍匐，永远渺小。

等他们回来，回到飞翔谷崖顶时，曾女看到大汉一个人趴在崖顶边沿，趴了一万年之久。曾女说：为什么大汉能爬上飞翔谷崖顶？为什么他趴一万年了，他身躯那么重，也没掉下去！

张如果说：曾女，我一生收养过三个人，欣欣，泼皮夏天清，还有绝望的大汉，我是他们的父亲。

曾女：大汉为什么绝望？

张如果：大汉爸爸后来出事了，他很想不开。他从贵族学校回到县城后几次自杀未遂，他很懦弱，我正在锻炼他的体魄和意志，让他坚强。

……

46

　　一个人如果自愿捐献自己的所有意识活动，至少能证明他一辈子没有干过什么很恶劣的事，没想过什么很肮脏龌龊的勾当，没有什么不能公开的秘密。但隐私是应该保护的，你可以不捐献，不公开。一个庞大的科学研究小组，动用全球最先进的设施、技术和科研力量，紧锣密鼓地研究张如果的意识现象，他们复制那个神秘空间的一切，转译那些神秘的信号。意识具有具象性，它在我们头脑里多半是形象的，能构织生动的图像和空间，能发生许多事情，而事情又是事情的酵母，再发生新的事情。一个全息屏幕在那里静静地直立，在空中，投射那一切，一开始只有脑电波波动，还没找到神经信号和图像语言之间的转译码和转译公式，研究小组工作人员认为他们"看到了"一个人的真实的意识活动，但不能呈现，他们还在艰苦地工作，求索，在黑暗里行走。

　　一个沉睡的人。一个敞开的人。一个意识捐献者。宇宙鸿蒙中一飞石。一个不存在的存在。张如果回到少年时代，然后又在那里顺流而下，沿着时间的河流洗澡，又奋臂逆流而上。回到童年，造访自己朝思暮想的人，彼此精神还没谋面，灵魂还没互访。他上下穿梭在自己的记忆里，把自己人生罪恶和高尚都拿出来打点，拍灰尘。以前暴露给世人的，都是经过预设的表象或假象，现在，一切都是真相，因为自己已经不能控制自己。客观的科学在识别你的灵魂活动，精神活动，转译你的精神活动。他也想依赖梦网，来弥补破碎的生活，所有的遗憾，所有的失落。他缝补灵魂，他歌哭伤感，他是挑剔者，完美主义者……他是人生的深度研究者。……张如果迷茫地看着飞翔谷。这里是曾女的故乡，自己的老家，他们是飞翔谷的初始居民。他们不再管那永远渺小的一万粒米。张如果带着曾女进行精神旅行，飞巡人间。

张如果说：人间到处是墓碑，每一块墓碑后，都有一个生命，驼子到了墓碑里，凝固了，成了果冻老人。他说的驼子，是自己的父亲。他们飞巡到一座大山深处，看到了一个昔日车祸死亡场景：一个老人，有些驼，有些瘸，他的眼睛生在头顶。开山路车的人，以为他是外星人，非人类，山上怪物，就一脚油门一下撞死了他。这个怪异老人在回到山上小学时，被撞飞了。张如果说：我父亲就这样死的，他不停地回到以前的小学，其实那里已经不是小学，是农场了。

曾女说：现在，他死了，他在哪里？

张如果说：每一个墓碑，就是这个人到冥界的铭牌。他就葬在他死的地方。

曾女说：你是想把他的灵魂带到飞翔谷的灵魂塔去吗？

张如果说：是的，但我找不到我的母亲。

张如果和曾女一起飞到骨骼轻盈透明的灵魂塔边，轻轻歇落，像许多纷飞的灵魂一样，穿过窗眼，各自找到属于自己的那一层天，把他父亲的魂魄安置在那里。他们可以飞到任意一层里，他们拥有歇脚任何一层的资格。张如果说：曾女，我的记忆里有所有我认识的人，包括死去的人。

一个驼背佬自卑地在飞翔谷一个拐角腌制萝卜，那里变成了他故乡的山冈景象，一所破落的小学校。远处，十万座大山下，有一个巨大的三省物资交流中心，车水马龙的。

他揭开一只大缸，凑近鼻子去闻，然后对天长叹：啊，好香，又酸又香的山地萝卜！他顺手捞一只，用大嘴啃一口，嘎嘣。他得意死了，说，好吃，脆！几十个乡村孩子像讨饭的，欣喜来了，手里拿着土碗白米饭，一星菜也没。有一个白皙的女子在看。那是闭塞山区小学校里绝色女大厨给他们烧出来的白米饭。他们一起来了，说，要，要，我要，我也要，给我一个萝卜。

一个孩子得到了一个萝卜，飘在白米饭上。一眨眼工夫，孩子们把天都吃了个精光。钵子、竹碗，都空空荡荡。小孩子们去追逐打闹，上课去了。

张如果走过来，说：大，给我一只萝卜。

那驼子看他，说：二胡呢？

早丢了。给我一只萝卜吧，我想吃。

许多整萝卜在水沿上挤动，滚，缸水发出酸酸的好闻的气味，但那驼子弯腰一捞时，缸里嘎嘣脆的萝卜就变成了烂萝卜。一片深褐色的熟黄，不像刚才那样白生生，一股子的青春气。驼子说：张继人，你走吧，萝卜烂了，给我们没牙的老人吃吧。

张如果不走，说：大，你被人家车撞死了，你也不告人家？

驼子说：不告他，他是我学生。

张如果说：他有意撞你的。

驼子说：不是，是雾大，他看错了。

张如果又道：大，你一辈子是一个让人钦佩的乡村教育家，我后来在南中国也很有名，你晓得不？

驼子说：你是我儿，我不可能不关注你，你没有在教育事故中沉沦，我也感欣慰。

张如果说：大，我只是不懂，作为一个教育家，到底该不该搞实业，办学？我把我们教育集团搞得那么风风火火，我却困惑了。

驼子说：教师可以不管办学，但如果你真是一个教育家，就要思考为社会创造价值，当仁不让，因为你不去用优币挤占劣币，劣币就会充斥社会。

张如果说：大，懂了，看来，等我醒了，我还要去大展身手，我有许多想法，我想为人类创造一种全新的学校，未来学校，我鄙视现在的学校。我前面的困惑是像叶圣陶那样的教育家，是不图利的，而我的教育集团偏偏创造了大量财富，钱财让我困惑，不过我可以反哺教育，造一座全新的未来学校，我想在中国每一座城市造一座未来学校。

驼子说：学校不过是一个庙，我当年，不是把三省物资交流中心搞起来了？小和尚不需要济世之心，只要念经就可以了。

……

张如果飞在那透明的楼宇里，像个超人在飞，飞到最上面的"金碧辉煌天"，那里有野猪。张如果看见驼背人变成了野猪，在野猪林拱地，然后快活地叫唤着，像要被宰杀，一眨眼跑到了"金碧辉煌天"去。那里灵魂在幸福歌唱。下坠。下坠。下坠。死亡。死亡。死亡。安静。安静。无比安静。

死寂。黑暗。

黑暗。恐怖。

妈，你在哪里？我一直在找你，苹果也在找你，你还在中国吗，我怎么一直没遇到你，她也不说你是怎么死的，她说她杀了你，一定是她胡扯。她对你有愧。到了这密境，到了灵魂塔，每次都想找到你。到了安静地，首先想的就是你。你应该永远在艺术王国生存，你就是死也一定很优雅。妈妈，我永远记得枕你的胳膊睡，听你的鼻息，你用身上的热气暖我，你年轻的血肉滋养我，妈，我好想你。你离开我，我怪过你，你一直好美，你追求你的幸福没错，你曾给我唱歌为我舞蹈，你好窈窕，别人都说你好看，我也好欣赏你，就如欣赏一件杰作。你的身体好暖，有你在我从不怕。但你离开我好早，我巴望你好伤心，好多年。我好伤心，但没人知道。我读高中时不愿意跟人家说妈妈，人家说我妈是外国人，人家笑话我，我说我妈是搞艺术的，人家也笑，我那时一说起你就感到羞耻，苹果也是。我不知道驼子爸爸是不是说谎，你走了，他编派一个话来骗我，我不知道你真实的身份，我寻找过许多地方，没有着落。你的墓我一次没上过，你后来的生活，我只晓得在江南，但没有确定的地址，我无数次找你都没有结果。现在，我到了你在的地方，我来了，妈妈，你如果看见我，就一定出来遇见我。我想你。

死寂。死寂。死寂。黑暗。黑暗。恐怖。

妈妈，你会来接住我吗？我在下坠。我在死亡。这里青冥浩荡不见底。妈妈，妈妈，救我，抱住我。妈妈，我们永远遇不到？妈妈，我知道你生命力超强，能征服许多崇拜你的优雅男人，在你面前我和驼背爸爸都很自卑，自卑，你是高尚的生命，我们是卑微的乡村小命。有一年人间的光棍节，我一个人忽然想起你，想起你已经死了，我就祝福你在异国他乡转世成人，变成一个小光棍，不管男女，铮铮铁骨，重来人间，重找幸福。

呼啸。风。燃烧。火焰。被热气吹上去，热风，飘。

妈妈，来救我。妈妈，我想你。妈妈，我在冲浪。我在宇宙。在冥府。在神秘地。在飞翔谷随风飘荡。这里什么也没有，没有人间的道德和清规戒律，没有知识和历史，没有计算和算计。妈妈，你来吧，你放胆来，我是你儿，你来接我，我想你。我不伤你。没有人再来说你风流，说你是骚货，说你声名狼藉。妈妈，你就是骚货，我也爱你。我一直爱你，崇拜你。风流和污名不过是他们吃不到葡萄的嘴酸。妈妈，你一直活得兴奋，这就是生命品质，这就是尊重生命，这就是不抛掷生命，生命是世界上最牛的东西，也是任何地方最牛的东西，天给我们了，我们就要好好享受，你活得对……

儿啊，继人，我来了。你懂妈妈，妈妈就来。你若不懂我就永远不来，再多遗恨也随它去。……妈生了你，你长得好像妈，不像你爸。妈当然想你，想你就是想我自己。我后来跟别人还生了一个女儿，叫苹果，但我最想你。我的观念后来也中国化了。儿，人世上有快活，这是我最留恋人世的地方，如果没有快活，也就没有你，人类发明了东方道德，人类也发育了西方文化，偷鸡摸狗，我鄙视，公开鄙视，鱼我所欲也熊掌亦我所欲也，快活亦我所欲，多亏有了艺术，它让我精神和灵魂舒畅、自由。我活时好快活，我能教给你的，就是快活，可惜你没懂……

妈，不是我没懂，不是苹果偏执，是我们看到你那样恣肆活着，怕，就不敢伤风化，就不敢幸福，我们听到了闲言闲语。

但是我的血统，我的基因，我的文化，就是那样，我坚持那样，我不以为耻。

所以我在寻找一个没有文化和道德差异的地方，这里既不是东方，也不是西方，是飞翔谷。我要取消一切偏见和偏执，我要人类的大脑健康健全。

但我儿，张继人，你把一生牺牲了，这好不值得！违背人性地活着，比狗都不如。我一直知道，我一直明白，但我觉得你们不可能被我改变，就没来改变你们，你们可以按照你们的原则活着。苹果也是，我改变不了她。继人，我现在再不能像以前那样抱着你睡觉，把你放我温暖的胸脯了，其实那不是你的幸福，是我一个母亲的幸福，是我的快活。除了做爱，还有哺育，是一个女人的幸福。妈妈当然想你，但流言蜚语让我脚走不动。是的，我爱帅男人，我爱我行我素，我想怎么做就怎么做，我是一个蔑视人间一切规矩的坏女人，但我尝到了幸福。你们可以说我堕落，说我有伤风化，但那对我来说丝毫没什么。我有青春血肉，我就要享受爱，灵魂在那活动里得到升华，灵魂幸福唱歌的状态是天堂里最美的景象，比那些凄苦的灵魂哀号美一万倍，儿，张继人，妈妈没白去一趟人间，我无所谓归宿，也无所谓来处，我去人间，就是要对得住人这个名……

妈，你终究不是我们那小地方的人，你血统里流的是高贵的血，你走了，我和爸爸都很自卑。妈妈，你不知道，你永远也不知道，当我叫你妈妈时我感到的亲热，温暖，有爱。我和别的孩子不一样，童年，看到别人的妈妈我心里就酸酸的，因为我失去了你，我身边没有妈妈，只有难看的爸爸。妈妈我想你。后来就压抑，不提你。再后来，就幻想你。上大学时，我曾无耻地对别人说，我的妈妈好漂亮，我的爸爸已经过世。这是我在世界上说的最大的谎话，说我爸爸死了。我诅咒了他。我对不起他。人家看到我的身板，都相信我的妈妈好身材，但我诅咒了我大，我因他丑而诅咒他，希望他不要丢人现眼地出现在我的生活里。我从没让我大到学校来看过我，他心里有数，他很聪明，知道世道人心。他知道儿子的虚荣，他没去。每次回来，他依然故我地对我好，我也有罪一般的听他的话，讨他的喜欢。他知道自己的模样，他爱惜我，也顾念我的心意。人世居然那么龌龊，我，一个仪表堂堂的男人，居然那么无情无义。我是人渣吗妈妈？

儿，你对得起你大。我也对得起你大。没有人瞧得起他，我们娘俩瞧得起他，他后来也算成功，成了乡村教育家，如果没有我们，他会变成一人间垃圾，你不知道他当初有多自暴自弃，我是一个欣赏有才的人的人，我让他做了人，让他做了男人，我让他荣耀，但我不属于他一个，我的家在很远的地方，我遇到你大也是概率很低很低的彩票机遇，我自己也想不到我居然献身于他……

妈，我一直把你当艺术女神。后来我看到你留下的物品，想念你，不停地想。

儿，我在人间，没伤害过任何人，所以也没遗憾。人间背叛很多，恶语很多，心机很多，中伤很多，但人们对我，都很好，只是背地里说我不好。我不伤人，我对得住任何人。他们骂我，我就让他们骂我。我不屑和世人计较。我的心不计较。我若去做那多如牛毛的计较，我就不能做我想做的事。我不怪苹果。她对我那样，我不怪她。你遇到了苹果，告诉她，妈不恨她。

妈，我也没伤害过任何一个人。

但是你伤害了自己，伤害了我，因为你没有获得幸福。苹果更次。这是生活态度，生活观念，是古老的东方教育使然，我无能为力。娘告诉你一个事实，我不是法国人，娘也是东方人，只不过接触了更多的法国文化，那都是青春时代的小浪漫，娘是十万大山对面邻省的人，只不过人长得细长，又喜欢法式浪漫和情调，自封为法国人而被人家戏称法国女子……这可能误导了你，使你找不到我……

……

苹果，我生了一个孩子，丢给别人养了。现在，我好想那个孩子。

我好想吥你，那人是我哥。孩子叫欣欣对不？

张如果是你哥？

他不叫张如果，他叫张继人。

我知道。他怎么是你哥？

他是我哥就是我哥，这个谁也赖不掉。

你哥养了我的欣欣？

是啊，我也想帮他养，但他不愿，怕我伤她。

苹果，我对不起你。我误解你了。张继人是你哥？

我就要人家误解我。

他知道你是他妹吗？

不知道。我不告诉他。

苹果，你好傻，你吓过我们好几次，你哥哥和我，都以为你是一个不正常的
女孩……

我是不正常，我多年前就死了。

那张继人的妈妈，也是你的妈妈？

你怎么知道？

猜的。

欣欣的爸爸是谁？

你干吗管那么多？这个……我都没对你哥说过。

跟我有关系啊，跟我哥有关系啊，贱货！你对我说。

不。

不说我就杀死你，不说我就不准你和我哥好。你害了我哥一生……

死也不告诉你。

……

苹果，我遇到妈了，妈原谅你，但妈说我好可怜，说你更可怜，因为我们都没有享受人生，获得幸福，对不起自己，对不起她。

那你现在告诉我，怎么才能活得快活？

我们可以和别人一样啊，我们为什么把爱，做爱，看得很脏，那是世界上最美的事。妈说的。

羞。好丑啊。

苹果，你到底是谁？你不是很开放，很时尚吗，为什么观念这么落后，陈旧，变态？这是中世纪道德观。你是中世纪人吗？

我以妈妈的身份复生了你知道不？

别吓我。

继人，我是你娘……让妈摸一下你脸。你看我的神情，多伤心。我多悲伤，你能读懂妈的表情吗？你知道我生命里的痛吗？我不是法国人，我是邻省人。

不是。你不是我妈。

我当然不是妈。我是……你妹。

不是。你也不是我妹。

我们是一个娘生的，张继人，我是你妹！我就是你江南的那个妹妹。

我不信……

好，那我是幽灵。难道非要我说我是鬼你就信？

苹果，你既然是我妹，那你告诉我一切。

好。你知道我为什么天天跟着你吗？那些年我无法不跟着你，你是我哥，但我又不能跟你说实情。现在既然你晓得真相了，我就忏悔。也不是忏悔，我在别人那里是开放的，大胆的，但到你这里，就一定要这样，因为你遇到了一个不好对付的女人，三七。我要维护你，我要保持我的态度。我没有杀死我妈，但我气走了她，我和她干架。哥，张继人，告诉你你别恨我，永远别恨我，都是那个年龄我头脑的念头，支配我那样做。我一定要那样，否则就不能活。那念头后来毁了我一切。我脑子里总是她坐在人家腿上面的样子。

苹果……你心里这么苦，我不恨你。娘……抛弃了我和爹，我不恨她。

我爸天天坐在门口，等她回家，人人知道。

苹果，你好可惜，你好漂亮，你像娘一样，但你一生，白活了。

不。我会唱《追追追》，黄妃的。你听……千江水千江月千里帆千重山，千里江山我最水，万里月万里城万里愁万里烟，万里风霜我最妖娇，什么款的杀气什么款的角色什么款的枭雄，追阮策马坠风尘……我知道我很美，很妖娆，很性感。

苹果，你的歌声霸气却带着凄凉，唱腔里带着绝命深情的味道。是的，千里江山你最水，但是你的人品，也很水……

……

三七走过来，说：你们兄妹终于和好了？

苹果说：都是你害的！

张继人说：隔膜总会消除，否则就是万年遗憾，永世不甘。纠结解开，灵魂舒展。

……

啪。一滴血，一朵花。血色花。无数滴血，无数朵花。血色花，瞬间开遍飞翔谷旷野。幻化成一片血色。花海攒动，花海汹涌，满目血色。若干飘飘欲举的白衣人在空中，被底下的红，印得红艳艳的。

……一个少女走来，她哈哈哈哈轻快地笑，一边走一边回头，她在前面跑，说：来啊，追我，来追我。

幻化。故乡的田埂上，张继人追到她了，一把抓住她胳膊，秀气的小胳膊。

他认得她，他的初中同学，同桌，以前没少捉弄过她。有时上课玩她的手，把她的手放在自己屁股底下压，把自己的手放到她两条辫子中间。他还在打闹的时候乱摸乱捏她。什么新奇的事都做过。她叫小她。平时都喊她"小她哎"，大家都喊她小她。小她是泛称，专喊女生的。初中时期性意识开始萌芽。有几个男孩在村庄里热衷偷看人家大大和妈妈干那个事，然后到学校就说个不停，好兴奋，津津乐道。坐在旁边的就是小她，被男生话题吸引。小她在笑。

咯咯咯咯，你来啊，你来追我啊。

张继人在追她。一个男孩，一个女孩，在山地边田埂上，有草堆，边上有荷叶，远处有山，空中有流星一样的鸟雀，地上有鹅，鸡，鸭……似乎天空中也有很多的人。他们，或者它们，在飞舞，不是蜜蜂，也不是黄蜂。

她轻佻，他轻狂，正当少年。

……

张继人回到老家小镇上，就如回到童年和少年时代，某天晚上梦里忽然听到小她像以前那样喊他，张继人在故乡乱走。一个魁梧的男人走来。一眼就看出了。是士宏！以前叫他许文祥。

在故乡，总是能遇到许多熟人。他的油厂就在对面，有三排平房。穿过陈家塘就到了。他是油厂厂长。他那里香得死人，是油菜饼香，土里墙里都是香味，桌子里盏子里水瓶里都是香味。他一边递烟倒水，一边大声说：张继人，你怎么家来了？

张继人说：我忽然想起小她了，就回来了。

士宏又看着熟悉的张继人，小时候光屁股玩的伙伴，说：嗟，你头上有什么东西啊？

没东西啊。

有。我看到了，一只蝴蝶，花蝴蝶，老跟着你，从路上一直跟到我油厂，一直在飞。

哦，它啊，它是一个小女孩，曾女，她想看人间的事，跟我来了。看热闹的。

别鬼扯，就是蝴蝶，哈哈。士宏在张继人头上打了一下。

张继人以为他在打天，说：你干什么？别拍死她。

他说：这蝴蝶真奇怪，深更半夜的还在你头上飞。

现在是深更半夜吗？

哈哈，是啊，你说现在几点？都晚上十一点多了！我像做梦，没想到这时遇到你。亏我是个胆大的。你怎么突然想起小她了？你们曾经在一起教书啊？小她后来怎么没跟你结婚？她现在当外交官了。

听了士宏的话，张继人怅然若失，恍惚，相思。思念。神奇的事情只发生一次，而平庸的事会来无数遍。

张继人走了。他知道自己走了，但他也知道，自己还在故乡。永远。

临走时，士宏说：别难过。小她是个不错的人，你也是。

张继人说：是啊，可惜我一辈子错过了她。

士宏说：张继人，有一句话不晓得该不该说，你头上始终有一只蝴蝶，它……是不是小她哦？

张继人说：不是。它是另外一个女孩。

那女孩怎么会变成蝴蝶呢？

她只是来人间热闹。她爸爸也是我们老家的，我爸的学生，曾总。

哦。知道了。保重。

你也保重。

三七走过来了，说：张继人，这里就是你的故乡吗？刚才这个男的，是你的同学？我想知道那个风华绝代的英语老师的老家什么样子，原来，她以前小名叫小她啊？

张继人说：是的，小她，现在你知道她小名了。三七，到了陌生地，要记得回到你熟悉的地方，看好路，不要迷了路。

三七说：你就是我的路灯。

张继人说：我奇怪，没有眼睛你怎么感应的，怎么跟来的？

48

飞翔谷来生崖边，海沫翻飞，站着四个湿漉漉的男人。天旋地转，阴阳交割。他们又站在一条长长的忘河前，那里没有阳光，但空气透明。他们蹚着水，就过去了。他们没有谁拎着靴子，就那样徒步安静地走过去，没有激起水花。而那条安静的河流，潺潺流水很急，很开敞，很宽大。

一阵风烟弥漫过来，场景转换到一个山花烂漫的地方，桃花杏花开满天。四个人走在丛林的路上。四个人都踏着大步，走得很汹涌很浪。

张如果一直没言语，他的肩膀、额头上，始终有一只彩色的蝴蝶在飞。他走在最前面，最快。

杨开对张如果说：张如果，我四处找你，找了许多年许多地方，你跑到哪个老鬼地方去了？

大汉气喘吁吁地问张如果：这里是哪里？我们到了来生，还是前世？

魏温州兴奋地说：头，我们现在要去干吗？

张如果说：打架，我们去打一个畜生。

人间，一个骨瘦如柴的男人，睡在一间破旧的屋里。那屋，就是一具棺材。张如果坐在他身边，他们好像认识，拉了一下手。然后，那半死不活的男人半血复活，激愤地说：夏天清……这小子是我一生的罪孽啊，以前，他就带人抢劫我，抢他的老爸啊！现在，我老了，倒下了，他把我工资养老金什么的全部领去，一分钱也不给我，他在外面吃霸王餐，在家吃家里的老爹，这小子还翻脸不认人，世界上没他这么坏的，良心给狗吃了！我这个爹就是他的钱包，他遇到钱就贪得无厌，雁过拔毛，一分一分跟你算得很精巴，他现在控制了老子所有的钱，而我一分钱都没得花，只能睡这……我辛辛苦苦干了一生，积攒了一点辛苦钱，都被他挥霍了，他吃的用的全部是最时尚的奢侈品牌，他自己一点用都没有，一分钱也赚不到，只会消费，然后他还死要脸在外面吹大牛，说他老爸是这个长那个总的，讨女孩子的欢心，但到今天都没骗来一个回家，现在他偷偷把我这房也卖了，老子现在就睡在这里不走……

张如果说：你们父子可不一般啊，你把他一只眼打瞎后他四处流浪，我收养了他，但这小子不听话不服管教，他太机灵，我也没法子对付他，他在我那里也不规矩。大汉，魏温州，你们去把他绑回来！这个畜生我以前也和他动过手，他在我家里吃喝住是小，还动不动和我翻脸，偷欣欣的钱，偷我的钱，然后我一说他，他就跟我翻脸，有次我抽他的耳光，大骂：夏天清，你个死不改的，你今天要是承认你偷了老子，老子就把所有的钱都给你！我把所有的钱摊开，放他面前。他一只眼看着钱，另一只瞎眼斜看我，说：我从不偷东西，谁要侮辱我是贼我就问候他祖宗十八代。我气得上去打他脸，他突然暴跳起来，去厨房拿刀，放到欣欣脖子上威胁我。

卧病在床的老人说：我们两个男人都管不了他一个畜生啊！做人不如做畜生啊！他活得好痛快，我们都欠他的。

张如果说：现在我带人来收拾他了，收拾这个大逆不道的东西。

老人说：我这个做爹的没用，昨天他回家来，狗急跳墙地把我钱包里最后的钱拿走，然后威胁我说，这房子已经卖了，明天你还睡这，我把你扔出去喂狗！他翻眼睛瞪我，他现在一见我就像见到仇人，他不能见我。我什么都给他了，他还仇恨我。你们打他，我怕你们走后，他对付我啊。

这时候门开了，一个人滚到地上，是夏天清。大汉原本夹着他，但他现在被大汉抛在空中，摔在地上，摔得不轻，鼻青脸肿的。夏天清穿着嘻哈裤，戴着尖嘴帽，在哎哟。家里空空荡荡的什么也没有，所有东西都被他变卖搬走了，只剩一床一个老父。夏天清站起来，扭了几下，又倒了，刚才掼得不轻。

魏温州也一同回来了，魏温州上去踢了他一脚，说：哥们，你他妈太不义气，你缺钱花怎么不找我，我家里有钱。

夏天清看着两个恶煞，说：傻啊你，我偷过你钱，你没脑子，不晓得，嘿嘿。

魏温州上去又踢了他一脚，他就滚到了墙角，魏温州凶狠地说：你跟老子要，老子会给你更多的，你干吗偏要偷？

夏天清这个泼皮又站起来，说：老子给人打惯了，你们不要这样对我，老子不怕。老子也不是乞丐，跟你们讨钱！老子有的是钱！

杨开走上去，呼啦扯开上衣，露出一只豹子眼，用手指着，让夏天清看。夏天清看时，杨开一记直拳过去，把夏天清的左脸颊打烂了。杨开说：你不怕疼的，我晓得。

张如果和床上的男人在看。床上的男人忽然哭了，说：我……瘫痪后，他经常打我，回家一生气就打我，拳打脚踢的，你看我身上……都是乌紫。

张如果默默看了，然后默默站起，走到夏天清跟前。另三个男人避开了。他忽然暴起，脸上充满血性，喊：你个畜生！

夏天清却鄙视他，挑战他的愤怒，说：张如果，你都死了，还来管我？

一道白气从身体里直冲云天，张如果神圣地吼：我来替天行道。

夏天清依然把他看作是一只小鸡，说：你算个什么！

张如果在发抖：真懊悔当初收养你，那次我就应该让你在雪地里冻死！

夏天清嘲讽地说：你若不带我回，老子早入黑社会了，也不像现在混得这个熊样！

张如果吼：夏天清，你还有没有人性，你还认不认天道？

夏天清：天道算个啥！老子到人间是来快活的，人都是坏的，这老东西的钱反正迟早都是我的。他不给，我就要。你替天行道，我替人行道，所有人都是坏的，他也是坏种，所以我可以干坏事，这老东西以前打坏过我一只眼，打伤过我一条腿。你还护他？

张如果摇头：一个人一条命，干吗他的钱要全部归你？干吗他不能拥有自己的人权？

夏天清：他这可怜虫跟你这可怜虫一样，还要人权？

张如果大喊：畜生！你一个终极坏人，我成全你，我们飞翔谷刚落成一座透明焚化炉，我送你第一个去烧，去炼焦！张如果喊完，双拳来了一万次连击，他像一架连动机器，动作非常彪悍，有如运动健将，夏天清顿时成了肉饼。

一个小男人变形躺在了地上，只能看到他的衣服和拖得老长的白色裤带。

一个男人伤痕累累睡在床上。

三个男人累得喘气，站立在空空荡荡的人间一间空房里。睡在床上的那男人，忽然嘬嘴，霍地一吸，把夏天清的小命吸了过去。那时夏天清已经不存在了，他到了一个男人的肚子里。那男人恨恨地说，把你的小命还老子。

　　夏天清在他老子的肚子里，开始一个劲地求饶，一万次一亿次地求饶。他的声音都蒙在鼓里，嗡嗡嗡嗡的：亲爱的老爸，你是我最爱的人，自小我就敬你若泰山，为你刮胡子，为你打洗脸水，你放我出来吧。让我到人间蹦跶。我保证不糟践你了，不打你，不骂你，不剥夺你，把你所有的工资还你。我保证承认错误，承认我偷的所有的钱。我会让你保持和我一样的尊严，不让你生气，孝敬你。亲爱的张如果老师，感谢你收养了我，把我培养成一个合格公民，流氓是我自学成才的，不能怪你，我现在准备洗心革面了，请你让我发疯的老爸放我出来吧，我出来给他磕头，给你磕头，我再也不做坏事了，如做了你们就像今天这样打我，再做任何缺德的事你们就把我打死，我泼皮做事说话说一不二，我们流氓也很棍气的，我保证以后做一个好流氓，对得住养育自己的父亲和老师，对得住一起在人间厮混的哥们，求你放我出来吧，把我的命安放在那肉饼上……妈的，你们他妈的到底放不放老子出来啊！老子求到现在了！大哥，亲爹，亲老师，亲兄弟，饶过老子这一回吧……

　　那户人家的窗户上，一只白色的粉蝶在拼命地扑腾，它进不来。由于是逆光，不能确定它是白色的，还是彩色的。在空空荡荡的房子里看去，它就是一团扑腾的黑影……

49

飞翔海浩渺无际。曾女和张如果飞行在海面，他们穿行在神秘的空气里。海水是球形的，包裹着不规则的球，把球变成球。海水又是能剥离的，一次惊天动地的巨大震动，飞翔谷海水尽皆脱落，哗啦啦离去，飞翔谷又变成一块奇形怪状的黑色大石头，在空中桀骜不驯地壁立千仞，阴森可怕。张如果司空见惯，毫无表情。

他说：空气是一种物质，水也是一种物质，石头和土也是一种物质，只是密度、质量不同而已。每一种物质里面都有物质，所以形成了包裹。包裹水的是空气，包裹空气的是太空。唯独生命是最孤苦无依的，它在许多层物质的包裹里面，又无法一眼看穿千年万年。

曾女：生命是怎么包裹的，怎么凝结的？

各种爱，各种欲望。我在人间没有找到完整的爱。我很失败。

三七和小她，你到底爱谁？

爱和爱是不一样的。等你到了人间、有了许多人间的爱后，就能区分各种爱了，比如我对你的爱，就是无性之爱。异性爱最麻烦，我是一个老师，要避讳。

苹果是你妹？

她不同意妈妈的人生态度和做法，就恨不得杀人。仇恨是一种情感。但是所有情感，都是可以改变的。

你有病吗？

有。任何一个人都有情感问题，轻重不同而已。

你怪魏温州不？他最后为什么要对你下手，让你昏迷？

他是很爽很血性的一个少年，我喜欢他。我能看到许多人的未来。我知道许多事要发生。

魏温州说你傻，替别人养孩子，和苹果说的话一样。

他不会独立思考，只盲目听苹果的。他的情感和态度，都不是自己的，他是受了苹果的影响，所以他对我做的事，我原谅他。他不过是在血性最旺的时候犯了一点错。

这还是一点错吗，他致你昏迷死亡啊。我会思考吗？

会。

那次魏温州盗车驾车是去找苹果，然后再来对付你，他们很好的。他们串通的。他们这是不是就叫爱情？

不一定。许多男人心里，是有杀心的。就是要逞一种快活，他并不想杀我。许多杀手都是这样。

是苹果让他杀你？

应该不是。苹果爱我这个哥哥，不会想着杀死我的。

苹果为什么要怨你？

她恨我乱，恨我和三七有暧昧关系，她嫌弃妈妈风流，恨我和妈妈一样乱，在男女关系上。

我有点懂了。那你带三个男人去暴打夏天清，夏天清会恨你吗？会不会因为仇恨情感，报复你。

某一天他会反悔的，会不恨我的。

我该怎么帮他？

你自己会想办法。

就让他做一个恶人不好吗？你说过，我要学习他的恶。

那是因为你太善良了，多少要知道一点坏，狡诈，即便是一个恶人，也要找到善良和诚实，要知道什么是公平。

……

飞翔谷在旋转，不规则地旋转。随着那无止境的旋转，他们忽然神奇地潜入到飞翔谷的深海。那海你一走近它的岸边，它就存在，你飞在太空，它就脱落。许多的异态鱼、海底生物和他们相伴。瞬间一片桃花水母，白白的，轻盈的，透明的，像网兜，像灵魂，在他们眼前浮动。他们在游，却又像是在飞。空气这个介质，和水这个介质，似乎是同样一类物质。

张如果说：曾女，人间桃花季节到了。

然后，他们突然到了另一种质量的空气里。眼前浮现一座山，土地，树木。满山的桃花灼灼，红艳艳一片。曾女惊叹道：啊，好美，这里是哪里？

一只翩翩起舞的人间蝴蝶飞过来，从她的眼前如云如烟般的经过。经过。是的，一切都是经过。

张如果说：我们去看看三七过去的生活。

……

三七，终于找到你了，累死了，乘了好远的车，走了好远的路，走得我脚生疼，原来你在这一个陌生的异乡啊？

很好啊，我喜欢上这里了。

刚才我进寨子，这里的人都穿明朝的衣服，坐在那里谈天，纳鞋底，好古老哟，像回到了古代。

穿越了吧？下雨天，屋瓦发亮，姑娘颈项上的项圈发亮，才好呢，更有感觉。

问他们，他们都说着我听不懂的古语，后来问一个小孩子，他懂普通话，才知道你在这里住。

我在这里等你。

三七，你的故事未免太残酷，剧情也未免太曲折了吧？

小孩子的普通话是我教的，我还教他们音乐，舞蹈，算术……

三七，你对他们的好，抵消了你对家人的残酷。

这里的人都是朱元璋时候过来的将士和家属，朱元璋不让他们回家，又因为闭塞，所以那时的风俗都保留下来。吃的穿的拜的，都是明朝的。

这些石头房，石板路，好熟悉，好温馨啊。

我们总是热爱陌生，不是吗？

我不是，我爱熟悉的故土，熟悉的人。

张继人，希望你不是来谴责我的。

我是来看你的，每个人都可以按照自己喜欢的方式生活。在这里，灵魂，精神，性灵，都纯净了，但那些不干净的地方，更需要爱。朱元璋怎么还不下令让你回到明朝去？

少讽刺我。

我是赞赏你。

我刚来的时候，好害怕，一个人孤孤单单的。这里的人，如果死在外地，会有一个很恐怖的做法。有一个赶尸人，让死人走路，回自己的老家去。死人必须自己走回去。路上一个赶尸人，一个死人，一个打冥锣的，三个在走，还歇店。要走好远的路，才能让孤魂野鬼归家。本地人听到冥锣，知道闪避，我不知道，有一次我看到死人穿了崭新的西装，吓死了，笔挺的，身板很直，在路上直立行走。走。后来，我就一直做噩梦。不过现在好了。……我给你舀水，你到外面洗脸架子这里来洗把灰。

水好清啊，哪个给你挑的？

寨子里有后生来挑，等会我给你烧你没吃过的东西。

啊，揩把脸，我也回到了明朝。

不要再明朝明朝了，我这里有日历，手机上也有日期。

三七，我给你拍张照片，这是日本带回来的数码相机，我刚会用。三七，你在这里就是一个现代人活在明朝。反差好大哦，所有背景都是古代的，只有你一个红颜生命，你的情怀，气质，是当代的。反差太大了，太鲜艳了。……好，再拍一张。出来，现在傍晚的光线正好，你站到寨子前面来……对，这样。现在，你身后，就是一条通往神秘村寨的路……碧绿的秧田，好美。

已经好久没拍照了。

三七，你真的在这里待 18 年了？

换了几地，但都是这一带，苗乡，或者侗寨。

真不敢相信。今天是你离开我后我第一次见你。我们已经 18 年没见了？三七……我真不知道说什么好，你好残酷，欣欣好想你。你妈妈你爸爸都这么久，18 年，没见着你？

是不是我这次生病了，你才来看我？

他们知道你的病吗？

我有必要告诉他们吗，他们年纪那么大了？

说得也对。

你来了我好高兴。我对你，不再是过去那样的刻骨感情了，我只希望你来看我一下，你替我抚养了欣欣，我临走前不能不告诉你我的结局。

还没有离别，何需伤悲？

离开你是我在逃避你，我给你添麻烦了，把你一生毁了。……呜呜……但你坚持了一生！你太瞧不起我了。……当年你拒绝我，我就觉得我是一个人渣，不配在你那里生活。你太残忍，你太冷酷！

对不起。

你用一种刻毒的情感，完成了一桩刻毒的事。

对不起。

好，我不骂你了，我气消了。眼泪揩干了。……这是用树叶榨出来的汁液，纯天然的……我的眼泪是干净的，我要用它和面，我要做一个古怪的东西给你吃……以前我每一次去看欣欣，你都对我很好，我也要报答你一次……做一点特殊的东西给你吃，要不，就没有时间了。……你不过是一个赶尸人，我死前还要教你打冥锣。

三七，不许乱说！

……好，下锅了，你给我烧火。不要冒烟，用火棍……哈哈，张继人，你好笨……你不是烧火的料，明天去教顽童吧，他们不顽皮，都很可爱，很纯朴，他们会告诉你什么是未来……哈哈，热气冒出来了，今天是我 18 年来第一次做饭给一个男人吃。吃完这顿，我就要上路了……等会我教你打冥锣……我的东西都收拾好了。

不许胡说，三七，明天住院，我送你去。

50

有一天，何吁卤在北大女生宿舍门前看到了一堆熟悉的肉，然后，看到了她的高中同学大汉。她住在民主科学楼。她惊叫起来：大汉，你怎么这么落魄啊，你怎么来这里了，来找我的啊？

大汉喘息，那是他标志性动作。他说，何吁卤，我从勺园找到畅春园，找到中关园，中关新园，万柳，圆明园，才在这里找到你，累死我了，妈呀。

何吁卤说：那你找多少天了？

大汉说：快一个学期了，又不敢进女生宿舍，我怕被扁，怕人家说我是变态狂。

大汉，你得跟过去一样装啊，端啊，人不装跟咸鱼有什么区别？

哦，你们住的这里好好哦。

哪里好，洗澡那个隔板透明得我想哭，而且我们女生澡堂也没有帘子，不过清华连隔板都没有，我们想住校外，可是还得给学校交住宿费。大汉，你也在北大？

又把隔壁黑得体无完肤。哪里？我来旁听，在清华蹭课听不懂，在北大蹭课，多少能听懂一点。

你住哪？

大汉说：我自己租房子。

那你都听一些什么课，你来找我干什么？

大汉说：北大是我心仪的学校，我想来看看，我每天装成北大学生，夹几本书，走在校园，你不要笑话我，我就是要别人不认识我的那份感觉，没有一个人认识我。现在，我终于找到了一个认识我的人。

大汉，好感动。那你在北大都听一些什么课，你现在在做什么，你知道未来你要做什么吗？你有没有目标啊。分开后，我一点不晓得你的情况。

能蹭的课我都蹭，我最感兴趣的是计算机和游戏，对不起，我是一理工男。我设置了一个程序，不是，我创造了一台主机，具有自主意识的家伙，这个家伙名字就叫大汉。

大汉？

是的，叫大汉。我希望它能成为一个响彻世界的品牌。我正把北大图书馆里所有的书都往里面装，录入，当然，是我感兴趣的书。我在疯狂录入中。往后，我的神经机器人，我的主机，将具有那些优秀人物的思维和说话方式，只要让我的那台主机上网，上 BBS，它就会自主发言，写下即兴留言和感想，还能自动写事件报道，和人对话。

大汉，你这么牛啊？牛人啊大汉，我就知道不能小看你。我要见识见识它。

不行。很乱。任何一个人不能进入我的机房。会被电死的。

啊，好兴奋，中国未来会有一个世界著名的大汉机器人吗？你描述一下前景。

不知道。不描述。如果没有后续资金和技术进场，瞬间就夭折。挂了是最容易的事。我正在四处找办法。

大汉你还记得不，高一的时候，上晚自习，我捉了一只金龟子，然后把它沾了一身墨水，放在一张白纸上，看它能爬出什么东西，后来被魏温州拿去，搞到某一个人身上。后来这事被美术老师知道了，美术老师找了我去，要我研究一种新的绘画方式。我和那个美术老师联手，找了许多小爬虫，结果，浪费了许多纸张。

我知道你们获奖了。不过我走了。你为什么说这个？

你知道后来我们搬到钱塘江边，学校倒了，正式改名叫未来学校吗？你知道未来学校的宏大抱负吗？你去找张如果吧，他会对你的大汉机器人感兴趣，一定。

什么未来学校？不过我也很想去看看张如果，他对我有恩。我现在的事业也是他伸手帮助的。曾女的爸爸，你认识的，张如果给我介绍的。你知道他有多牛吗？他在做一桩惊世骇俗的事，他在复原他死去的女儿，曾女，用现代生物技术和记忆重现、意识恢复、神经网络传输等诸多手段，和我的研究有交叉！

能实现吗？啊，我好伤感。

未来学校是一个什么样的所在？

它不是学校，它是未来社会的一种场景，所以你的技术肯定能用得上，你没钱，可以到那里去孵化，获得投资。那里聚集了不少有想法没钱的人。张如果是大佬啊，你知道的。

他不是倒霉了吗？

未来学校是我当学生校长时申报的，批了，说想法很好，政府还追加投了钱，巨款哦。而且后面每年都有经费。未来学校的想法是张继人校长的，想搞成一个开放的全球性研究机构。我现在还在里面分担了一点事务工作。他们的份额没有变动。不过现在是政府主导。

我大汉还是有理想的。

不过，大汉，我的理想你知道，我希望你的机器人，是一个有社会人格的人，钱这个东西，让所有人心生贪念，有了贪念就会有许多恶行，我设想一个没有钱的人类社会，我何吁卣要做一个世界领袖，领导全世界不为钱打工，为快活打工，为幸福打工，为人生而人生，我鄙视所有贪财如命的人，你能和我一起鼓捣出一个人类理想社会来吗，从你的大汉机器人开始？

你的想法好好啊，我可以让那一个大汉来帮你。一个有观点的机器人，一个有态度的机器人，一个有思想的机器人，好！态度是可以设定的，情感倾向也可以赋予，多使用某方面的词汇就可以达到。

那也太简单了吧。

我一个人，忙不过来。

我要去看看那一个大汉，不可以拒绝哦，扫荡你的狗窝。

改日改日。

你这是不是流氓话？

不是不是，我哪敢。

……

如果不是后来贵族学校突然被取缔，何吁卣组织大家一起到贵州旅行的计划就实行了。她的贵州行与集体收养一个孤儿有关。有18个人响应。但是，忽然间，出现了重大变故。先是大汉离去。大汉的离去还不算落寞，因为有大家相送。大汉的爸爸出事了，大汉不再是以前的大汉了。大汉一直是一个对自己家里一切事情都了如指掌的人，大汉挂在嘴上常说的一句话是，他一生中最伟大的朋友就是他爸。他每天和他爸爸打电话，他每天都会向大家说出他爸今天在哪座城市访问，在会见谁，在北京什么地方开会，在欧洲什么地方签订合同等，然后，大家就会在新闻上看到他的预言实现。大汉非常崇拜他爸爸，大汉也确实算是他父母的好儿子。但是，多管闲事的法院打破了这一切。吕品的爸爸立即接走了吕品。后来聊天遇到时，他已经在美国。是的，世界很小，从中国到美国，也就需要一天时间。

剩下的何吖卤他们，转到了新校区，编入钱塘中学普通高三班级，何吖卤后来考进了北京大学，读的是国民经济管理专业。

转到新校区后，校长张如果曾要何吖卤当过学生校长，和何吖卤讨论过该建造一所什么样的新学校，他们共同策划了问卷，发放给集团小初高。

张如果的名片上，就两个字：教师。没有官衔，没有专业技术职称，没有荣誉称号，什么也没有。当然，前面有三个字：张继人。张继人需要年轻的想法，喜欢做前人没有做过的事。他手头有大量可以运作的资本，所以他的愿望更容易达成。贵族学校是一所混合所有制的学校，是在国家鼓励创办私立学校的大背景下诞生的，由张继人牵头。不过，东海这里比广东办得晚，一开步走，就叫停了。张继人当时已经是钱塘教育集团对外的校长，负责教育集团管辖下的很多营利性组织，校区和实体，包括幼儿园，教育机构，外地加盟学校，企业等。

企业家杨开，是学校董事会成员，曾女的爸爸也是董事会成员。张如果是校长，但从不以校长的身份出现在学生面前。在学生面前，就是一个一身粉笔灰的老师，是他们的玩伴。团队早已习惯了他。他开会也不叫开会，叫议事。他很少给学生做报告，但和他们座谈。他告诉他们，这个世界没有人能做你的领袖，谁也不能强迫你听谁的。他每天傍晚听30分钟办公室主任汇报各种事务，白天一律关手机，和学生打成一片。他监考，参加学生活动，不出国考察，不去开会，不接待来访。上班的时候他上课，他说这是天赋给我一个教师的权利。他说，这所学校里没有校长，大家都是教师。

他一心要把新校区建造成未来学校，容纳巨量年轻想法的学校，史无前例的学校。

……

江风骀荡，吹得很劲。周围高楼很新，金碧辉煌，大气磅礴。何吁卤和大汉走到滨江一个空阔的世界里，那里很奇怪，前面是一架硕大无比的钢琴，不是钢琴，是钢琴造型的白色建筑。和周边矗立上天的高楼比，是矮小的。但是，钢筋骨架的钢琴造型建筑，非常华丽，精致，黑白琴键黑白分明。林木树道的正前方，有四个小字：未来学校。

大汉赞叹：太赞了，像一艘宇宙堡垒，太精致了，牛啊！

何吁卤说：杰作，太空学校！未来学校！从没有见过！我自豪。

两个人走在里面很小，很小，很渺小，因为那个空间很大，很辽阔。即便一个凶犯夺路而逃，也要暴露在旷野下很久。没有隐蔽和栖身地。惊喜又熟悉。

奢华啊，好奢华啊，大汉喊，我们去看看那一架钢琴，看能不能走上去。

顺着一个巨大的坡道，他们走进了巨型钢琴的琴盖位置，后面，就悬空看到钱塘江了。前面就是刚才走过来的辽阔的空间，那里简直就是 18 洞的高尔夫球场。碧草漫天满地。学校起伏不定。无疆域学校，没有围墙，低调，奢华，不事张扬。

何吁卤说：你那么崇拜张如果？

大汉说：不，我现在才开始理解他。是他劝我爸自首的。

他们走在错落有致的琴键里，教室上上下下的，其实也不是教室，是各种看书的地方，研究小组，大汉一眼就看到了一个铭牌：人工智能和机器人 Artificial Intelligence and Robotics。里面空间很大，但进不去，有门禁。外面有好几排鞋子。

没有规则，没有规章，看不到一条标语。没有任何人类学校的痕迹和恶俗。但是有安静的学习，有歌唱，有运动，有排练，有嬉闹，有独自思考。学校公共场所荧屏前，电脑前，都有人。有人在演讲。有人在散步。有人头上盖着一本书，在草地上睡觉。有孩子在玩一只仓鼠，看它从手臂上爬，一直爬到鼻尖，帽子上。

何吁卤说：这里的资源都是公共的，任何人都能来，大汉，你不用去北大蹭课了，来这里混吧。这里有大师，有你要的专业领域，有不可知的一切，有未来。我做学生校长的时候，为这所学校出过主意。不过，传统的班级都搬走了，现在这里是展示高端科技和当代人文的场所，是开放式的公共研究所。你有技术有项目，立即可以入住，还可以获得物质资助和技术帮助。

我分量不够吧？我也没有名头。

主要是你有没有想法，那个大汉值不值钱。

那个我信心满满，值钱，无价。

何吖卤说：梅子从美国读研回来，到母校来看望张老师，约好在未来学校见面的，但张老师忽然改变了见面地址，要梅子到当初读书的老校区——钱塘中学校区来，那里梅子太熟悉了，我读书的地方。梅子你不认识的，我的同学。他们在老旧的校园里愉快地走，交谈，她学教育学和心理学，偏重少儿的。张继人说，啊那好啊那你自投罗网啊梅子，我正苦寻人不着，你到我们教育集团来吧，小学，幼儿园，任你挑，我们非常需要国际背景下的教育观念。我们这里有许多外籍孩子，非常需要你来。梅子笑着拒绝了。张继人不让梅子拒绝，说，你是不是看不起我们？看不起我这个校长？就这样硬挖过来了。你的项目有价值，肯定可以入驻。

他们站在一棵樱花下，何吖卤说：这条小路是我修的，你们走后修的，故意修成弯弯曲曲的，好看不？

她又指着旁边的花丛，说：你栽的含笑，在这，都这么大了。

啊，是的，它长得如此迅猛，如此高大！大汉说。

何吖卤：当年这枝樱花，直接伸进我们窗子里，现在，都到天空了。

他们走到当年的教室，那一幢矮楼并没有拆除，还保留得很好，而且还是新的，融入未来学校的整体布局里，很协调。大汉用手摸着门，墙，窗砖。

他说：何吖卤，我想哭一会。

何吖卤说：哭吧。我今天很高兴，逮着你了，回头给我发一个简历来，我要把你的资料递给教育人事部门，张继人是不能亲政了。现在我要迅速带你去看看未来学校拥有什么样的先进设备和理念。等我毕业了，我可能会回到这里。

51

早上，张继人飘在滑板上，穿越钱江三桥，顺着一条约 800 米的弧形树荫小道，到达未来学校校区一个花木葱茏的地方。那旁边是滨江某消防中队，消防中队的人经常到未来学校来滚帆布水管，踢足球。未来学校的空间是开放的。他飘在滑板上，享受一个美好的早晨。

今天的标配是滑板。必需的。许多极限运动项目由滑板延伸而来，如今已成为地球上最酷的运动之一。今天请来了国际高手给大家演示滑板技巧，爱好滑板的已经练习了大半个学期，这些人可都是专业级别的，只有张继人是初级练习者。未来学校有一巨型 U 台，当初是一些时尚的学生建议并设计的，学校把建议给了政府，政府采纳了孩子们的建议。可惜的是那些孩子已经离开了钱江教育集团，不过估计他们会回来的，回到自己的学校来玩一把。回校不需要打卡，直接进来就行。这么好的设施，天下难找，全部免费。

过了一会，朝阳下，艺术女神包子和排球女将婷子背着阳光来了，看过去逆光，她们很耀眼。两个女子轻巧地举起一串彩色三角旗警戒线，抄近路，大摇大摆地钻过来，走了一条不让人走的路。包子嘴边依然有酒窝，笑。婷子瞬间消失了。包子是学笛子的，也是一个笛子一般的直女，说话直。她第一个恋人煮飞了，第二个来了，立即结婚，并产子，她说怕后悔又吹了，所以赶紧结掉。现在她已经是一个生过娃的人。

包子和张继人坐在一排椅子的中间两张上。过一会，来了三男。一个是雕兄，华东师范大学足球的，景宁畲族人，刚毕业。一个是彬哥，湖北体院学跆拳道的。还有一个是多金，当年一百米跑到十一秒内的。三个人看到包子在，呼啦一下围上来。调戏从包子的牛仔裤开始，包子的牛仔裤有好几个洞洞，破破烂烂的。多金说，包子你怎么像个讨饭的？雕兄一眼看到包子的肚皮，说，我看到了你的妊娠纹，我给你按摩掉。彬哥说，那要看人家愿意不愿意，说不定她选我。包子说，招标。

三男热血沸腾，摩拳擦掌。包子扭头对张继人说，校长，今天是父亲节，我给了我爸一个红包。欣欣给你发红包了吗？张继人说，她给我买了滑板。包子对那三人说，你们，贱一，贱二，贱三，快，给你们老爸发红包！

过一会来了一支滑板少年队伍，以散兵队出现，如太空人一般，来到他们面前。他们在练习，在彩旗围着的框子内部秀他们的技术，让人眼花缭乱。一会，有些飞到了滑竿上，有些到了 U 台。

张继人也去练习，他只会带板起跳，起跳的高度是，仅仅可以说有高度。体育老师们，包子这个音乐老师，也滑起来，大家一起嗨起来。排球女将出现了，全副武装，她是最大黑马，在 U 台做空中翻转动作，把众人的眼睛都吓掉了。少年们羡慕不已。

张继人对婷子说：我们的 U 台有一个特别的设计你知道不，这是我们一个学生发明的，堪称举世无双，不过内行的人会觉得我们把极限运动搞得寻常了，不过我还是认为这个设计很特别。婷子说：是什么？

张继人说：走，我带你去看看。这是一个磁悬停装置。如果选手或者练习者穿上我们特定的运动服，就可以确保不会摔伤，还能静止在空中。我们的学生天才地把 U 台设计了磁场，电源一旦接通，空中就有巨大的磁悬浮力量，能做到让表演的人凌空悬停。他们还设计了太阳能聚光储能，我们未来学校三分之二的地方都有太阳能面板，都是他们的创意。未来学校讲究创造，你们有什么点子产生并想付诸实现吗？

那边已经骚动了。全市的滑板爱好者都来了。国际明星到场了，一片声音。来的人都衣着光鲜。一个一个飘过来。今天不能演示空中悬停装置了。婷子赶紧去迎接自己请来的大腕。

张继人离开那个热闹现场，一个人回到独立办公室，那独立办公室如一个太空工棚，一尘不染，在一个透明体的空间里。

四周都很安静。有各种形状的太空工作室，未来学校的老师们各有一个位置。许多门还没有铭牌，等着项目入驻。

太空一尘不染，碧绿得让人伤心。遥远的星光哭泣。当然，这都是创意设置，让人头脑里始终有未来感，科幻感，以便于随时产生脑洞大开的新想法。

未来学校地下部分的设施，则是海洋内部风格。也是各种实验室，工作间，活动场地。

海洋深处，蔚蓝有如大海。

再大的波涛也涌动不了海底的宁静。旋流是有的。灯光从海底打过来。瞬间，他们变成海里的各种动物。场景能够转换，一切奥妙都在玻璃的涂料层。

不同的灯光一打上，瞬间就变成沙漠，天空，旷野。

未来学校正中间有一蓬大火，是 3D 全息影像。那里也是播映现场，如古罗马的斗牛场和古希腊悲剧演出现场，能播映全息电影。

火一熄，直播就开始了。今天向全世界直播的当然是滑板极限表演。未来学校的竞技场，U 台，一个个惊险、刺激的危险动作，身手矫捷的年轻人，把自己抛到空中，大概有五十米高，凝固在空中，下蹲，悬停十秒。一个个小视频在社交媒体广泛流传。都是国际范儿了。

未来学校建造了一个 U 台，一个 U 池，还开展了一项运动，翼飞。滑板、轮滑、溜溜族都来了，年轻人都疯狂了。这些极限运动的核批是很难的，U 台是高级的极限运动设备，很贵的。但是，张继人有一颗少年心。

一个下雨的下午，何吖卤、尤其、梅子三位女士在喝茶。光线暗淡。

她们不喜欢明亮。她们都是张如果的学生，现在已经长大成人，何吖卤、尤其刚从国外回来，梅子请客。

何吖卤、尤其念念不忘当初少年时编的一个故事，要继续编下去。尤其说：我们讨论一下飞翔谷故事的后来吧，梅子，你现在就在钱塘教育集团工作，你说说现在的张如果。

何吖卤说：尤其你还记得啊，看你朋友圈发的非洲、南美的调研、志愿者生活，以为你忘光了啊。

梅子说：任何一个人都不过英雄一世，我只能叹息。他现在成了植物人，张如果什么也不晓得了，所有事都撒手不管了。像你们这样在全世界跑的人，怎么晓得我们钱塘小地方发生的事……张如果意志迷失之前，交代了许多事……现在已经沉入千年大梦。他女儿欣欣老师就在我们钱塘教育集团，是一个非常会搞事的人。眼睛特别漂亮，所有人都喜欢她，会唱会跳，我是自叹不如啊。明明我主持节目，她一上台，底下都疯了。不管是老师还是学生，都疯了，都疯她，成了她的粉，你看我今天有多失败。

何吖卤说：欣欣不为她爸的遭遇痛苦吗？

尤其和梅子忽然都喊起来：不是亲生的！

但是梅子之后一秒突然流泪了。在她们三人中间，梅子是最心痛张如果的，梅子的流泪别人不懂……

何吖卤把眼睛放在围巾外，把自己的嘴巴捂住。她的嘴在围巾里说：可惜我们不能肢解这个人，大魔术师，要是能一刀一刀地把他生命里的所有秘密都割开，敞亮给世人，就好了。梅子，你能吗？

梅子说：他自己这样做了，不需要我们徒劳了，他把自己敞亮给这个世界了，他所有的秘密！他其实给我们这个世界，给我们每个人生，增加了一万倍的丰富性和可能性，你们可以回来工作，像我一样，你们不知道他构建的蓝图有多大，他是直接和三百年之后的人类社会对接的，中间超越了三百年，三个世纪啊小姐姐们！……以前，他在我们面前是一个谜，我们仅仅知道他的一部分，还是猜测，无从坐实。其实他是一个疯狂的社会实验者，头脑里有许多连我都不敢想的未来人类社会的图景。这个，何吖卤大概比我清楚。据说，有一些未来社会的图景，是你们共同建立的。

何吖卤说：我们年少时被他主宰，现在，我们能主宰他一次吗？

尤其说：几个意思？

何吖卤说：我想看到欣欣，网一，梅子，你立即要她过来！她应该来看看我们这些老姐！我们一起为他想想办法，首先，去看看沉睡中的张如果。他现在在哪？

梅子：邵逸夫医院。不过我不知道能不能进去，他现在是轰动世界的本埠知名人士，被保护的。

何吖卤：听说他清醒时要选十个人为他送终，我好伤感。

52

　　水库里浸着一只巨大的没有指针的钟。堤坝很高。张如果和苹果一道，漫无目的地走。梦境里，他们走得很轻松。苹果的声音依然很阴冷：我会杀死三七的，我必须杀死三七，她居然也当了一名老师，她祸害了你，还去祸害别人，这真是笑话，哼，简直就是笑话！

　　你为什么这么坚持，你为什么要坚持你头脑里种种可怕的想法？

　　你不晓得，你不懂，我代表的是一种正义，我遇到，我就管，你知道她后来为什么不到你这里来吗，是我在路上用石头伺候她，她才不敢到你那里去的。

　　苹果，我怎样才能救你？

　　你无法救我。你不配。

　　你心里很痛苦，不过这都是你自找的。你应该学会尊敬别人，特别是对你心怀好意的人。

　　水库堤坝上，夏天清又复活了，夏天清这个公认的邪恶小人，到了张如果跟前，还是恭敬的。在那里，他和杨开两个又凑到了一起。这两个贼，趁着夜晚大家睡觉的时候，把所有人的飞翔翅膀都收集起来，堆放在那里。他们干了很久，把大家五彩缤纷的翅膀都偷了。他们忙得满头大汗。曾女不懂他们为什么要这样做。他们不是合伙偷的。他们两个各做各的。

　　当他们抱着最后一副翅膀，准备歇手时，他们在蓝色的堤坝上，迎头遇上了。杨开大声指责夏天清，用手指着对方的鼻子，激烈地骂道：耶！你这儿子怎么偷别人的飞翔翅膀？

　　夏天清也还嘴骂他：你还说我？你看你胳肢窝里是什么？你看看你在干什么？猪头！

说完后，就打了起来。贼遇上了贼，两个贼发生了激烈的较量。他们也不发出很大的声响，只是在暗地里憋一股劲较量。曾女驻足天空，看他们较量。

曾女让他们打下去，又偷偷跑过去，将他们搜集的所有人的翅膀放回到每个熟睡的人的身边。那些人在熟睡中，非常安详，非常和美，而夏天清和杨开还在丑陋地搏斗。

曾女的来回飞翔很轻盈。

……

那时，三七一个人，从一个神秘的地方来了。她走到蓄满清水的水库堤坝上。夏天清首先发现有人来了，他最机敏，不再和杨开打斗，立即逃走。连刚偷来的翅膀看也不看一眼，就逃走了。

杨开看见三七，什么也没说，就站在那里等她。

三七走过去，说：杨开，你为什么喘得这么厉害？

杨开说：我没喘。三七……你到哪里去了？我到今天才看见你。

三七说：我没到哪里去，我就一个人……在……走一走。

杨开说：都什么时候了，你还要走走？这么晚了，你到处乱走，是很不安全的，这里有许多坏人。我陪你。我保护你。

三七就跟他走，在水库大坝上。

杨开说：三七，我一直在等你，我一直想保护你。

三七说：我已经不是以前的那个初二女生了，你怎么能保护我？你有自己的家、自己的孩子，你还保护我？再说我天南地北地跑了许多地方，认识了那么多的人，我的交际你也不是不知道，你哪里保护得了我？

杨开说：后来你到哪里去工作了？

三七说：杨开，别说了，我有点累了……我一直走到现在，走到了飞翔谷，走了很远很远的路，你不知道我有多累，我很累……我要看我的孩子，网一，欣欣。我要看到张如果，只有找到他，我才能看到我的欣欣。我一个人从天涯海角来，我一直在走……还好，到这里后，一眼就看到了你。你们都在这里，也算我没白跑一趟……我到底见到张如果没有，我很恍惚。其实，杨开，你是挺好的一个人，张如果也不错，一切都是我的错，我还不了你们啊，你们对我都很好，但我，就是欠你们了，欠许多。

杨开说：三七，我是很混账的，我一直干坏事。但我不想对你下手。

三七说：杨开，你活得很粗鲁，也很率真，很真实，没什么不好的。听说你后来对欣欣很好。

杨开说：三七，我是一个坏人。告诉你……有人要杀你，要我杀你。

三七听了，立即像孩子一样开心起来，说：哈哈，什么？杀我？哈哈杨开，你杀我？谁让你杀我？

杨开说：苹果。

三七不再笑了，她说：噢，我明白了。……她给你多少钱？

杨开说：大爷我稀罕钱吗，大爷我会杀你？你以为我头脑进水了，我不过是通过杀你来找到你……

三七说：哦，你变聪明了，杨开。

杨开又说：我不会杀你的。三七，你要我去杀死苹果吗？

三七说：不。

忽然，张如果和苹果走到了三七和杨开跟前。他们四个人，在梦中相逢，都站在坝上吹天风。

张如果看着那个熟悉的男人——杨开。

三七在恍惚中看着苹果。

仇恨，似乎在下达命令时是高浓度的。现在，则很稀薄。

终于，苹果发现对面是三七，就急速地对杨开下令，说：杨开，你怎么还不动手？她是三七！女人和女人就是天敌！

杨开把两手摊开，没有执行她的旨意，而是对张如果说：老师，苹果要我杀人，苹果要我杀三七，你说，怎么办？

张如果没有回答杨开，而是很家常地对三七招呼说：三七，你也来了？

三七说：是的。

他们的话语都在飘，在飞。

张如果继续悠闲地说：看，水库里的水多平静，多美。这么多的波纹，也不晓得它在想什么。苹果、三七，我真想把你们都留在飞翔谷，永远留在飞翔谷。我真想和你们在一起，但这是一个很傻的想法，因为世界不会单纯成这样，不会单纯得只剩下我们。世界很大，还有很多很多的别人，会有很多很多意外的事情发生。

并没有发生杀戮行为。一桩仇杀瞬间无踪。

三七走到了张如果跟前，说：欣欣呢？抱来了吗？我好久没看到她了。

张如果说：她很好。她那么大了，我怎么带？她有自己的生活和工作啊，她现在大受欢迎，粉丝几十万。

听到他们之间这样的绵绵话语，苹果忽然暴起，这还是她从没有过的态度，现在出现了。她对三七吼道：三七，我鄙视你，三七，你糟蹋了一个好老师！三七，我恨死你，你糟蹋了我哥哥！

三七看着苹果，说：苹果，你说得对，我同意你的看法，还是我们女人最理解女人，我糟蹋了他，一个男人，他被我糟蹋了。

苹果嘶叫起来：三七，我不会放过你的。……杨开，动手！你给我杀人啊，杀死三七！我要为我哥报仇！

杨开不同意。杨开说：你哥？

苹果说：是啊，我哥！

苹果动起了粗，她体内无数的毒蜈蚣开始发力群攻杨开，催逼杨开动手杀人。

杨开忽然发怒了，朝苹果吼了起来：呸。滚！他拿刀不停地斩杀空中的蜈蚣。

而张如果和三七似乎什么也没看见。他们继续在大坝上闲闲行走，谈论别的事情，留下苹果和杨开在后面吵架。苹果很吃惊地说：杨开，你什么东西啊？我还没有付你酬金，你就叛变了我？

……

三七和张如果往水库堤坝的另一边走去，而把雇主苹果和杀手杨开留在这里吵架。

三七说：一直不想回来，不想看到你和欣欣，想忘记你们……但，终究克制不住。

所有的人类情感都是情感，都是有道理的。

一直有许多人追求我。如果要嫁人，我随时可以嫁。过去的朋友、新朋友，都喜欢我。我爸也找到我了，我在他面前第二次失踪，第二次被他找到，后来我发现我爸还是一个和蔼的政客。他也介绍了人给我。我在南边的艳阳里活得挺好的，我不感到遗憾。只是感到有些对不起我妈，对不起我爸，对不起你。

这么多对不起，还怎么保证你活得快活？

这是最后一次说对不起了。

那时，杀手杨开来了，他好像已经和苹果解除了雇用关系，这次他走得很轻松。他大声说：三七，我想知道欣欣爸爸是谁，我要去找那个小子拼命。

三七说：杨开，你只想杀人？人自然会死的，为什么有劳你去杀？人间的情感事多得去了，你忙得过来？

苹果也走过来了，对三七说：三七，我决定原谅你。

此时，四个人一起走在水库堤坝上。苹果又对张如果说：哥，我原谅她，因为她要死了。哥，等三七死后，你把孩子带来，我们在一起生活吧，我照看欣欣，好不？

张如果没有说话。苹果看看三七，三七也没有说话。苹果再看看杨开，杨开也没有说话。

苹果无限悲伤。她哭时，只有眼泪流出来，眼泪顺着她的尖瘦的脸颊流下来，没有声音，没有悲伤的表情。苹果是一个骨感的女孩，舞蹈体型，有些脆弱，有些神经质。现在，她无比悲伤。没有一个人理她。

为什么你们都不答应我，为什么你们都瞧不起我？难道我没有资格照顾一个孩子？……难道你们都瞧不起我？

苹果依然在伤心，她一个人别过头去。她似乎在做一个无比伤心的舞蹈动作。

水库里是白亮的水，有山上树木的阴影，沉浸在里面，微微晃荡在里面。曾女在上空飞巡。

尤其在冒充太岁，从山地里偶尔冒一下头，她的两只小眼睛，已经变成海边小螃蟹可以高举的眼，在观看这个世界里的戏剧。然后她通过一个一个装置，直播给何吖卤。

何吖卤面前，有尤其直播来的全息画面。

53

　　……所有少年离开飞翔谷时，送行的人只有一个：张如果。

　　他们整装待发。翅膀已经上好，所有的道别话语已经说尽。现在，大家唯一要做的就是听到张如果一声指令，然后，起飞，永远地离去，离开飞翔谷。也许会回来，但不知何时……旭日从西边升上来，升在飞翔谷的下方。光线从底下倾斜着透射上来，把飞翔谷上空的云霭照亮。无数的小精灵开始鼓噪。草尖上一滴一滴的水珠，晶莹发亮。这些14岁的孩子来自不同的地方，来找同一个人，都找到了。

　　张如果越来越苍老，他的精神提前开始衰老了。当他的眼睛看着这些欢快的少年时，眼袋就出现了，皱纹出现了，他的后背也弓起来，他像秋天的芦苇一样，白色的穗在天空下横扫着，哭泣着。当所有的少年都飞散以后，飞翔谷将只剩下张如果一个人。

　　曾女已经获得了全副人类情感，也将跟众少年一道飞走，飞回人间。曾女为这个难过，她知道自己的生命是谁给的，但她真的非常热爱人间，想回去追星，顺带看看自己的父母，过足人间的生活。自己或许会回来看张如果的，但她怕再来时，他已经不在这里了。她也怕自己再回来时，看到他一个人守着空空的飞翔谷，一个人一直守着，地老天荒的，那时，自己会更伤心。

　　大家静静地站着。这是最后的时刻，还没有开始哭泣。他们看着张如果，等着他发话。几十双眼睛看着他，他却转身离去了。他的步态有些龙钟。大家目送他一个人寂寞地走去。不久，又看见他出来了。他拖来了他自己的翅膀，那是他曾经展示给大家看过的翅膀。他拖着它，疲惫地回来。他说：我……也想回到14岁，非常想，……因为……我老了。

少年们都高兴起来，他们也希望老师能回到 14 岁，和他们一样大，一起玩，一起走。这是一个非常好玩的想法。他们希望老师也能像他们一样会飞。于是，他们一起欢呼起来，鼓励老师说：好啊！为什么不试试？

听了他们的话，他惨然一笑。然后，他开始默默地穿戴装备。没有一个人去帮助他，大家都看着他，知道他比谁都更熟悉每一个步骤和细节。他们看到老师以最标准的动作做好了一切，又以最规范的姿势站好了。然后，老师和他们相向站立。他说：孩子们，我真的很想回到你们这个年龄。现在，我要在你们面前做一次尝试。我知道我注定会失败，但我想试一试。如果我失败了，我将在你们面前消失……让你们亲眼看到我消失，也是我高兴的。我自己没有正式飞翔过，我只是教你们飞翔。我其实很想飞一飞。我很想追回我自己的生命。如果我……失败了，请你们不要悲伤，你们要开开心心地离开飞翔谷，飞回到你们应该飞回的地方，好好做人。

他开始飞翔了。大家的心都提起来，没看过他飞翔，他们不知道他飞翔的情形。他努力一挣扎，他的样子很笨拙，大家都很同情他，他那动作像是一个向上飞翔的动作，又像是一个向下挣扎的动作。

紧接着，飞翔谷就剧烈地旋转起来。大家感到头晕目眩，看到青晃晃的青天颠倒了，苍穹在脚下，大地在头上，云在大家身体的左边，在大家身体的右边。大家感到脚很难站立在飞翔谷的土地上，大家感到脚朝上站着。但他们毕竟年轻，能稳定住自己。等他们稳定好自己之后，眼前已经没有了他。

地面上只有一摊水。他变成了一摊水？他们拥上去呼号、哭泣。但是，他再也没有回来。"张如果——""张老师——""张如果——"他们喊叫起来。他们四面寻找，奔跑到很多地方，去喊叫。到飞翔谷的边缘，去喊叫。到处都是少年尖叫的嗓音。他们对着飞翔谷上下左右的天空喊叫。"张老师——""张老师——""张如果——""张如果——""张老师——"

之后，他们守着那一摊水，坐了很长时间，忘记了飞翔和出发。

地下的水迹已经干了，天空更是没有任何痕迹。就在他们说话的时候，那一摊水没有了，蒸发了。围坐的中心，忽然出现一个裂缝。然后，整个飞翔谷开始分崩离析。

他们慌张起来，不再讨论，不再伤心。他们听到"咔嚓""咔嚓"的声音从飞翔谷的内部发出来。每个人都惊恐地站起来，开始整理自己的翅膀。他们慌不择路地飞起来时，到了空中，看到底下的飞翔谷正在瓦解、沉沦下去，那些碎片在天空中无比绚丽地破碎着。

它们破裂的样子，被底下的阳光照得非常悲壮。宇宙开始下一场浩大的飞翔雨。

他们这些少年飘飘欲举，自然地升浮在天空中，成为那一场飞翔雨最上面的一部分。他们变成了宇宙肺腑里的伞兵，也成了生命永恒的使者。

他们一起向自己的家乡方向飞行而去，他们集体飞翔的姿态十分舒展、优美。空中原本什么也没有，但他们怀念那曾经有过的一切，包括飞翔谷——一个人的一场盛大的梦境。

他们都到那梦境里来过，在那里热闹过，在那里喧嚣过。

……

54

　　一扇巨大的光影屏幕，立体全息图影，异地呈现着飞翔谷刚刚发生的一切。若干名年轻的科学家盯着那缤纷、绚丽的飞翔谷瞬间破裂的画面，看到一群少年在天空飞行，无数的伞兵，点缀着天空……其实，科学家再现的是每一个个体的梦境。世界上唯有做梦是完全独立的个体行为，没有一个人的梦，是和谁协同完成的，这正反映了人类的孤独。但是，他们发现了一些共同的梦象，许多人梦见同一个人，同一个场景，于是，他们合理地组合了他们的梦象，形成梦电影。

　　他们控制、测量、再现一个个人的大脑电波和意识活动。科学家已经深入到人类的意识深处，发现着我们人类隐秘世界里的一切内容，而这，还是一个处女地带，无人涉足。当梦境里的人梦见另一个人时，脑连接信号出现。他们根据众多的脑连接，给出逻辑信号和故事，情节，电影。

　　科学家们全程控制张如果的大脑活动，读取，艰难地进行意识转译，进行意识的图像化呈现，再进行艺术剪辑、加工，以及梦网的对外直播等……这项研究，使得若干年以后，人类所有的网络媒体，电台、电视台都播放了同一条消息：中国科学家获得了诺贝尔综合科学奖，由中国本土科学家朱香榧领衔，这个奖项授予了中国的研究机构未来学校的梦境研究小组。全息科学家孙悦，脑信号专家朱香榧、何吖卤、尤其，还有仿生机器人专家大汉，信号转换专家黄杨丽丽，他们都是这个科学团队的重要人员，他们欢呼雀跃，接受祝贺，接受采访。举国欢腾。

　　而另一个人，安静地在病房里，完全不知，他是张如果，张继人。那里是千古寂静。他的大脑皮层上插着各种接线。他还在他的神秘世界里。……飞翔石块，飞翔谷，少年兵团，蝴蝶，水母，缤纷雨……四处滑落。

狂热的人们欢送朱香榧。

飞机。机场。颁奖现场。异国。回国。

不过，朱香榧领奖回来以后，他也脑瘫了。他是选择性脑瘫。他说，累啊，比什么都累，我也要学习老师，他也把自己的大脑，献给了伟大的科学事业。这在医学上是完全可行的，他借此休眠一段时光，比如五年，十年。让别人研究。

谵妄之后，他也安静地躺在张如果旁边的一张病床上，臃肿地，笔挺地。他临睡前，意识清醒地说：也许是天意不让我们解密人脑，不过我相信，谵妄才能解读谵妄，现在，小伙伴们，我要去深海潜水了，张继人潜意识下的深层意识活动太活跃了，太丰富了，那里还有一个巨大的世界我们没有涉足，现在我去了，如果我没回来，我的团队小伙伴们，可以通过我的意识的折射来研究他的意识活动……我是去潜水的，到最深的海沟。

孙悦、何吀卤、尤其，还有黄杨丽丽都在他旁边大呼：大师兄，你不能去啊！

但他已经完成自我注射，离去了。

他们又绝望地高喊：猪，回来，回来！但已经回天无力。

何吀卤沮丧地说：是不是我们以后也要把所有意识活动捐献给人类？太可怕了，我的心灵世界可是很肮脏龌龊哦。

黄杨丽丽说：小女子也是。

孙悦说：没关系，姐何尝不是？

尤其说：大家都脏，那就好了啊，平等了啊，不用装了啊！我在思考一个问题，能不能把世界上所有人的梦进行联网，我们来创造一个真正的梦网，集体梦境……现在，张继人和朱香榧的梦境可以深度融合了，是不是啊？

天啊，我也想到了，只是没说出来，你干吗这么快说出？这个就叫脑联网！何吀卤大叫。

……

世界梦大会正在举行。张如果还在千年昏迷里。世界梦大会在这神秘地举行：飞翔谷。

朱香榧传送回来的梦境信息是清晰可解读的，他的信号告诉世人，人类梦境抵达了一个共同的距离，也就是共同的目的地：飞翔谷。那是人类性灵抵达的边际，也是实地。那里的环境，是可以重复体验到的。那里当然有物理上的变化，变动不息，瞬息万变，但还是可以看到有许多熟悉的标志物。凡是可以被反复验证的，就是真理。

许多人加入梦网，来体验，来验证，他们都是世界上的一些重要科学家，各方面的专家。他们飘浮在空中，如挺拔的尸体，但安详地睡着，当然也有人皱眉蹙额地睡着，他们都在做梦……他们飘浮在时间的河流里，一个，一个，一个，又一个。而那时间之河不是平面的，是立体的，纵深的。那时间就是空间。

宇宙，不过是许多时间和空间之和。他们一个个横着躺着，竖着躺着，都很自我，孤独。人在做梦时是独处的，发笑时也是独自的，哭喊、惊叫也是一个人的，就跟人出生时是一个人，死时是一个人一样，人类生来孤独……

许多许多的梦在飘浮……

许多许多的人在飘浮……

飘浮。梦袅袅。<u>丝丝缕缕</u>。白气升腾，如仙境……人在人的上面，下面，左面，右面。都在移动，都像是北极的浮冰，也像是空中的飞鸟的痕迹。一个巨大的透明的世界里，所有飘浮的人都在做梦。

他们的梦境被连接，互相干涉，脑连接实现，脑联网被证实可行。

飞翔谷崖顶的石头失去了石头的质地，变成透明如玻璃柔弱如蚕丝一样的物质，在宇宙空间飘浮。

苹果睡在妈妈的身边，她很乖，蜷曲着身体，她的脸朝向妈妈，似乎想讨得妈妈的欢心，但妈妈就是妈妈，根本没恨过她，妈妈在做她热烈的梦：一个无比劲爆的现场，许多人在扭花哨的拉丁舞，那集体狂放的动作赋予了浪以艺术，场景沸腾，许多胯，腿，臀，都在发疯，上身只要端平就行……而苹果，梦见一只狗，对着寒冷的月亮叫……

每一个梦，都是一具躯体里的一道白雾……他们被时间冷冻在时间里。

一个穿着西装睡觉的家伙横着飘来，他的领带太正经了，好熟悉的一张脸，潇洒，英俊，他在做一场盛大的梦。

一个更巨大的梦飘来，一条一条的线把世界连起来，如雨如雾如轻纱，把许多飘浮、孤独的梦绞缠起来，但那巨大的梦迅速变成水汽，不可捉摸，没有形状……

一个人影在透明如玻璃的飞翔谷崖顶，伸出一张巨大的丝网……那捕梦的丝网，一直伸张到宇宙的几亿光年纵深处去，像排球场的拦网，但这丝网，既像在水里，也像在空气里，许多飘浮的人可以穿透它，继续无方向地飘浮而去。它只捕捉那些人的白气一样的梦。

丝网上，挂着许多晶白的东西，不是灿烂耀眼的白条鱼……

一张捕梦网，经纬交织，互相连贯，纵贯世界。终于，当梦网成了世界性的网络以后，所有注册会员的大脑，都和梦网完成了连接，人们的隐私、私密、无意义、下意识的梦境，经授权后都得到了呈现。人们可以偷看别人的梦了，人们可以看自己醒后遗忘的梦了，偷看好友的梦，偷看政客的梦了。算命的，看相的，都消失了，都来梦网占卜、预测了。

当然，梦网是一个尊重人权的地方，所有的梦都有版权，未经允许，不得转载，转让，用于商业目的……一天一天，一年一年，一万年一万年，当捕捞完一天一天，一个时代一个时代的梦后，终于有一天，人类的大脑，完成了百分之十五的连接，那一部分人可以共同思考，彼此相知了。

有人激烈反对。有人赞同。张继人在飞翔谷崖顶哭泣。遥远的空蒙处，迷雾横腰，水面上，横着一条小船，没有陆地，却有一根桩头，系着船。

那里是宇宙深处，不是水，也不是云气、雾霭。空中落满桃花瓣，一片，一片，满天落红……

朱香榧发回来的有意义的信号太清晰了，张继人的信号依然在朦胧中，难以解读。

全球又一次哗然，张如果回来的时候，地球到了什么时期，我们还活着吗？人，可以用这种方式来穿越时空？他这个脱离地球时间的空窗期，会有多久？他现在抵达的位置，是朱香榧丈量出来的，传输回来的精准数据。

世界梦大会讨论的议题很多，梦网社区强大的跨国粉们，进行了群体肌肉展示，说他们已经属于一个新世界——超越现实的梦境世界。他们把那个地方称为平行世界……

55

联合国世界公民署来了 7 个专家，找到了梦网临时执行总裁大汉，董事会主席曾国凡、杨开等。曾董事长说，梦网接受世界公民署的规约，我们的所作所为，要对旗下的所有网民负责，我们能有今天，是意想不到的，完全依赖一批全球最杰出的科学家的奉献。不过我们不想哗众取宠，我们只想为人类做点事。专家委婉地表达了这样一个意愿：现在梦网的风头已经盖过了世界任何一家网络公司，你们对张继人的这个全球直播，现在又加上对朱香榧的全球直播，只能符合人类愿望地健康发展下去了，不能出丝毫差错。

他们要到梦网核心地带去考察现场。曾国凡、杨开等，带着联合国来的专家组，进入了直播关键区域。这是一个秘密场所，非常之安静。它处在地下七层的位置。洁白的空间里，有一个区域，一张床榻上，静静地躺着张继人，也就是张如果。张继人躺在那里，他有生命体征，呼吸正常，眼眸还能转动。

他的头颅上，连接着各种导线。他被放置在一个恒温的透明器皿里，和我们这个世界隔离了，他被开颅了，大脑沟回完整呈现。

大汉缓慢解释说：梦境直播是脑科学，是生命工程，这里呈现的是一个物理过程，梦网所为，不是唯心的，不是我们的虚构，张老师的大脑沟回，各个区域，都有连线，信号就从这里发出。张老师的植物人状态，不是我们着意为之，是自然发生的。我们保持了他的这种状态。我们的主要工作是信号的转译和图像化呈现，以及纠正信号转换过程中的衰减、失真、错误等，技术涉及前沿生物技术，脑科学研究等。我们梦网只是将这个科学研究同时进行了大众化的设计，展示了其中的千分之一，所以，引起了轰动。这是捐献者和我们团队共同设计的。张继人愿意无偿呈现给世人自己一辈子所有的思虑，意识，下意识，潜意识，并进行梦境直播。……对老师来说，并不痛苦。这里只有一个道德问题，就是普通人的隐私问题，但老师豁达而大度，愿意袒露一切。老师是在一个意外事件中，受到了脑损伤，治疗未果后，变成植物人的。他捐献自己意识的授权书，我们这里有。他在清醒时签署的。他目前还没有死亡，他的意识活动还存在，所以，他没有死亡。

专家说：既然张继人是一个有生命体征的人，那就应该告诉人们他现在的状况。

好的，我们可以做一个小的视窗，在他的整屏梦境里，反映他的现时状况，但不会始终出现在屏幕上，间隔出现，这样，不影响人们观看他的梦境的完整性。……我们担心公众越来越多的干预，会影响我们最初的设计。这场研究，关涉人类意识的发生、运行、作用、互相关涉等等，还处于起步阶段，我们有许多后续的计划。大脑意识是生命里最重要的物质，我们研究它产生的机理，破解它，我们探索人类大脑生物信号，以及信号的图像化，我们要的仅仅是这个，并非像某些人说的，用意识控制世界，我们不想打乱世界现有的秩序。

专家说：但是科学的发展是谁也不能预测的，某些人会利用你们的技术。第二主体信号的产生，我们最为担心。谁能说张继人的意识信号里面没有你们植入的部分？你们这个研究，还有曾女的意识信号问题，不要发展成全球神秘事件，更不要成为意识武器。

第二主体信号，即非生命体征意识信号，又称死亡后意识信号，复活信号，再生信号，我们团队知道大众的疑虑，他们害怕我们提供的是人死亡后的大脑信号。现在，我们可以确定地告诉网民，张继人的意识是活体信号。……至于曾女的意识信号，曾女的梦境，目前是准第二主体信号，这，也是我们着力探索的，是这项研究的真正意义，革命性的意义。它的价值，不可估量。

专家说：科学研究的价值和大众的疑虑，我们需要权衡，你们要消除公众的疑虑。根据脑死亡才是死亡的死亡定义，张继人既然没有死，那你们就要告诉梦网追随者这个事实——他还活着。……曾女，既然已经死亡，那你们提供的就是关于她的预设模拟意识信号，也要告诉观众。……否则，越来越多的人徘徊在真实和虚幻中间，分不清你们直播信号的真伪，会对世界秩序，产生严重不良后果。

大汉说：你们的考虑是正确的，我们会采纳，提供相关信息给公众，特别是关于曾女的。

……

他们像在瞻仰一个人的遗容，张继人的大脑上连接着许多服务器，处理器。技术专家在研究那些连接设备的可信性。大脑沟回的区块很复杂，神经信号以及信号的转译更其复杂。他们在讨论意识信号转译的制式、曾女复活系统，以及信号转译的信度等问题。

一行七个专家，都是行家，资深研究者，联合国特别调查组成员。最后，联合国专家组对梦网做了综合测评。

梦网团队对现实人生的关怀，打动了专家。他们不是营利组织，他们的动机是关注人类与生命有关的一切精神活动。不过，他们没有上交核心机密。

56

......

某年某月的某一天，张如果忽然从大梦里惊醒，他浑身是水，燥热难耐，他被自己的梦象惊醒了。他平躺在单人病房里，彷徨四顾，眼珠转动，生命回归。他把身上的管子，输液管全部拔掉，脑机接口也断了，他觉得自己很好，又回到了人间。不过他很迷茫。他不知道自己身处哪里。他按动了许多铃声，护士和值班医生闻讯赶来。他恐惧地问：我在哪，今年是哪一年？

一个年轻的女护士说：现在是公元 2088 年 12 月 28 日的半夜。

一位男医生说：恭喜你，张继人，你变成植物人已经很多年了，但你刚才中断了你的梦境，你复活了，你还记得你新鲜的梦象和你很多年前的捐献吗？事实上，前一段时间你的眼睛就动了。

张继人迷惑地说：什么捐献？

医生拿起那个头罩型的感应器，说：这个，是你答应连接梦网的，刚才被你扯开了。不过没关系，你已经成为历史人物，轰轰烈烈过，现在你愿意重新戴上吗？

护士小心地为张继人擦拭汗水，他满头湿润，如从水里捞起。护士说：许多科学家在看你的梦境直播，许多人在研究你，研究你已经达到 60 年了，你是世界级的大名人！我必须解释下，我们有你的授权。我是你的专职护士，已经为你护理三年，我很为你自豪。

医生说：我也介绍下，我不仅是你的值班医生，是第六代梦网工作人员，也是科学家，我的任务就是直播你的梦境。

张继人苍凉地说：但我……现在……醒了，我好像，在，宇宙里，游泳，一个猛子，扎了一万年……

他还回不过神来。

医生说：是的，你睡了60年，许多你那个时代的人都过世了，但你还活着。

张继人大喘息，说：……好累，我刚才好害怕，惊梦了，你们看到我刚才的梦象没？我刚才和谁在一起？我是因为害怕才醒过来的……我看到了苹果，我妹……我和她相对……苹果，她的脸，从中间凹陷下去，从鼻梁那里，笔直地，她两个眼珠没有了，一个骷髅，空洞洞的双眼，透过她的脸孔，我看到对面的云天，我好害怕。她是我妹妹啊，我爱她，我好疼她，我为她惋惜……我为什么做这么恐怖的梦？人类为什么老做噩梦，而让我们欣喜的梦那么少？

医生冷静地说：谢谢你，张继人，谢谢你提供的信息，谢谢你提供的人类可以沟通的符号，这有助于我们从逻辑上重新组合、解释你刚才的梦象。根据我不成熟的研究，苹果是故意惊醒你，让你回到人间的……她使用了一个我们还不能捕捉的特别的精神信号……张继人，欢迎你回到人间，你将又一次轰动世界。当然，我们也需要你来为你的大量梦象配文，只有这样，全世界的人才会真正懂得精神是什么，意识是什么，你已经是一个标本。

我妹想让我回到人间？大梦醒来的张如果，虚弱、缓慢地说：你们把光线降到以前的弱二等，让我安静，任何一个外部事件，都会在头脑里产生回声，我要安静，我做了几千年的梦，让我理理头绪，不要让人来观看我，拍摄我，我不是猴子，也暂时停止直播，我需要安静，需要把一场大梦里的一切打捞。我有许多东西要整理……说真的，我已经忘了什么承诺，许多年前说的话还算数吗？我是谁，我连我是谁都不清楚，我不过是一堆记忆和记忆产生的精神信号。我是宇宙流吗，我是宇宙里的飘絮，如云那样？我自己要解释一下自己，你们读取的我不是真的我，不是真相。安静，给我安静的环境，我要把我大梦里的一切，都理一理，我不记得的，让仪器告诉我。也许我发现了一些什么，也许我们在做一件无意义的事。当年我们觉得的意义，不是今天我们认为的意义。

一个安静的处所，杭州湾，南北湖边，一个荒凉的废弃的电影拍摄基地，被改造成了现代科技实验室。

这里虽然很安静，但世界又一次骚动了。张继人发现了世界奥秘，并且从一个神秘之地回来了。全世界震动，世人蜂拥而至，企图对他做访谈。月球人类和火星人类也来了，都在等待机会。

而张继人拒绝，他在回忆，无休无止地回忆、叙说，有人记录。室内是实验室环境下的洁净室，空气里的尘埃都限定了数量，一尘不染，噪声全无，安静得能听到彼此的呼吸。室外，则是人间的阳光或者细雨，许多的枯藤，枯草，磨盘，轱辘，旧工具，流萤一样的鸟雀……

他不接受访谈。他是一个世界级的标本，他潜入自己意识深处64年，潜入宇宙深处64年。他复活后，自己当年认识的年轻人，都老了，或者死了。

他缓慢地说：看来，我也是一个老派的人了，用老派的符号、经验，来建构一切。我能记得的梦，很少，大多都遗忘了。没有比做梦更累的事了。梦中，我曾遇到一个人，那个人，是我的学生，我看着他的脸，我看定他的脸，他就不敢撒谎，他后来也不用说谎，因为他强大了，比以前更强大了，大无畏了，不说谎了。他说我现在替人消灾，哈哈，不是生意，是无本生意，你懂。我懂，因为是他，夏天清这个坏东西。我们总是懂别人，而弄不清自己。我们和别人的交集，总是那么一点，我们根据那一点，来理解别人，判断别人，我们以为懂了，对了，其实也不懂，未必对。不能深究。我们对自己，则永远徒劳在深究中。我们人类的精神和世界的关系，是非常肤浅的。我们搞不清的世界远远比搞清楚的世界大，大许多。

张继人的言说，成了世界各大媒体的标题。他说：世界本来的样子和被理解的样子，是不一样的，生命本来的样子和被别人看到的样子一样，也不一样。世界到底是本来的样子还是被理解的样子？意义是怎么建构的？谁赋值的？大脑如何建构意义？我们的大脑如何被驯化，而遵从某种意义？要解散意义的强暴和捆绑吗？比如我的女儿欣欣，我收养了她，我喜欢她。当年，每天，给她换尿布。但她不是我的女儿。结果，遭到了我亲妹的恨。苹果不光恨她，还恨我，为这事。这就是世界，这就是人类的情感。同样一件事，我和我妹苹果，出现了不同的价值判断。三七，作为欣欣的妈妈，生母，当然又是一番感受。同样一个世界，在不同人眼里，是不一样的世界。所以，并没有同一个世界……小孩子看到的是一个道德世界，别人植入到他脑子里的。老人看到的是一个人性世界，生猛的社会自然，凭自己一辈子探究出来的。人间有时候就是谎言，他说任他说，重要的是你要能辨别、不听。出于交际的需要，面子的需要，有时候是需要说谎的。说谎有什么，我们都说过谎，为什么别人说谎你就那么愤怒，你不许别人说谎也不行，你犯了强迫症，用你的意志强暴了别人。你们能辨别出我梦象里说谎的成分吗？我的困惑，可是比你们还多？人生就是一个"苦"字，世界是杂相，没有定理，不要试图发明关于人类世界的定理。我自己都不了解自己，你们，更不懂了。为什么要把一个人洞明呢？人生是无解的，宇宙也是，精神也是，因为我们的意识是一个一个激发脑电脉冲，源源不断产生的，当我昏死在那里，没有外感刺激，我的梦象是什么，我也很想知道。不过你们辛苦记录的案卷太多，给我时日吧，我能活着看完这些吗，我的眼睛会不会看废？我一个小小的生命，真的像你们夸张的那样有意义？

57

　　安静了一段时日，第一个来的是欣欣。这是一个悲伤的时刻。一个满头白发的老者，情怯地走到张继人身旁，颤颤巍巍地说：爸，没想到你活过来了，但我现在坐在你的藤椅边，却不敢拉你的手。爸，我是网一，我是欣欣，你还认得我吗？好悲情，好感伤啊，你怎么不说话，你能把你的手，放在你女儿的手上吗？我是网一，我是欣欣。……爸，你怎么回来的？我好想你。我生下的儿子，也像你这样的年轻。

　　这间屋子布置得古色古香，可能是为了张继人能找到过去而布置的，但他找不到，眼前的欣欣，无论如何也不是他记忆里的样子，时间的差异太巨大了，他把手放在欣欣的手上，欣欣的手已经满手皱纹，欣欣的脸也是满脸皱纹。而张如果，还是标准的地球男人55岁的样子。

　　张继人伤感地摇着头说：欣欣，我的网一，这就是时间，这就是你们地球上遵守的时间律，好荒唐啊，我不接受，我拒绝，你也拒绝，在我的梦境里，永远没有死亡，也许，梦就在死亡里，我们能拒绝时间的流向吗？如果没有往事，没有回忆，也不去解释过去，我们是不是就可以新生，永远不老？你还记得往事吗？而我们能通过现代技术，对大脑的记忆部分做出处理，彻底戒了过去吗？我是从一个没有过去、没有未来的地方来的，这里的一切让我迷惑，这里有我熟悉的一切，我想念这里熟悉的一切，但看到你，欣欣，我怀疑了，我不能接受你这个样子啊！

　　欣欣先哭了。这种时间和生命上的倒错，让她哭泣。她看到了死亡，比张继人先看到。她说：爸，你能告诉我，我死了，究竟到哪里去？是过去，还是未来？

张继人说：欣欣，我们不要讨论这些科学问题好不好，我想看到你的儿子，一个生气勃勃的年轻人，我要和他做一次胸口对撞，击掌，跑跳，他，也是三七的孩子，血肉……

欣欣说：你会看到的，事实上，我后来也进入到你这个团队了，全世界研究你的人太多了，而我，又是关于你的第一手资料提供者，我是不可替代的，我不来都不行，我的儿子，也对你十分清楚。我有好多问题要问你，关于人类意识现象，精神活动，这些年我思考得很深了，爸，你还记得你怎么昏迷的吗？你那时候可是如日中天啊，所有人都看好你，说你会发展得很好的，你还记得这些吗？

张继人说：记得，否则我就不会回来。欣欣，你不用懊悔，不是你给我买的滑板，导致我脑部受伤的。我知道这让你终生悔恨，但我要纠正你，不是。我滑板不行，但轮滑还是高手。在钱江三桥上，我违规和魏温州比试，他如果输了，以后他就得听我的，但我那天失败了，我在超越他时，飞到了天空、宇宙里……我的轮滑体验是：最怕下坡，止不住，就如滑行在太空中，没有界面，没有路，只有速度，无比恐怖。你还记得当年我带着你，在网易边上，在北京大学研究院边上去未来学校，我手里拿着双节棍，下蹲，高举一条腿，一只滑轮举过头顶的绝世无双的动作不，所有游步道上的人都惊叹啊，我没有吹牛对不，但是人会在最擅长的行当里翻船，我下桥时，控制不住，摔到了我不知道的地方，我的身体失控，翻滚，撞击，腰部、脚踝、后背、脑部、肘部，遍体鳞伤，失去知觉……我已经记不清细节，只有害怕和恐惧。我该这样死的，这是我的选择，我没有从政，我无心从政，也不想做生意发财，也不愿意去给别人做报告，穿西装打领带对我来说，太别扭。我是一个喜欢玩、喜欢新生事物、喜欢新生代的人，我醉心于我的一亩三分田。我的意外，不怪任何人。没有人要为我的事担责。你不必，魏温州也不必。我自己对自己担责。长期的昏迷，是我的幸运，我得以活着去、活着回一个神秘地带，我搞清楚了那里的许多东西，我会慢慢整理出来，告诉你们，告诉世界的。第一，就是濒死体验，无数次，我发现，梦境始终与噩梦相伴，就是正常情况下，也做噩梦。当然，也有欢欣。但惊醒的，记得最多的，最深刻的，就是死。在大梦里，最担心的就是死了，担心不能回来，不能回到故地，看到亲人。你刚才问我的你若死后会到哪里去，我其实不能回答，因为每个个体的体验也许不一样。我是一个标本，但未必适用于所有人。上天造了这么多各个不同的个体，或许就是让他们不一样的，生，不一样，死，也不一样。

欣欣不相信地看着爸爸，说：不是。爸，你的记忆是错的。你总是实验品，你已经忘了你是怎么处于谵妄状态的了。你说得不对。不是在桥上失控。不过时间太久了，我原谅你。爸，我不是有意纠正你，你还可以继续在你的意识轨道里滑行。

我错了？那你，你们，怎么理解我的突然意识模糊、没有知觉，一睡千年？

你是在未来学校U台做滑板空中翻转动作时摔成重度昏迷的。你写好了同意实验遗书，你说不能让年轻的人体来实验，他们需要活着，你岁数到了，可以先死。你为了那个空中悬停课题，昏迷了。

欣欣，你并不比我更理解我。后来你们是这样为我申请烈士证书和抚恤金的？人间给我什么称号了没有？

我当时不在场，我在钱塘学校，教一帮哇哇叫的孩子，但你不觉得这是最合理的死亡解释吗？

人类就是在合理这里迷失的。为什么每时每刻都要合理的解释，累不累？欣欣，在我的记忆深处，在我老家，不是你老家，我的父亲，一个驼子，背着我，或者兜着我，上山路，有一个地方，叫黄泥岗，那时我还很小，我父亲是一个山区小学的老师，叫校长也行，他带着我去山腰里的学校，我们走山路，到了黄泥岗那个地方，需要赤脚踩泥巴，他不止一次地滑倒，后来我稍微大一点，下来，跟在他屁股后面，也赤脚踩泥巴，爬那坡。他驼子，重心低，都爬不上。我小孩，重心也低，但也爬不上。太滑溜了，又是上坡。下雨，泥泞。我的脚趾缝里，都是稀烂的泥。上一步，就滑下来。爬上了，又滑下来。我们能看到头顶上的学校，那里有阳光照着，我们在这里，就是无可奈何。我重度昏迷以后，头脑里的第一感觉就是这些，回到了当初，迅速回到了过去，这就是记忆的本质，我的一生，都是以我的经历来做参照的，不是别人想当然的。魏温州是一个可爱的混账，你们都知道，无人不知，他做过的出格事情，偷人家一辆豪车，叫嚣让人家来抓他，后来我和他单挑，对打，你们都替我隐瞒，我感谢周围人对我的善意，但我还是试图用我的方法，来带动他，我对他说，你挑战我，方式随便，输者服输。他出招了，我接招了。我必须改变他。我们玩得很嗨。那是我和他个人的人间单挑，没有直播，没有裁判，无人知晓，我们是凌晨一点启动的，他说，老师，我饶你用你最擅长的轮滑来比试，我一定能打败你！不幸被他言中了。上坡我还领先，提携了他一下，被他愤怒地打开手。下坡，他领先，我担心他会飘到宇宙中，跟在他后面大喊动作要领，他不听，异常凶险地奔突，我吓得魂飞魄散，怎么能跟这样的亡命之徒打赌啊，我要追上去救他，扯住他，但我竟然跟不上他，控制不住自己，下蹲，滑S，转向，我尝试了所有动作控制自己，但不行，他一马当先，不要命地箭一样射去，流星一样滑行，我追不上，前面，在我的眼前，魏温州有翼装，张开了。我也准备打开我的翅膀，但我的翅膀打不开。我就迷失在宇宙了。

欣欣：好吧，六十年前的事了，你可以这样理解，但不要这样说服我。爸，你是不是在头脑里建立了一套体系，你所有的遭遇，都用那样一套体系来解释。我们人类每一个人，最后都用头脑里的那一套东西，把自己像蜘蛛裹蚊子那样裹死？

张继人：记忆即便是错误的，也是头脑里产生的现实。欣欣，我们说点更真实的吧，你的爱人是谁？

欣欣：我和盛况结婚了。

张继人：就是那个你说头上戴着西瓜皮的那个？

欣欣：是的，他不是听话的孩子，头破了，医院给他打过绷带。

张继人：告诉我，你幸福吗？

欣欣：爸，你这样的问话，让我感动，这是你这一辈子第一次这样关心我。

张继人：我这么薄情？

欣欣：如果我不是这么大岁数了，我不敢这样断定。但我真的这样以为，特别是我阅读了你的大量梦境以后，看到你那样真挚地对待你妹妹苹果，和那样真挚地想念你妈妈，我更觉得，你其实不关心我，你关心更多有问题的孩子甚过我。你并不爱我。我不是你亲生的。你没有一个亲生的孩子，所以，你对所有人都一样，而我，需要你对我的爱多一点，你懂吗？

张继人：这让你很伤心？

欣欣：是的。

张继人：对不起。但要允许人类自私，我承认，当你独立以后，我头脑里、梦境里，更多的是我妹苹果和我那失踪的母亲。其实我对你们的感情是一样的，都是至亲。我发现，我身边的熟人，很多人没有爸爸，我没有妈妈，在我成长的那个年代，是一个特殊的时期，许多家庭莫名其妙地，爸爸不见了，我认识的一个诗人、一个教育机构负责人、一个校长，他们都没有爸爸，我和他们聊天，说，怎么爸爸不见了到今天搞不清啊，人活一辈子这个根本一定要搞清楚啊，这几个人你都认识，但他们没有搞清楚，后来我想通了，我的妈妈也是失踪的啊，我也找不到，但我的意念里，一直有她。也许我在精神世界里编造她，但这正好证明了她在我生命里的存在，尽管我找不到她。我们的命运相同。你，欣欣，你也是。三七，你妈，最想念的人一定是你。可你对她呢？你也需要说一次对不起。我们对等了，我们都是薄情的人，做不到很公正，这就是有缺陷的人类。再告诉你，三七是杀母的，跟她妈妈是死对头。欣欣，你真应该带着盛况、孩子，去看看三七的妈妈，你的外婆。

欣欣：不是应该，是已经，我都多大了，你忘了！我已经带着他们去看过我外婆了，看过你，看过我妈曾经生活过的小县城，你曾经生活过的小县城。现在他们都不在了，我也将死去，只有你还年轻，爸，为什么你愿意替年轻人死去却活着，你会永远活着吗？

张继人：我不知道，我改命了，我的生命被梦网处理了，许多秘密，你们还没有告诉我。

58

第二个来的是大汉。大汉曾是梦网的执行总裁。当朱香榧在 54 岁那年追随老师张继人捐献了自己的所有意识，进入实验室昏睡状态时，大汉执政了。朱香榧说他不能比老师更老，所以他选择比老师小一岁时，全生命进入梦网直播，当时世界上已经有一百多例全生命意识捐献个案，朱香榧是其中最瞩目的一位。他既是这项技术的领导者，也是践行者。当然，冻龄已经成为一种时尚。如今他也静止在那里了，生命时间处于暂停状态，54 岁，意识活动被显性化。不同的是，他随时可以被唤醒。朱香榧并不知道老师张继人已经复苏。

大汉满脸大胡子，一来就大喊：这不公平！虽然我知道这是现实，但我还是不相信我的眼睛，张老师啊，我是大汉，呵呵，我比你老，而你，还像我记忆里的样子，一直没变。你看我，是不是像冰岛人啊？

张继人说：我没看到人，只看到了胡子。

大汉说：丢人啊，为了见你，我把白胡子染成了黑胡子！兄弟，曾总托付给你的曾女，已经自运行了。这是我们的大成功。不过，我也很难过地告诉你，曾总已经死了。张老师，什么时候你能走出去，你这样在实验室环境下还要待多久，他们不愿你的大脑接受 2088 年的外部信息刺激以产生不可预知的新意识，是为了你能很囫囵地整理你的旧梦象，但这也许是一厢情愿，欣欣和我，带着外部信息来了，你的大脑也感知到了，你自然会产生与六十年前不一样的全新感受。我觉得，你既然醒了，就不可能永远沉浸在过去里。

张继人说：是的，我的感受比你们强烈，你们看到的我，还是过去的我，而我看到的一切，都打我的眼。我站在断裂的峭壁上，你们站在连续的平原。看到欣欣手上的皱纹，我都想哭，但我克制着，做一个冷漠的人，那不是我的欣欣。

我不希望时间倒流。

大汉说：外面还有一个人，她不敢进来，她特意戴了一个脸套也不敢进来，你想看到她吗，你猜她是谁？

张继人：何吖卤。

一个老者飘进来。

她带着哭腔说：我可是比欣欣还大一岁啊，老天啊，时间啊，鬼啊，神啊，祖先啊，造化啊，你们到底谁让张继人逆流而行的，为什么不是我？除了把自己摔死，摔昏迷，冷冻，冻龄，还有什么办法，我要到喜马拉雅山洞里找那个时间轴了，转动地球，返回过往！大汉，带路！

张继人说：何吖卤，你和曾女换过生命，在飞翔谷。你戴的是什么脸套，我想看到你的真颜。

何吖卤：交换生命有什么用？我们彼此返回时，没有任何遗留。打死我也不会去找曾女了，她，她，居然十几岁的人，每天在滑板上来去2088年的未来学校，时间啊，老天啊，我哪里有脸见她！

张继人说：她会找你玩的。

何吖卤：那她会吓坏的，为了不吓晕你们，我要买一打脸套。我和大汉不想成为你的叔叔阿姨，曾女的爷爷奶奶！

张继人：所以，最后还是人类反对自己年轻。我恐惧的是你们老态龙钟了，你们恐惧的是我年轻了……何吖卤，拿下你的脸套，让我看看你的皱纹。欣欣怕我认不出她，她没有戴任何脸饰，你也让我看看你现在的样子。

不行！老师啊，张如果，我们女人都有那么一天，看到自己手上的皮肤皱巴巴起来，你知道我们有多伤心吗？

那又有什么，你可以在孩子们面前遮掩，但不需要在我们面前遮掩啊。

大哥，你比我小啊。所以我不！

张继人看着大汉说：我就知道何吖卤的脸套不是脸套，不是脸饰，是头盔，是看得见过去的头盔。她回不到过去，但看得见过去。她想在我们熟悉的背景下谈话、交流，她，尽管现在九十多岁了，但她头脑里一定还是许多新潮时尚的东西，她怕我听不懂她的话，所以带着一整套过去的语汇来了，是不是？

大汉说：老师慧眼。她怎么能停留在过去？她爸是玩具厂厂长，你还记得不，她一辈子走在时代前沿，她是最早给我们普及火星文的，还有玛雅文字。

何吁卣说：我是一个九十多岁的老太婆了吗？大汉，你是一个九十多岁的老大爷了吗？老师，谁被世界打乱了？

张继人说：是我们，我们未来学校的狂徒，当今世界是怎么骂我们的？我们有没有遭到天谴？何吁卣，这次的千年大梦让我有许多发现，关于过去，关于未来的，未来我们会有一个看得见未来的头盔，是裸眼视觉，改变眼球结构就行了，很简单，给眼球装一个微芯片，这是我参透的关于时间的一个附加发现。

何吁卣：看得见未来的头盔？

张继人说：是的，遮蔽掉记忆里所有过去的记忆，过滤，选择性过滤，然后就能预知未来，人的精神是有方向的，那个方向就是未来。如果不往过去走，我们只能往未来走。

何吁卣看着大汉，似乎不在乎一个比自己更年轻的年轻人的见解，说：大汉，你觉得这位小伙子的观点可取吗，能把他的想法变成智能装备吗？

大汉对何吁卣说：我想你知道，张老师已经不仅仅是过去的张老师。

何吁卣：哦哦，我懂了。不过我还没有检验他到底是不是如我们预期的那样神，还有，你输入的全人类的知识储备、见解、观点、判断，有没有错误的，那会导致全新张继人的错误。

大汉：我想不会。至少这个世纪不会。下个世纪人类的集体认识会跃升的，那时只要更换智慧芯片就行了。

何吁卣：好嫉妒啊，下个世纪，他还在，我们在哪？不过本大人度量大，老师，现在我问你一个问题，也是最近我最苦恼的问题，你，我们，复活了曾女，你唤醒了她的过去记忆，她现在有一套我们提供的意识系统，重生了，自运行了，她和我们一样拥有生存权了，她当年的身份证没取消，她只是在年龄上，14岁中断的，中断了人间年月39年，现在她21岁，这是一个什么算术问题？她拥有人的一切能力，思维能力，生育能力，只是她的思维内容，有我们的设计，设计以后，自主了，我们不再干预，她不是一个人造人，她是人类的躯体，和我们赋予的逻辑意识，以及人类的大脑。我们知道，疾病剥夺了她的生命，我们把她体内的病原赶跑了，给了她一个新生命，我们这样做，是反人类的做法吗？

张继人：反人类不过是一个概念，人类发明的。人类不能纠缠于一些概念而停止进步。大屠杀是反人类的，复活一个不幸者，有何不可？世界是可以重组的，企业可以重组，生命也是，剥开橘子，能看到细胞，鸡蛋，细胞，人体，细胞，张开你的嘴，让另一个人看看你的口腔里面红红的组织，细胞。卵生，胎生，重生，都是生命。你说，古希腊天上的神，和人间的英雄结婚，生下来的人，是卵生，还是胎生？

何吖卤：但是这些想法阻止了我们一生的步伐，你睡熟了，你不知道，我和大汉知道，我们只能在你的身上下手，而不敢在别的生命体上做啥。

张继人：我有些懂了。好在我们都活着，现在，何吖卤，大汉，请你在他脸上画一个月亮，他也在你的脸上画一个月亮，可以是弯弯的朝上的月亮，也可以是下弦月，随你们便。

59

也许你不相信，但曾女真的回到了人间，拥有自己的身份和自己青春的年龄，是何吖卤果断地剪断了她的回忆神经，大汉是目击者。何吖卤不愿意曾女回忆起有自己的过去，有朱香榧的过去，有张如果的过去，甚至有曾国凡的过去，何吖卤想让曾女彻底新生，投胎一样的新生，不是六道轮回，而是生生不息。就如张继人所说，只有彻底遗忘过去，才能拥有未来。

大汉是一个出色的卖系统的家伙，他赋予了曾女以意识，如今曾女的大脑根据一套认知系统，自动执行，自感知，自判断，自主张，自发生，她会享受她的快活而又痛苦的一生的，也许会像上一辈子那样傲娇，也许会在新的处境里煎熬，一切都在演进过程中，谁知道呢？

知道谜底的人不会说出谜底。何吖卤知道，大汉知道，张继人知道。张继人说：一定要把她的资料悉数交给人间，一定要告诉人间她的真实、复杂身份，我们未来学校一向敢作敢为，不夸饰，不遮掩。

大汉说：明白。

何吖卤悲伤地说：哎，我老了，我感到孤独和绝望，但我不愿意永生，愿意死去。大汉，你呢？

大汉说：我和你一样，选择自然死亡。但我们未来学校的事业，要有人承续，梦网接班人已经找好了，有许多来自各国的青年俊彦，我们随时可以作古。意识连接万物，已经指日可待。我们并不想建立一个虚拟帝国，但我们成功地让人的意识具有了决定性的作用，以前是身体和体力、技术。现在世界将进入脑时代。

机灵的何吖卤突然问：关键是曾女和张继人以后有没有交集，一旦有了，会发生什么?

大汉说：我删除了她头脑里的所有相关记忆。

何吖卣：但她能自主学习啊，恢复啊，我们回天无力。

大汉道：这是一个问题，所有的生命，都要有一生也搞不清的问题，这是不是上天的有意设置，我们是不是也要给所有人这个烦恼？我们不能违背天理啊。生命是参透不了的，就跟天机一样，因为无数个偶然，汇聚成必然，所以，任何推论都是蹩脚的，意识逻辑也是。

何吖卣无比凄凉地说：这是我们最后的担心，替古人担心，替未来担心。

大汉：其实，作为研究者，死亡到底是什么，睡眠，做梦，飘浮感，来自什么？我并不清楚，现在朱香榍朱兄清楚了吗，希望他给人间带来惊喜。根据我的研究，梦境取消了时间、地点，梦的发生是随机的，随感的，飘忽的，稍纵即逝的，这一切，都暗示人是宇宙中一种不足一提的生物，诞生于偶然，死灭于瞬间。银河系把太阳甩出去了老远，我们依附在太阳系的一颗小星体上，跟随着它运动。做梦，我们的意识，是脑细胞里面的电脉冲，我只能用人类已经有的词来表达了，不过我想，情况可能不是这样，意识，梦境，观念，这些人类头脑里根深蒂固的东西，到底是怎么产生的，为什么人类产生了各种残酷的意念。但是，我相信，意念是可以改变的，希特勒如果重生在今日，他一定不会打那一场战争，意念是彼时特定环境下的产物。

何吖卣：大汉，你把张继人设定成了什么样的人，他的大脑被你做了什么手脚？

大汉：他将永远是被观察的对象，他的脑机接口一直连接着，而且是开放的，包括我们和他的谈话，人类都在继续看直播，此其一。其二，他被设置成百科全书式的大脑，能给很多事物做出最合理的解释，这是我赋能给他的。不过，他被限制了行动自由，只有他的大脑是活的，他的身体，是六十年前的意外，造成了不可挽救的伤害，所以，他不会到人间乱走动的。第三，他的个人智慧里面最可贵的部分，创意部分，被充分挖掘并加以深度开发了，他还会源源不断地产生新奇想法，来引导人类走向未来。你还记得他在你们初二的时候，对不起，我不在你们学校哦，他有一天，在钱塘中学的全校大会上说你们学校有一个外星人引起轩然大波的事吗，他的大脑是能预知一些未来不可测的事情的，只是大家还不知道这个预感的机制，他说的那个外星人，就是曾女，曾女生命的未来式，而我们地球人，熟知的就是我们彼此生命的过去式和现在式。这不是我个人的设定，是集体讨论决定的。张继人本人同意，张继人最亲密的亲人欣欣签过字的。

何吁卣：我只希望世界生生不息，而我们无憾死去。愿活着的人幸福，无拘无束。

大汉：还有，愿死去的人，得其所。

何吁卣说：未知生，焉知死，走，我们再去问一下张如果，死，到底是到一个什么所在，我想知道，看看他今天的回答。你不是说他能做出百科全书式的回答吗？

他们知道，巫婆一样的男人，酋长张如果，每天给出的回答是不一样的，因为每天每时每刻的际遇不同。他们又一次走到南北湖边那个废弃的影视基地，空旷和荒凉的冬天，温暖如春的洁净室室内，张如果正在吸食流质液体。他清醒着。他们也清醒着。何吁卣就把自己的问题说出来了。

这个离杭州一小时的地方，南北湖，农家，土砖墙，石碾子，杂草，许多游戏玩家来了，来玩杀人游戏、元宇宙、穿越，实景玩，虚拟玩，人头闪动，万物互联，人脑和机器互联，红色激光束乱射。梦网和未来学校已经打通，建立了许多基地，进入，裸进入和沉浸式进入的人，更多了，他们都是来学习的，学习在未来如何生存的。他们来体验，来思考，来获得能力。

张如果叹息道：你们开始关心死了，这让我伤心。现在我就来谈一谈死。让我们建立更宏观的联系，在更大的背景里理解死，上一次我和欣欣为我的那次失去知觉发生过争执，后来我又反复想了想。我是滑下去了，从太空，滑轮，不是滑板，鞋底下有一排轮子的那种，下坡，止不住，掉到宇宙里去了，神秘的地方。我在恐惧中翻滚了无数跟头，想，这下肯定活不了了。恐惧，恐惧，亿万万计的恐惧。后来就不恐惧了，想，反正是死，这样死也是一种。我想象着我是硬着陆还是软入一个液体里。许多绝望的时刻过后，下面有一张弹簧床。三七在那里笑。梦境里，许多人其实是没脸的，许多。我已经记不得他们了。遇到的人太多，打交道的太多，许多彼此相忘于江湖。记得的就那么几个，你们。意念是有方向的，我们只记得几个。我这样描述，只有过程，没有结论，你们懂什么是死了吗？每个人的死法肯定是不一样的，因为我们身体的经历不一样，身体所产生的恐惧不一样，因而我们的意念也不一样。一个小小生命，无数个生命，不同种类的生命，复制，复生，重生，生物，渺小的蠓虫，细胞结构，DNA，一个生命其实是可以忽略不计的，一个类别其实才是一个综合体，人类是一个整体，人类灭亡人才会死，这样说你懂你的死了吗，你个体的死不过是整体的代谢，就如飘落的头皮屑，落发。我做过一个噩梦，沙漠，两个濒死的人，很小。渺小的两个点。一个人还有一点水，另一个，要一滴水，换一枚钻石。最后，两个都渴死了。给水的那个得到了钻石，死了。获得了一滴水的那个，也渴死了。所不同的是，获得钻石的那个，死的时候觉得自己是赚的，那个得到了一滴水的，觉得这点水，远远不够，所以他死在失望里。地球，太阳，太阳表面燃烧的火，还有地火，如此众多的能源，我们却没用做能源、动力。方向错了，就永远错了。我们一直在寻找能源、动力。挖石油，挖煤炭，开发锂矿，氢能源，太空离我们太遥远，崩塌，爆炸，太阳系崩塌，宇宙运行，都与我们有关，只是我们人类文明的目力不及。孩子，才是人类的希望。未来学校，能提高人类的目力。善良比聪明重要。未来学校还教人善良。一个孩子看自己家老人抽烟，就在旁边数，你又少活了一年。他知道抽烟减寿，但所有老人都不愿意听到自己哪年死，更不愿意听到早一点死。何吖卤，大汉，当你们还有未竟事业时，你们是不忍心死去的。

何吖卤：那你说，我们还该做点什么？

张继人：技术比观念争吵有价值。人类是会使用工具的动物。我们已经走上了技术探究宇宙的道路。有一点你们想到没，会漂移的机器人，不必像人那样行走，以前人类造出来的装置，都是像人的，模仿人的，其实可以模仿蜻蜓，造那样轻盈的机器人，还有纳米机器人，超微机器人，进入我们大脑神经的。神经的原理，我们到今天也没有搞清楚，你们舍得死吗？我怎么老觉得给我九条命都不够，所以我一直活着，没有死，舍不得走，我知道我的所有意识都外显了，所以我要产生一些重要的想法，我必须思考，不思考大脑就会退化，尽管技术比观念争吵重要，但想法是技术的先锋。何吖卤，如果再给你一生，你会拿来做什么？大汉，下辈子你将致力于什么事业？其实曾女这样的再生人的意识研究、跟踪、分析、投射，更有价值。不是自主机器人的价值，而是对有疾苦的生命体的价值。人类的痛苦，许多是来自身体的，许多是来自大脑的，

来自大脑的，分器质性的，意识性的。我觉得，最不健全的，就是意识性的痛苦，精神性的痛苦。在这里，将有大量课题出现，九条命不够，十九条命也不够。这些天，我读我的梦象，已经把我的脑子读废了，但有很多感想。意识连接，意识互联，你的，我的，一旦我们同意对方进入，我们的意识就打通了，这里有许多课题值得挖掘，不是意识殖民啊，是人类同欢乐。让那些偏执的人知道自己偏执，让那些强迫症患者知道自己有强迫症，让人类意识多些健康，少些病态。大汉，感谢你们储存了我的大量梦境，许多，是别人看不懂的，即便是图像，也像现代艺术，全部是无厘头的，只有百分之一弱，呈现给了梦网，给大众的，大众能看出个所以然。我晓得，还是在大量的人肉搜索后，他们才懂的。对不起，我一个现象，把人类烦了80年。什么足以留在史册了，这个名号，我不稀罕。现在有更重要的事情要做，我要解释、鉴定那些你们不懂的梦境，只有我是我的梦境的见证人和解释人，我要把这些梦境那些梦境配上文字，给世界一个交代，给科学一个交代，否则，许多的投入都将打水漂。大汉，我现在困惑的是，我对我自己的感知是不是真切，因为你的植入，我已经不再是当初的我。曾女是个再生人，我是一个修复人，这样说，准确吗？

大汉：可以。你知道你睡了60年吗？

张继人：本不知道，但欣欣和你们来，给我提供了参照。理解和意识并不是凭空产生的。大汉，在我的知识储备里，有一样知识我从来没涉猎过，一无所知，就是佛教。你能给我接通吗？

大汉：好。已经完成。老师，我现在问你，你知道《金刚经》吗？

张继人：不知道……啊知道知道，我会背了。所有一切众生之类若卵生若胎生若湿生若化生，若有色若无色，若有想若无想，若非有想非无想，我皆令入无余涅槃而灭度之，如是灭度无量无数无边，众生实无众生得灭度者。何以故须菩提。若菩萨有我相人相众生相寿者相即非菩萨。

大汉：你理解吗？

张继人：只能说理解一点。忽然想起我的一个梦，古老的时代，洞庭湖上，夜晚，我一个人，在一条小船上，过洞庭。好孤独啊我一人一船，中秋到了，我还在异国他乡，我老家是三省交界的大山。洞庭青草，近中秋，更无一点风色。玉鉴琼田三万顷，着我扁舟一叶。素月分辉，明河共影，表里俱澄澈。悠然心会，妙处难与君说。应念岭表经年，孤光自照，肝胆皆冰雪。短发萧骚襟袖冷，稳泛沧浪空阔。尽挹西江，细斟北斗，万象为宾客。扣舷独啸，不知今夕何夕。

我的这个梦是抄袭一首古诗，但情绪是我自己的。我们永远抄袭不了别人的情绪，我们能借助别人的语言来说自己的人生感受。语言，让我们离现实更远了。

2021 年 11 月 15 日 杭州